JUAN GÓMEZ-JURADO (Madrid, 1977) es periodista y autor de varias novelas de gran éxito, traducidas a más de cuarenta lenguas. Las novelas sobre el universo de Antonia Scott (*El paciente*, *Cicatriz*, *Reina Roja*, *Loba Negra* y *Rey Blanco*, todas ellas publicadas en Ediciones B) se han convertido en el mayor fenómeno de ventas del *thriller* español y han consagrado a su autor como uno de los máximos exponentes del género a nivel internacional.

Actualmente colabora con varios medios y es cocreador de los podcast *Todopoderosos* y *Aquí hay dragones*.

Papel certificado por el Forest Stewardship Council®

MIXTO
Papel procedente de fuentes responsables
FSC® C117695

Penguin Random House Grupo Editorial

Primera edición en B de Bolsillo: octubre de 2022

Autor representado por Antonia Kerrigan Agencia Literaria (Donegal Magnalia, S. L.)

Travessera de Gràcia, 47-49. 08021 Barcelona
Diseño de la cubierta: Penguin Random House Grupo Editorial /
Carme Alcoverro y Anna Puig
Fotografía de la cubierta: © Alamy

Printed in Spain – Impreso en España

ISBN: 978-84-1314-563-1
Depósito legal: B-13.720-2022

Impreso en Black Print CPI Ibérica
Sant Andreu de la Barca (Barcelona)

BB 4 5 6 3 1

El emblema del traidor

JUAN GÓMEZ-JURADO

La traición y el asesinato van siempre juntos,
como dos diablos unidos en un yugo que por el mismo fin
trabajan tan groseramente por interés natural
que la imaginación no se asombra ante ellos.

Pero a ti, contra todo decoro, te estaba reservado,
provocar asombro, al tiempo que traición y asesinato.

Sea cual fuere el diablo que ha obrado sobre ti,
se ha ganado fama de excelente en el Infierno.

William Shakespeare,
Enrique V, acto II, escena 2

Prólogo

Estrecho de Gibraltar,
12 de marzo de 1940

Cuando la ola le lanzó contra la borda, el capitán González se agarró a la madera por puro instinto, despellejándose la mano de arriba abajo. Décadas después, convertido en el más prestigioso librero de Vigo, temblaría cada vez que recordase aquella noche, la más aterradora y extraordinaria de su vida. Viejo y encanecido en su sillón, volvería a su boca el sabor de la sangre, el salitre y el miedo. A sus oídos el estruendo de la *vuelcatontos*, esa marejada traicionera que se levanta en menos de veinte minutos y que los marinos del Estrecho —y sus viudas— habían aprendido a temer; y a sus ojos atónitos algo que, simplemente, no podía estar ahí.

Al ver aquello el capitán González se olvidó de que el motor estaba al límite de sus fuerzas, de que su tripulación era de sólo siete hombres cuando debía ser de al menos once, de que el único de ellos que seis meses antes no se mareaba en la ducha era él. Se olvidó de que pensaba tumbarlos a puñetazos a todos por no haberle despertado cuando empezó el vaivén.

Se aferró a un ojo de buey para girar el cuerpo y quedar frente al puente de mando. Irrumpió dentro junto con un chorro de lluvia y viento que dejó al piloto calado.

—Apártese de mi timón, Roca —dijo dándole un fuerte empellón al piloto—. Es usted un inútil.

—Capitán, yo... Dijo que no le molestásemos a menos que la cañonera se fuera a pique, señor. —La voz le temblaba.

Que es exactamente lo que va a ocurrir, pensó el capitán, meneando la cabeza. La mayoría de sus tripulantes eran los restos vacilantes de una guerra que había dejado al país arrasado. No podía culparles por no haber intuido la llegada de la *vuelcatontos*, igual que nadie podría culparle a él si se limitaba a dar la vuelta y poner a salvo el barco. Lo más sensato era no hacer caso de lo que acababa de ver. Porque la alternativa era un suicidio. Algo que sólo un imbécil intentaría.

Y yo soy ese imbécil, pensó González.

El piloto le miró boquiabierto cuando le vio maniobrar y dejar el barco a medio través de las olas. La *Esperanza* era una lancha cañonera construida a finales del siglo pasado, y su casco mixto de madera y acero crujió salvajemente.

—¡Capitán! —chilló el piloto—. ¿Qué demonios hace? ¡Vamos a volcar!

—Vista a babor, Roca —respondió el capitán. También él estaba muerto de miedo, aunque no pudiese dejar entrever ni un resquicio.

El piloto obedeció, creyendo que el capitán estaba completamente loco.

Unos segundos después, dudó de su propia cordura.

A menos de treinta brazas, una patera se contoneaba entre dos crestas, con la quilla en un ángulo imposible. Parecía a punto de volcar, y de hecho era un milagro que no lo hubiese hecho aún. Hubo un relámpago, y de repente el piloto comprendió por qué el capitán estaba jugándose ocho vidas con unas cartas tan malas.

—¡Hay gente ahí, señor!

—Lo sé, Roca. Avise a Castillo y a Pascual. Que dejen las bombas, que suban a cubierta con dos sogas y que se agarren a las bordas como una ramera a su bolso.

—A sus órdenes.

—No... espere —dijo el capitán cogiéndole del brazo antes de que abandonase el puente.

Dudó un momento. No podía estar a la vez dirigiendo el rescate y sujetando el timón. Si la proa se colocaba perpendicular a las olas, estaban listos. Pero si no bajaba, alguno de sus chicos acabaría en el fondo del mar.

Bah, al infierno.

—Déjelo, Roca. Lo haré yo mismo. Tome el timón y manténgalo así.

—No aguantaremos mucho, capitán.

—En cuanto subamos a esos pobres diablos, enfile la primera ola hasta un segundo antes de su punto más alto y luego dele a estribor con todas sus fuerzas. ¡Y rece!

Los marineros subieron a cubierta con las mandíbulas apretadas y el cuerpo tenso, pobres disfraces de resolución para dos cuerpos llenos de miedo. El capitán se situó entre ambos, dispuesto a dirigir la peligrosa coreografía.

—A mi señal, arrojen los garfios. ¡Ahora!

Los dientes de acero se clavaron en los extremos de la balsa; los cabos se tensaron.

—¡Tirad!

Mientras la patera se aproximaba, el capitán creyó escuchar gritos, ver brazos agitándose en el interior.

—¡Sujetadla bien, pero que no se acerquen mucho! —Se agachó y cogió un bichero dos veces más alto que él—. ¡Si chocan con nosotros, los destrozaremos!

Y muy posiblemente nos abran una vía de agua, pensó el capitán, que podía sentir bajo la resbaladiza cubierta cómo el casco crujía cada vez más con cada nueva ola que les zarandeaba.

Maniobró con el bichero y consiguió enganchar un extremo de la patera. El larguísimo palo coronado por un gancho mantendría la embarcación a una distancia fija. Dio órdenes a los marineros para que amarrasen las sogas a las bitas y tendiesen una escala de cuerda, mientras se aferraba como podía al bichero, que se le encabritaba en las manos con una fuerza capaz de abrirle el cráneo.

Un nuevo relámpago iluminó por completo el fondo de la embarcación. El capitán González pudo ver que había cuatro personas a bordo. Y entender al fin por qué aún había gente encima de aquel plato sopero que brincaba entre las olas.

Malditos locos. Se han atado a la barca.

Una figura cubierta por un impermeable oscuro se inclinaba sobre el resto de los ocupantes, enarbolando un cuchillo y cortando frenéticamente las cuerdas que les unían a la patera. Cabos recién cortados colgaban de sus propias muñecas.

—¡Suban! ¡Trepen antes de que se hunda!

Las figuras se acercaron a la borda, los brazos estirados rozando apenas la escala. El hombre del cuchillo consiguió aferrarla y dejó pasar a los otros primero. Los marineros fueron ayudándoles a subir. Finalmente, sólo el hombre del cuchillo quedó a bordo. Cogió como pudo la escala, pero al apoyarse en la borda para tomar impulso el bichero soltó su asidero. El capitán intentó recuperarlo, pero una ola más alta que las demás levantó la quilla de la patera, lanzándola contra el costado de la *Esperanza*.

Hubo un crujido y un alarido.

El capitán soltó el bichero, horrorizado. La borda de la patera había golpeado al hombre del cuchillo en la pierna. Ahora colgaba de la escala con una sola mano y la espalda pegada al casco. La patera se estaba separando, pero era cuestión de segundos que las olas volviesen a empujarla contra el barco y le golpeasen de nuevo.

—¡Las amarras! —gritó el capitán a los dos marineros—. ¡Cortadlas, por Dios!

Uno de ellos, el que estaba más cerca de la borda, buscó en el cinturón su cuchillo y comenzó a cortar los cabos. El otro intentaba conducir a los rescatados a la escotilla de la bodega antes de que un golpe de mar se los llevase por delante.

Con el alma en vilo, el capitán buscó bajo la borda, donde un hacha se oxidaba desde hacía dos lustros.

—¡Apártese, Pascual!

Saltaron chispas azuladas de las bitas de acero, pero apenas se escucharon los hachazos en el creciente fragor de la tormenta. Por un momento no sucedió nada.

Luego, el choque.

La cubierta se estremeció bajo sus pies cuando la patera, libre de las ataduras, se elevó y se hizo astillas contra la proa de la *Esperanza*. El capitán se asomó por la borda, convencido de que sólo encontraría el extremo danzante de la escala. Pero estaba equivocado.

El náufrago seguía allí, manoteando con la izquierda, intentando asirse de nuevo con ambas manos a los travesaños de la escala. El capitán le tendió el brazo, pero había más de dos metros de distancia entre aquella figura desesperada, a punto de soltarse, y la punta de sus dedos.

Sólo podía hacer una cosa.

Pasó una pierna por encima de la borda y se agarró a la escala con la mano herida, musitando una extraña mezcla de oración y maldición a ese Dios que se empeñaba en ahogarles. Por un instante se tambaleó peligrosamente, pero el marinero Pascual le sujetó a tiempo. Descendió tres peldaños, lo justo para poder aferrarse a las manos tendidas de Pascual si perdía el asidero. No se atrevió a más.

—¡Cójase a mi mano!

El náufrago intentó girar el cuerpo para alcanzarle, pero no lo consiguió. Uno de los dedos con el que se aferraba a la escala se soltó.

El capitán se olvidó de los rezos y se centró en las maldiciones. Aunque en voz muy baja. Al fin y al cabo, no estaba tan chalado como para tentar aún más a Dios en un momento como aquel. Sin embargo, estaba lo bastante loco como para bajar un escalón más, y agarrar al pobre tipo por la pechera del impermeable.

Durante un segundo eterno, todo lo que sostuvo a aquellos dos hombres sobre la escala bamboleante fueron nueve dedos, una bota de suela desgastada y un montón de fuerza de voluntad.

Después, el náufrago pudo girarse lo suficiente como para agarrarse al cuerpo del capitán. Enganchó los pies en los travesaños, y los dos iniciaron la subida.

Seis minutos más tarde, encorvado sobre su propio vómito en la bodega, el capitán apenas podía creer la suerte que habían tenido todos. Luchaba por recobrar la calma. Aún no tenía claro cómo el inútil de Roca había conseguido poner popa a la tormenta, pero las olas ya golpeaban el casco con menor intensidad, y parecía claro que la *Esperanza* iba a salir de ésta.

Los marineros le miraban fijamente, un semicírculo de caras llenas de agotamiento y de tensión. Uno de ellos le acercó una toalla. González le apartó con un gesto.

—Limpien esta porquería —dijo señalando al suelo y poniéndose en pie.

En el extremo más oscuro de la bodega, se apiñaban los náufragos chorreantes. A la temblorosa luz de la única bombilla que alumbraba el compartimiento, apenas podía distinguir sus rostros.

González dio tres pasos hacia ellos.

Uno se adelantó y le tendió la mano.

—*Danke schön.*

Como el resto de sus compañeros, iba cubierto de pies a cabeza con un impermeable negro con capucha. Un detalle le diferenciaba del resto: una correa que le cruzaba la cintura. En ella brillaba el cuchillo de mango rojo que había usado para cortar las cuerdas.

El capitán no pudo contenerse.

—Maldito hijo de puta. ¡Podríamos estar todos muertos!

Echó el brazo hacia atrás y golpeó al náufrago en la cabeza, derribándolo. La capucha cayó, y reveló una cabeza rubia, un rostro de rasgos angulosos. Un ojo azulado y frío.

Donde debería estar el otro había un vacío de piel arrugada.

El náufrago se levantó y se recolocó un parche sobre el ojo, que debía de haberse movido con el puñetazo. Luego se llevó la mano al cuchillo. Dos de los marineros se adelantaron temiendo que despanzurrase al capitán allí mismo, pero el otro se limitó a sacarlo con la punta de los dedos y arrojarlo al suelo. Volvió a tender la mano.

—*Danke schön.*

El capitán sonrió muy a su pesar. Aquel maldito boche tenía las pelotas como dos castillos. Meneando la cabeza, le estrechó la mano.

—¿De dónde diablos salen ustedes?

El otro se encogió de hombros. Estaba claro que no comprendía ni una palabra de castellano. González lo estudió despacio. Tendría entre treinta y cinco y cuarenta años, y bajo el impermeable negro asomaban ropas oscuras y unas botas gruesas.

El capitán dio un paso hacia los compañeros del tuerto, deseoso de saber por quién se había jugado su barco y su tripulación, pero el otro extendió los brazos y se movió ligeramente hacia aquel lado, interponiéndose. Se plantaba firme, o al menos lo intentaba. Le costaba permanecer de pie y en el rostro tenía una mirada de súplica.

No quiere cuestionar mi autoridad delante de mis hombres, pero no está dispuesto a dejar que me acerque a sus misteriosos amigos. Pues muy bien, todos para ti, joder. Ya se entenderán con vosotros en la Comandancia, pensó González.

—Pascual.

—¿Señor?

—Indíquele al piloto que ponga proa a Cádiz.

—A sus órdenes —dijo el marinero desapareciendo por la escotilla. El capitán se disponía a seguirle, rumbo a su propio camarote, cuando la voz del alemán le interrumpió.

—*Nein. Bitte. Cadis, nein.*

El rostro del alemán se había demudado por completo al oír mencionar la ciudad.

¿Por qué estás tan muerto de miedo, boche?

—*Komm. Komm, bitte.* —dijo el alemán, haciéndole gestos de que se acercara. El capitán se inclinó y el otro le rogó al oído—. *Cadis, nein. Portugal. Bitte, Kapitän.*

González se retiró un poco del alemán y le contempló durante más de un minuto. Estaba seguro de que no podría sacarle más de lo que le había sacado, ya que su dominio del alemán se limitaba a *sí, no, por favor* y *gracias*. Una vez más se hallaba ante un dilema en el que la solución más fácil era la que menos le apetecía adoptar. Una vez más se decía que él ya había hecho suficiente con salvarles la vida.

¿Qué ocultas, boche? ¿Quiénes son tus amigos? ¿Qué hacen cuatro ciudadanos de la nación más poderosa y con el mayor ejérci-

to del mundo cruzando el Estrecho en patera? ¿Pretendías llegar a Gibraltar en esa bañera? No, no lo creo, eso está lleno de ingleses, vuestros enemigos. ¿Y por qué no ir a España? Al son que toca nuestro glorioso Generalísimo, pronto estaremos cruzando los Pirineos para echaros una mano matando gabachos, supongo que a pedradas. Si somos uña y carne con vuestro Führer... A no ser que vosotros no lo seáis, claro.

Maldita sea.

—Vigilen a estos hombres —dijo dirigiéndose a la tripulación—. Otero, usted encárguese de que tengan mantas y algo caliente que llevarse a la boca.

El capitán volvió al puente de mando, donde Roca trazaba el rumbo hacia Cádiz, evitando la tormenta que soplaba ya hacia el interior del Mediterráneo.

—Capitán —dijo el piloto, cuadrándose—. Permítame transmitirle mi admiración por lo...

—Sí, sí, Roca. Muchas gracias. ¿Hay café?

Roca le sirvió una taza humeante y el capitán se sentó a saborearla. Se quitó el capote impermeable y el jersey que había debajo, que también estaba calado. Por suerte, en la cabina no hacía frío.

—Cambio de planes, Roca. Uno de los boches que hemos recogido me ha dado un soplo. Parece que hay una banda de contrabandistas en la desembocadura del Guadiana. Iremos a Ayamonte, a ver qué sacamos en claro.

—Como usted mande, capitán —dijo el piloto, algo molesto por tener que trazar un nuevo rumbo. González clavó la mirada en la nuca del joven con preocupación. Había algunos con los que no se podía hablar de ciertas cosas y se preguntó si Roca sería un soplón. Lo que se proponía hacer era ilegal. Podían mandarle a la cárcel por ello, o algo peor. Pero no lo conseguiría sin su segundo de a bordo.

— 17 —

donde el joyero fue capaz de deducir sin desmontar la pieza— permitía datar la piedra entre finales del siglo XIX y principios del XX.

En largas noches en vela, el librero meditaba sobre la conversación que había mantenido en cubierta con el Tuerto Misterioso, como le había bautizado cariñosamente su hijo pequeño, Juan Carlos.

El niño no se cansaba de escuchar la historia una y otra vez e imaginaba disparatadas teorías sobre la identidad de los náufragos. Pero sobre todo le entusiasmaban aquellas últimas palabras. Había desentrañado su significado mediante un diccionario de alemán, y las repetía pausadamente, como si de esa manera pudiera comprenderlas mejor.

—*Verrat*, traición. *Rettung*, salvación.

El librero murió sin haber conocido nunca el enigma que se escondía en el emblema. Su hijo Juan Carlos heredó la pieza y se convirtió a su vez en librero. Una tarde de septiembre de 2002, un oscuro y viejo escritor pasó por su librería a presentar su último libro sobre masonería. A la presentación no acudió nadie, así que Juan Carlos decidió, para matar el tiempo y aliviar la evidente incomodidad de su invitado, enseñarle una foto del emblema. Al verlo, al escritor le cambió el rostro.

—¿De dónde ha sacado esta foto?

—Es una vieja medalla que perteneció a mi padre.

—¿Aún la tiene?

—Sí. Por el triángulo con el número 32 dedujimos que era...

—Un símbolo masónico. A todas luces falso, tanto por la forma de la cruz como por el diamante. ¿Lo ha hecho tasar?

—Sí. El valor de los materiales es de unos 3.000 euros. Desconozco si tendrá algún valor histórico añadido.

El escritor se quedó mirando la pieza durante varios segundos antes de responder. El labio inferior le temblaba.

—No. No, decididamente no. Tal vez como curiosidad... pero lo dudo. Aunque me gustaría comprárselo. Ya sabe, para mis investigaciones. Le doy 4.000 euros por él.

Juan Carlos declinó la oferta educadamente, y el escritor se marchó ofendido. Comenzó a ir a la librería a diario, a pesar de que ni siquiera vivía en la ciudad. Fingía rebuscar entre los libros, aunque en realidad se dedicaba a espiar a Juan Carlos por encima de unas gruesas gafas de pasta. El librero comenzó a sentirse acosado. Una noche de invierno, de vuelta a casa, creyó escuchar pasos que le seguían. Se ocultó en un portal y esperó. Instantes después apareció el escritor, una sombra escurridiza tiritando en una raída gabardina. Juan Carlos salió del portal y le arrinconó contra la pared.

—Esto tiene que terminar, ¿está claro?

El viejo se echó a llorar y cayó al suelo balbuceando, agarrándose a sus rodillas.

—Usted no lo entiende. Debo tenerlo...

Juan Carlos se ablandó. Acompañó al viejo hasta un bar y le puso delante una copa de brandy.

—Bien, dígame la verdad. Es muy valioso, ¿no es cierto?

El escritor se tomó su tiempo antes de responder, estudiando al librero, treinta años más joven y quince centímetros más alto. Finalmente dio la batalla por perdida.

—Su valor es incalculable. Aunque no lo busco por eso —dijo haciendo un gesto de desprecio.

—¿Entonces por qué?

—Por la gloria. La gloria del descubrimiento. Sería la base de mi próximo libro.

—¿Basado en la pieza?

Donde el entendimiento no ve
más allá de uno mismo

—Basado en su dueño. He logrado reconstruir su vida a lo largo de años de investigación buceando en fragmentos de diarios, hemerotecas, bibliotecas privadas... las cloacas de la Historia. Tan sólo una decena de hombres muy poco comunicativos la conocen en el mundo. Todos ellos son Grandes Masones, y ninguno tiene todos

El símbolo del profano es la mano tendida, abierta, solitaria pero capaz de aferrarse al conocimiento.

1

Había sangre en las escaleras del palacete de los Schroeder.

Paul Reiner se estremeció al verla. No era la primera sangre que veía, por supuesto. Entre primeros de abril y mayo de 1919, todos los habitantes de Múnich habían vivido, concentrado en apenas treinta días, todo el horror que no habían sentido en cuatro años de guerra. En los meses inciertos entre el fin del Imperio y la proclamación de la República de Weimar, numerosos grupos intentaron imponer sus intereses. Los comunistas habían tomado la ciudad y declarado Baviera una república soviética. Los saqueos y los asesinatos habían aumentado a medida que los Freikorps acortaban el trecho entre Berlín y Múnich. Los rebeldes, conscientes de que les quedaba poco tiempo, se dieron prisa en llevarse por delante a cuantos enemigos políticos pudieron. Civiles ejecutados en plena noche, sobre todo.

Así que Paul había visto ya rastros de sangre, pero ninguno en la puerta de la casa donde vivía. Y éste, aunque pequeño, se metía por debajo del quicio de la gran puerta de roble.

Con suerte Jürgen se habrá caído de boca y se habrá roto todos los dientes, pensó Paul. *Tal vez así me dejase en paz unos días.* Meneó la cabeza con tristeza. No sería tan afortunado.

Tenía tan sólo quince años, pero una sombra de amargura le cubría el corazón, como las nubes aquel perezoso sol de mediados de mayo. Apenas media hora antes, Paul remoloneaba entre los arbustos del Englischer Garten, contento de haber vuelto al colegio una vez terminada la revolución, no por las clases. Paul iba siempre por delante de sus compañeros, e incluso del profesor Wirth, que le aburría soberanamente. Paul leía todo lo que caía en sus manos y lo absorbía como un borracho la bebida en día de cobro. Fingía atender en el aula y siempre era el primero.

Paul no tenía amigos, por más que se esforzara en acercarse al resto. A pesar de todo disfrutaba del colegio porque las horas de clase eran horas sin Jürgen, que iba a una academia donde los suelos no eran de linóleo y los pupitres no tenían los bordes desportillados.

Siempre regresaba a casa dando un rodeo por el Garten, el parque más grande de Europa, que aquella tarde aparecía casi desierto, sin tan siquiera los sempiternos guardas de chaqueta roja dispuestos a reñirle cada vez que abandonaba el camino de tierra. Paul aprovechó la circunstancia y se quitó los raídos zapatos. Le gustaba pisar la hierba con los pies descalzos, y mientras caminaba se agachaba distraído y recogía alguno de los miles de panfletos amarillos que los aviones del Freikorps habían arrojado sobre Múnich la semana anterior, exigiendo la rendición incondicional a los comunistas. Los iba arrojando en las papeleras. De buena gana se hubiera quedado a limpiar todo el parque, pero aquel día era jueves, y tenía que encerar los suelos del cuarto piso del palacete, una tarea que le llevaría hasta la cena.

Si por lo menos él no estuviera..., pensaba Paul. *La última vez me encerró en el cuarto de las escobas y volcó un cubo de agua sucia sobre el mármol. Suerte que mamá me oyó gritar y me sacó antes de que Brunhilda se enterase.*

Paul quería recordar un tiempo en que su primo no se había comportado de aquel modo. Años atrás, cuando ambos eran muy pequeños y Eduard los traía al Garten de la mano, Jürgen le sonreía. Era un recuerdo fugaz y breve, casi el único hermoso que le quedaba de él. Luego vino la Gran Guerra, con sus orquestas y sus desfiles. Allá se marchó Eduard, agitando la mano y sonriendo mientras el camión que lo llevaba iba cada vez más deprisa y Paul corría junto a él deseando marchar al frente con su primo mayor, estar sentado a su lado y lucir aquel impresionante uniforme.

Para Paul, la guerra había consistido en las noticias que leía cada mañana en la pared de la comisaría camino del colegio a lo largo de cuatro cursos, muchas veces abriéndose paso entre una maraña de piernas, algo que nunca le había costado trabajo porque era delgado como un cuchillo. Allí leía complacido los avances del Ejército del Káiser, que cada día tomaba miles de prisioneros, ocupaba ciudades, y expandía las fronteras del Imperio. Luego en clase dibujaba un mapa de Europa y se entretenía en imaginar cuál sería la siguiente gran batalla, y si en ella estaría Eduard. De pronto, y sin que nadie lo advirtiese, las «victorias» comenzaron a producirse cada vez más cerca de casa, y los partes de guerra anunciaban casi siempre «regreso a las posiciones de seguridad previstas inicialmente». Hasta que un día un enorme cartel proclamó que Alemania había perdido la guerra. Debajo había una lista de lo que tenía que pagar por ello, y era muy larga.

Leyendo aquella lista y aquel cartel, Paul se había sentido engañado y estafado. De pronto ya no hubo un colchón de fantasía que mitigase el dolor por las cada vez más frecuentes palizas de Jürgen. La gloriosa guerra no iba a esperar a que Paul creciese y fuese a reunirse con Eduard en el frente.

Y por cierto, no es gloriosa en absoluto.

Paul se quedó mirando la sangre de la entrada durante unos instantes. Descartó mentalmente que la revolución hubiera empezado de nuevo. Había pelotones de Freikorps patrullando por todo Múnich. El charco sin embargo parecía fresco, una anomalía minúscula sobre la gran escalinata de piedra, en cada uno de cuyos escalones cabían dos hombres acostados a lo largo.

Será mejor que me dé prisa. Si vuelvo a llegar tarde tía Brunhilda me matará.

Se debatió un poco más entre el miedo a lo desconocido y a su tía, y este último prevaleció. Sacó del bolsillo la pequeña llave de la puerta de servicio y entró al palacete. Dentro todo parecía estar en calma. Se encaminaba hacia la escalera cuando oyó tensas voces procedentes de la zona noble de la casa.

—Se resbaló mientras subíamos, señora. No es fácil agarrarlo, y nosotros estamos muy débiles. Las heridas no paran de abrírsele desde hace meses.

—Estúpidos incompetentes. No me extraña que perdiésemos la guerra.

Paul cruzó el recibidor intentando hacer el menor ruido posible. La mancha alargada de sangre que se colaba por debajo de la puerta se había convertido en un goteo espaciado en dirección al salón más grande del palacete. Dentro, su tía Brunhilda se encontraba junto a dos soldados encorvados sobre un sofá. Se frotaba las manos con fuerza hasta que se dio cuenta de ello y las ocultó entre los pliegues de su vestido. Incluso parapetado tras la jamba de la puerta, Paul no pudo evitar encogerse de miedo viendo así a su tía. Los párpados se habían convertido en finas rayas grises, la boca que normalmente apenas revelaba la edad de su dueña estaba retorcida en un signo de interrogación, la voz autoritaria vibraba por la ira.

—Miren cómo está poniendo la tapicería. ¡Marlis!

—Baronesa —dijo la criada, adelantándose y entrando en el campo de visión de Paul.

—Busque una manta, deprisa. Llame al jardinero, habrá que quemar sus ropas, están llenas de piojos. Y que alguien avise al barón.

—¿Y al señorito Jürgen, señora baronesa?

—¡No! A él menos que a nadie, ¿me has comprendido? ¿Ha vuelto del colegio?

—Hoy tiene esgrima, señora baronesa.

—Estará aquí enseguida. Quiero que este desastre esté arreglado antes de que vuelva —dijo Brunhilda—. ¡Vete!

La criada pasó junto a Paul en un revoloteo de mandil y faldas, pero éste no se movió, porque acababa de atisbar entre las piernas de los soldados la cara de Eduard. El corazón comenzó a latirle más deprisa. Así que era él a quien habían traído los soldados y a quien habían acostado sobre el sofá.

Dios santo. La sangre es suya.

—¿Quién es el responsable de esto?

—Una bala de mortero, señora.

—Eso ya me lo han dicho. Pregunto por qué me han traído a mi hijo ahora, y en este estado. ¡Siete meses desde que acabó la guerra sin noticias de él! ¿Sabe usted quién es su padre?

—Un barón, ya lo he oído. Y aquí Ludwig es albañil, y yo mozo de almacén. Pero a la metralla le dan igual los títulos, señora. Y el camino desde Turquía ha sido muy largo. Suerte tiene usted de que haya regresado, que mi hermano no lo hizo.

El rostro de Brunhilda se puso lívido.

—Márchense —dijo con un hilo de voz.

—Muy bonito, señora. Le devolvemos a su hijo y nos echa a la calle, sin ni siquiera un vaso de cerveza.

Puede que un destello de remordimiento atravesase el rostro

de Brunhilda, pero quedó anegado por la furia. Incapaz de hablar, levantó un dedo crispado señalando la puerta.

—Menuda mierda de nobleza —dijo uno de los soldados, escupiendo en la alfombra.

Se dieron la vuelta, las cabezas gachas y los pies a rastras. En los ojos hundidos llevaban cansancio y hastío, pero no sorpresa. Paul se dijo que pocas cosas podrían asombrar ya a aquellos hombres. Y cuando ambos, con sus amplios capotes grisáceos, dejaron de bloquear su visión, Paul comprendió al fin la escena.

Eduard, primogénito del barón von Schroeder, yacía desvanecido sobre el sofá en un ángulo extraño. El brazo izquierdo se apoyaba sobre unos cojines. Donde debería haber estado el derecho había un doblez mal cosido en la chaqueta. Donde deberían estar sus piernas, dos muñones de vendas sucias, uno de ellos rezumando sangre. Los cortes del cirujano habían sido desiguales, uno por encima de la rodilla izquierda y otro justo por debajo de la derecha.

Mutilación asimétrica, pensó Paul, recordando de manera extraña su clase de historia del arte de aquella mañana, y al profesor hablando de la Venus de Milo. Y se dio cuenta de que estaba llorando.

Al escuchar el sollozo, Brunhilda alzó la cabeza y se dirigió hacia Paul a toda velocidad. La mirada de desdén y desprecio que solía dedicarle habitualmente había dejado paso a una de odio y vergüenza. Por un momento, Paul creyó que iba a pegarle y se echó hacia atrás, cayendo al suelo de espaldas mientras se cubría la cara con los brazos. Se oyó un tremendo golpe.

Las puertas del salón se habían cerrado.

2

Aquel mismo día, una semana después de que el gobierno declarase segura la ciudad de Múnich y empezase a enterrar a los más de mil doscientos comunistas muertos, hubo otros hijos que regresaron a casa.

Al contrario que la de Eduard von Schroeder, esta vuelta había sido minuciosamente preparada. Para Alys y Manfred Tannenbaum, el viaje de regreso comenzó en el *Macedonia* desde New Jersey hasta Hamburgo. Luego, en un lujoso compartimiento de primera clase, en un tren hasta Berlín, donde encontraron un telegrama de su padre ordenándoles que se alojaran en el Esplanade hasta nuevo aviso. Esto significó para Manfred la coincidencia más feliz de sus diez años de vida, ya que en la habitación de al lado se alojaba Charlie Chaplin. El actor regaló al niño uno de sus famosos bastones de bambú e incluso acompañó a él y a su hermana hasta el taxi el día en que por fin llegó el telegrama de su padre diciendo que ya era seguro realizar la última etapa del viaje.

Así, el 13 de mayo de 1919, más de cinco años después de que su padre les enviara a Estados Unidos para alejarlos de la inminente guerra, los hijos del industrial judío más importante de Alemania pusieron el pie en el andén 3 de la estación de Hauptbahnhof.

Ya desde aquel instante, Alys supo que aquello no iba a salir bien.

—Dese prisa con eso, ¿quiere, Doris? Déjelo, lo llevaré yo misma —dijo arrebatando un sombrerero de manos de la criada a la que su padre había enviado para recogerles y colocándolo en lo alto del carrito. Se lo había quitado a uno de los mozos de la estación que revoloteaban alrededor de ella como moscones intentando hacerse cargo de las maletas. Alys los espantó a todos. No soportaba que intentaran controlarla, o aún peor, que la juzgaran incapaz de algo.

—¡Te echo una carrera, Alys! —dijo Manfred echando a correr. El niño no tenía los mismos reparos que su hermana, y se limitaba a empuñar su inseparable bastón.

—¡Espera y verás, renacuajo! —gritó Alys empujando el carrito—. No se retrase, Doris.

—Señorita, su padre no aprobaría que llevase usted los bultos. Haga el favor... —dijo la criada, intentando inútilmente seguir el paso a la joven mientras lanzaba reprobadoras miradas a los mozos, que no paraban de darse pícaros codazos señalando a Alys.

Aquel era precisamente el problema de la joven con su padre: tenía programado cada instante de su vida. Josef Tannenbaum era de carne y hueso, pero la madre de Alys siempre decía que parecía tener engranajes y muelles en lugar de órganos.

—Puedes poner en hora el reloj con tu padre, cariño —le susurraba al oído, y las dos se reían. Bajito, porque al señor Tannenbaum no le gustaban las bromas.

Luego la gripe se llevó por delante a su madre en diciembre de 1913. Alys no salió de su asombro y su tristeza hasta que se vio junto a su hermano camino de Columbus, Ohio, cuatro meses más tarde. Se alojaron con los Bush, una familia episcopaliana de clase media alta. Su patriarca, Samuel, era el director general de la Buckeye Steel Castings, una fundición que hacía lucrativos tratos con Josef Tannenbaum. En 1914 Samuel Bush fue nombrado responsable gubernamental de Armamento y Municiones, y los productos que adquiría al padre de Alys tomaron una forma distinta. En concreto, la de millones de balas que viajaron a través del Atlántico. En cajas en dirección oeste mientras Estados Unidos fue neutral y en las cartucheras de los soldados en dirección este en 1917, cuando el presidente Wilson decidió repartir democracia por Europa.

En 1918, Bush y Tannenbaum se escribieron amables cartas lamentando que «por inconveniencias políticas» sus negocios tuvieran que cesar temporalmente. Se reanudaron quince meses después, coincidiendo con el regreso de los jóvenes Tannenbaum a Alemania.

El día que se recibió la carta en la que Josef les reclamaba, Alys creyó morirse. Sólo una chica de quince años, enamorada en secreto de uno de los hijos de la familia que la ha acogido y que descubre que ha de marcharse para siempre, puede creer tan firmemente que su vida se termina.

Prescott, lloraba ella en el camarote de vuelta. *Si tan sólo hubiera hablado con él un poco más... Si le hubiese hecho más caso cuando volvió de Yale para su cumpleaños, en lugar de hacerme la interesante como todas en aquella fiesta...*

Alys sobrevivió, contra su pronóstico, y juró sobre las empapadas almohadas del camarote que nunca más sufriría por un hombre. A partir de aquel instante tomaría ella las decisiones sobre su vida, sin importarle el qué dirán. Y el de su padre menos que nadie.

Buscaré un trabajo. No, papá nunca lo permitiría. Será mejor que le pida que me dé un empleo en una de las fábricas, sólo hasta que haya ahorrado bastante para un pasaje de vuelta a Estados Unidos. En cuando ponga los pies en Ohio agarraré a Prescott por el cuello y apretaré hasta que me pida que me case con él. Eso es lo que haré y nada podrá impedírmelo.

Sin embargo, cuando el Mercedes se detuvo en Prinzregentenplatz, la resolución de Alys se había desinflado como un globo de dos peniques. La joven respiraba entrecortadamente y apenas prestaba atención a los nerviosos saltos de su hermano en el asiento. Le parecía increíble haber traído con ella su decisión a lo largo de cuatro mil kilómetros —desde la mitad del Atlántico— y dejar que se hundiera en los escasos cuatro mil metros que había desde la estación hasta el lujoso edificio. Un portero con librea le abrió la portezuela y cuando Alys quiso darse cuenta ya subían en el ascensor.

—¿Crees que papá habrá preparado una fiesta, Alys? ¡Me muero de hambre!

—Su padre ha estado muy ocupado últimamente, señorito Manfred. Pero yo misma me encargué de comprar pasteles de crema para la merienda.

—Gracias, Doris —musitó Alys, mientras el ascensor se detenía con un chasquido metálico.

—Se me va a hacer raro vivir en un piso después de la casa de Columbus. Sólo espero que no hayan tocado nada de mi habitación —dijo Manfred.

—Y si lo han hecho no te vas a acordar, enano —respondió su hermana, olvidando el temor del reencuentro con el padre por un momento y rascando cariñosamente la cabeza de Manfred.

—No me llames enano. Y me acuerdo de todo *perfetamente.*

—Perfectamente.

—Eso he dicho, *perfetamente*. Tenía la pared pintada con barcos de color azul. Y había un chimpancé que tocaba los platillos a los pies de la cama. Papá no me dejó llevármelo porque dijo que le rompería la cabeza al señor Bush. ¡Voy a buscarlo! —gritó escurriéndose entre las piernas del mayordomo en cuanto se abrió la puerta.

—¡Espere, señorito Manfred! —gritó la criada inútilmente. El niño ya corría pasillo adelante.

La residencia de los Tannenbaum ocupaba la última planta, un piso de nueve habitaciones y más de trescientos veinte metros cuadrados, ridícula en comparación con la casa en la que los hermanos habían vivido en Estados Unidos, pero que para Alys cobraba una dimensión completamente diferente. Ella no era mucho mayor que Manfred cuando se marchó en 1914, y de alguna manera volvía a verlo todo con aquella perspectiva, como si hubiera encogido treinta centímetros.

—¿... señorita?

—Perdone, Doris. ¿Qué me decía?

—El señor la recibirá en su despacho. Tenía una visita, pero creo que ya se marcha.

Alguien se acercaba por el pasillo. Un hombre alto y robusto, enfundado en una elegante levita negra, a quien Alys no reconoció. Tras él iba el señor Tannenbaum. Cuando llegaron al recibidor, el de la levita se detuvo —tan bruscamente que el padre de Alys casi chocó con él— y se quedó mirándola de hito en hito a través de un monóculo con filo de oro.

—¡Ah, hija mía! Qué apropiado que estés aquí —dijo Tannenbaum, mirando con aire cómplice a su acompañante—. Señor barón, permítame presentarle a mi hija Alys, que acaba de llegar con su hermano de Estados Unidos. Alys, el barón von Schroeder.

—Encantada —dijo Alys, fríamente. Omitió la reverencia de cortesía, que frente a un miembro de la nobleza era casi obligatoria. No le gustaba la altivez del barón.

—Una muchacha muy bella. Aunque me temo que se le han pegado los modales de América.

Tannenbaum dedicó a su hija una mueca escandalizada.

La joven comprobó con pena que su padre apenas había cambiado en aquellos cinco años. Físicamente seguía siendo rechoncho y paticorto, con el pelo en franca retirada. Y en su forma de ser seguía siendo tan complaciente con los poderosos como estricto con los suyos.

—No sabe cómo lo lamento. Su madre murió muy joven y no ha tenido demasiada vida social, ya me comprende. Si pudiese estar de nuevo en contacto con gente de su edad, bien educada...

El barón dio un suspiro resignado.

—¿Por qué no nos acompañan su hija y usted el martes hacia las seis en mi casa? Celebramos el cumpleaños de mi hijo Jürgen.

Por la forma en que su padre y él cruzaban las miradas, Alys tuvo la impresión de que todo aquello estaba preparado de antemano.

—Faltaría más, excelencia. Es un auténtico detalle por su parte invitarnos. Permítame acompañarle a la puerta.

—¿Pero cómo has podido ser tan desconsiderada, hija?

—Lo siento, papá.

Estaban sentados en su despacho, una estancia luminosa y con una pared colmada de estanterías que Tannenbaum había llenado con libros comprados por metros, basándose en el color de sus encuadernaciones.

—Lo sientes. Un «lo siento» no arregla nada, Alys. Quiero que sepas que estoy haciendo negocios muy importantes con el barón Schroeder.

—¿Acero y metales? —dijo ella, empleando el viejo truco de su madre de interesarse por los negocios de Josef cuando éste tenía una de sus rabietas. Si empezaba a hablar de dinero podía extenderse durante horas, y al terminar ya no recordaba que estaba enfadado. Pero en aquella ocasión no funcionó.

—No, tierras. Tierras... y otras cosas. Ya lo verás en su momento. En fin, espero que tengas un vestido bonito para la fiesta.

—Papá, acabo de llegar y realmente no tengo demasiadas ganas de asistir a una fiesta en la que no conozco a nadie.

—¿Demasiadas ganas? Es una fiesta en casa del barón Schroeder, por el amor de Dios.

Alys dio un pequeño respingo al escuchar aquella frase. No era normal en un judío practicante mencionar el nombre de Dios en vano. Entonces recordó un detalle que había pasado por alto al entrar. En la puerta no había mezuzá. Miró a su alrededor, extrañada, y vio un crucifijo colgando de la pared, junto a un retrato de su madre. Se quedó muda de asombro. Ella no era particularmente religiosa —pasaba por esa etapa final de la adolescencia en la que la existencia de la divinidad es a veces cuestionada— pero su madre sí lo era. Aquella cruz junto al retrato le parecía un insulto insoportable.

Josef siguió la dirección de su mirada y tuvo la decencia de mostrarse abochornado durante unos segundos.

—Son los tiempos que corren, Alys. Es difícil hacer negocios con los cristianos sin ser uno de ellos.

—Ya los hacías antes, papá. Y te iba bien, creo —dijo Alys, señalando a su alrededor.

—En tu ausencia las cosas se han puesto feas para los nuestros. Y se pondrán aún peor, ya lo verás.

—¿Tanto como para que renuncies a todo, padre? Converso por... ¿dinero?

—¡No es cuestión de dinero, niña insolente! —dijo Tannenbaum, dejando a un lado su tono avergonzado y dando un puñetazo en la mesa—. Un hombre de mi posición tiene responsabilidades. ¿Sabes cuántos obreros están a mi cargo? ¡Idiotas desagradecidos que se apuntan a ridículos sindicatos comunistas y creen que Moscú es el paraíso! Tengo que hacer cada día juegos malabares para pagar sus nóminas, y ellos sólo saben quejarse. Así que no se te ocurra echarme en cara otra vez las cosas que hago para mantener un techo sobre vuestras cabezas.

Alys respiró hondo e incurrió una vez más en su defecto favorito: decir lo que pensaba en el momento más inoportuno.

—Acerca de eso puedes estar tranquilo, papá. Tengo intención de irme muy pronto. Quiero volver a Estados Unidos y hacer allí mi vida.

Al oír aquello, el rostro de Tannenbaum se volvió de rojo escarlata. Puso un dedo regordete bajo la nariz de Alys y lo agitó ferozmente.

—Ni hablar de eso, ¿me oyes? Irás a esa fiesta y te comportarás como una señorita bien educada, ¿de acuerdo? Tengo planes para ti, y no me los estropeará ningún capricho de niña malcriada. ¿Me has entendido?

—Te odio —dijo Alys, mirándole fijamente.

Su padre no alteró el gesto.

—Eso no me importa, mientras hagas lo que te digo.

Con lágrimas en los ojos, la joven abandonó corriendo el despacho.

Ya lo veremos, oh, sí, ya lo veremos.

3

—¿Estás dormida?

Ilse Reiner se giró en el colchón.

—Ahora ya no. ¿Qué quieres, Paul?

—Me preguntaba qué vamos a hacer.

—Son las once y media de la noche. ¿Qué te parece dormir?

—Me refería en el futuro.

—El futuro —repitió su madre, casi escupiendo la palabra.

—Quiero decir, no es como si tuvieras que trabajar aquí, en casa de la tía Brunhilda, ¿verdad, mamá?

—En el futuro te veo a ti yendo a la universidad, que casualmente está en la manzana de al lado, y viniendo a comer a casa la rica comida que te preparo yo. Y ahora buenas noches.

—Ésta no es nuestra casa.

—Vivimos aquí, trabajamos aquí y damos gracias al cielo por ello.

—Como si hubiera un motivo... —susurró Paul.

—Te he oído, jovencito.

—Perdona, mamá.

—¿Qué te ocurre? ¿Has vuelto a pelearte con Jürgen otra vez? ¿Por eso has vuelto hoy empapado?

—No ha sido una pelea. Dos de sus amigos y él me cazaron en el Englischer Garten.

—Sólo estaban jugando.

—Tiraron mis pantalones al lago, mamá.

—¿No harías tú algo para indisponerte con ellos?

Paul resopló con fuerza, pero no dijo nada. Aquello era típico de su madre. Siempre que él tenía un problema procuraba buscar un modo de que la culpa fuera suya y de nadie más.

—Será mejor que duermas, Paul. Mañana nos espera un gran día.

—Ah, sí, el cumpleaños de Jürgen. Qué bien.

—Habrá pasteles.

—Que otros se comerán.

—No entiendo por qué tienes que reaccionar así por todo.

Paul pensó que le parecía indecente que cien personas celebrasen una fiesta en la planta baja mientras Eduard —a quien no le habían permitido ver aún— languidecía en la cuarta, aunque prefirió callarse.

—Mañana habrá mucho trabajo —concluyó Ilse, dándose la vuelta.

El joven se quedó mirando la espalda de su madre durante un buen rato. Las habitaciones del ala de servicio se encontraban en el fondo de la casa, al nivel de un semisótano. Para Paul, vivir allí en lugar de en la zona noble no era algo que le molestase demasiado, porque no había conocido otro hogar en su vida. Desde que nació había aceptado como algo normal la extraña situación de ver a Ilse fregando los platos de su hermana Brunhilda.

Un tenue rectángulo de luz entraba por un ventanuco junto al techo. Traía el eco amarillento de una farola y se mezclaba con el titilar de una vela que Paul siempre mantenía encendida junto a su cama, pues tenía un miedo cerval a la oscuridad. Los Reiner compartían uno de los cuartos más pequeños, en el que tan sólo había dos camas, un armario ropero y una mesa en la que estaban esparcidos los deberes de Paul.

Al joven le agobiaba la falta de espacio. Como si hubiera escasez de habitaciones libres. Desde antes de la guerra, la fortuna del barón se había ido esfumando, un hecho al que Paul había asistido con la misma naturalidad con la que uno ve oxidarse una lata en mitad de un campo. Era un proceso de años, pero imparable.

Las cartas, susurraban los criados, meneando la cabeza como si hablasen de una enfermedad contagiosa y mortal, *las cartas tienen la culpa*. De niño, a Paul le aterrorizaban esos comentarios, hasta el punto de que cuando un chico de su clase llevó al colegio una baraja francesa que había encontrado por casa, Paul salió corriendo y se encerró en un cuarto de baño. Pasó un tiempo hasta que comprendió el alcance del problema de su tío el barón: no contagioso, pero sí terrible.

Cuando las nóminas impagadas de los criados se acumularon, comenzaron a despedirse. Ahora, de las diez habitaciones de las que disponía la zona de servicio sólo estaban ocupadas tres: la de la doncella, la de la cocinera y la que Paul compartía con su madre. Al joven a veces le costaba dormir, porque Ilse siempre se levantaba una hora antes de amanecer. Mientras hubo suficientes empleados, ella sólo era el ama de llaves, y se ocupaba de que todo estuviera en su sitio. Cuando empezaron a faltar, tuvo que encargarse del trabajo de ellos.

Al principio, para Paul aquella vida, las tareas agobiantes y agotadoras de su madre o las que él mismo realizaba desde que podía recordar, eran lo normal. En el colegio hablaba con sus compañeros de todas aquellas cosas, hasta que fue lo bastante mayor para hacer comparaciones y darse cuenta de lo que sucedía alrededor, de lo extraño que era que la hermana de una baronesa durmiese con el servicio.

Escuchaba una y otra vez las mismas tres palabras para definir a su familia, deslizándose junto a él al pasar entre los pupitres o cerrándose a su espalda como puertas sigilosas.

Huérfano.

Sirvienta.

Desertor, y ésa era la peor de todas, porque se refería a su padre. Esa persona a la que él no había conocido, de la que su madre no hablaba jamás y de la que sabía poco más que el nombre.

Hans Reiner.

Y así, uniendo con lágrimas retazos de conversaciones fue como Paul supo que su padre había hecho algo terrible,

(allá en las colonias africanas, dicen)

que lo había perdido todo,

(hasta la camisa, en la ruina)

y que su madre vivía de la caridad

(una fregona en casa de su propio cuñado, y un barón nada menos, ¿puede usted creerlo?)

de su tía Brunhilda. Algo que no era al parecer más honroso por el hecho de que Ilse no cobrase ni un solo marco por su trabajo. O que durante la guerra se viese obligada a trabajar en una fábrica de balas «para contribuir al sustento de la casa». La fábrica estaba en Dachau, un pueblo a 16 kilómetros de Múnich, y su madre apenas tenía tiempo para levantarse dos horas antes del alba, contribuir en las labores de la casa y coger un tren camino a su turno de diez horas.

Fue precisamente un día al volver de la fábrica, con el pelo y los dedos verdes por la pólvora, con los ojos idos tras todo el día oliendo productos químicos, cuando Paul le preguntó por primera vez por qué no buscaban otro sitio donde vivir. Un lugar donde ambos no fueran humillados constantemente.

—Tú no lo entiendes, Paul.

Había vuelto a darle la misma respuesta muchas veces, siempre apartando los ojos y saliendo de la habitación en la que estuviese o dándose la vuelta para dormir, como había hecho tan sólo unos minutos atrás.

Paul observó la espalda de su madre durante unos instantes. Parecía respirar a ritmo regular y cadencioso, pero el joven sabía que era fingido y se preguntó qué fantasmas la acosarían en mitad de la noche.

Apartó la mirada y la clavó en el techo. Si las miradas pesaran, el metro cuadrado de yeso que quedaba justo encima de la almohada de Paul hacía tiempo que se hubiera hundido. Aquél era el punto donde concentraba las fantasías sobre su padre las noches en las que le costaba conciliar el sueño. Todo lo que sabía acerca de él era que había sido capitán de la Armada del Káiser y que comandaba una fragata en África del Suroeste. Había muerto cuando Paul tenía dos años, y el único recuerdo que quedaba de él era una foto desvaída en la que aparecía vestido de militar, sus ojos oscuros y su enorme bigote mirando de frente a la cámara, orgulloso.

Ilse guardaba la foto bajo su almohada cada noche, y el mayor disgusto que Paul le había causado a su madre no fue el día en el que Jürgen lo empujó escaleras abajo y se rompió la mano. Fue el día en que hurtó la foto y se la llevó al colegio para mostrársela a todos los que le llamaban huérfano a sus espaldas. Cuando regresó a casa, Ilse había puesto la habitación patas arriba buscándola. Al sacarla despacio de entre las páginas de su libro de matemáticas, Ilse le dio una bofetada y luego se echó a llorar.

—Es la única que tengo. La única.

Le abrazó, claro. Pero primero cogió la foto.

El joven imaginaba cómo había sido aquel hombre formidable. Sobre la blancura grisácea del techo, a la luz de la farola, dibujaba con su mente el perfil de la *Kiel*, la fragata en la que Hans Reiner se había «hundido en el Atlántico junto con toda su tripulación». Inventaba cientos de causas diferentes para aquellas once palabras, que era toda la información acerca de su muerte que Ilse le había dado. Piratas, arrecifes, un motín... empezara como empezase, su ensoñación siempre terminaba de la misma forma, con Hans aferrado al timón, diciéndole adiós con la mano mientras las aguas le cubrían.

Al llegar a este punto, Paul siempre se quedaba dormido.

4

—De veras, Otto, no puedo soportar más tiempo al judío. Míralo, atiborrándose de *dampfnudels*. Tiene salsa de vainilla en la pechera de la camisa.

—Brunhilda, haz el favor de bajar la voz y tranquilizarte. Sabes tan bien como yo que necesitamos a Tannenbaum. Hemos gastado hasta el último penique en esta fiesta. Que fue idea tuya, por cierto.

—Jürgen se merece lo mejor. Sabes lo confuso que está desde que su hermano regresó... así.

—Pues entonces no te quejes del judío.

—Tú no sabes lo que es hacer de anfitriona con él, con su peloteo constante, con sus cumplidos absurdos, como si no fuera él quien tiene la sartén por el mango. Hace un rato incluso tuvo la desfachatez de proponerme que su hija y Jürgen se casaran —dijo Brunhilda, esperando una respuesta desdeñosa de Otto.

—Eso podría ser el final de nuestros problemas.

Aquello consiguió abrir una mínima brecha en la sonrisa granítica de Brunhilda, que miró al barón con asombro.

Ambos estaban a la entrada del salón, manteniendo su tensa conversación entre dientes e interrumpiéndola sólo para recibir a los invitados. Iba a responder a su marido cuando tuvo que pintar de nuevo una mueca de bienvenida en el rostro.

—¡Buenas tardes, señora Gerngross, señora Sagebiel! Qué amable por su parte venir.

—Sentimos el retraso, Brunhilda querida.

—Los puentes, ah, los puentes.

—Sí, el tráfico es *te-rri-ble.* Sencillamente *es-pan-to-so.*

—¿Cuándo vas a abandonar este viejo y frío palacete y venir a la orilla este, querida?

La baronesa sonrió con complacencia ante aquellos dardos de envidia. Cualquiera de los muchos nuevos ricos que había en aquella fiesta mataría por la clase y el poder que emanaba del escudo de armas de su marido.

—Por favor, sírvanse un ponche, está delicioso —dijo Brunhilda, indicándoles con la mano el centro del salón, con una enorme mesa cubierta a rebosar de comida y bebida y rodeada de gente. Un caballo de hielo de un metro de alto cabalgaba sobre la ponchera, y al fondo de la estancia un cuarteto de cuerda añadía canciones populares bávaras al tumulto general.

Cuando estuvo segura de que las recién llegadas no podían oírle, la condesa se giró hacia Otto y dijo en un tono acerado que muy pocas damas de la alta sociedad de Múnich considerarían aceptable:

—¿Has pactado la boda de nuestro hijo sin decirme nada al respecto, Otto? Pues eso ocurrirá por encima de mi cadáver.

El barón ni siquiera pestañeó. Un cuarto de siglo de matrimonio le había enseñado cómo reaccionaba su esposa cuando sentía amenazado su territorio. Pero en esta ocasión tendría que ceder, porque estaba en juego mucho más que su estúpido orgullo.

—Brunhilda querida, no me digas que no has visto venir al judío desde el principio. Con sus trajes pretendidamente elegantes, incluso yendo a la misma iglesia que nosotros cada domingo, haciendo como que no escucha cada vez que le llaman «el converso» y arrimándose a nuestro asiento.

—Por supuesto que sí, no soy estúpida.

—Claro que no, *baronesa*. Sabes sumar dos y dos. Y nosotros no tenemos nada de nada. Las cuentas del banco están completamente vacías.

Ahora sí que el color huyó de las mejillas de Brunhilda. Tuvo que agarrarse a las molduras de alabastro de la pared para no caerse.

—Maldito seas, Otto.

—Ese vestido rojo nuevo tan elegante que llevas... La modista exigió cobrarlo en efectivo. El rumor está en la calle, y cuando algo así comienza no para hasta que caes en el arroyo.

—¿Crees que no lo sé? ¿Crees que no siento cómo nos observan, cómo pegan pequeños mordisquitos a los pasteles y se miran entre ellas cuando se dan cuenta de que no son de Casa Popp? Sé lo que murmuran esas viejas cotorras tan bien como si me lo gritaran al oído, Otto. Pero de ahí a permitir que mi hijo, mi Jürgen, se case con una sucia judía...

—No queda otro remedio. Todo lo que nos queda es esta casa y los terrenos que puse a nombre de Eduard el día en que nació. Si no consigo que Tannenbaum me preste el capital para montar una fábrica en esos terrenos, podemos darnos por acabados. A mí vendrá a buscarme la policía una mañana, y tendré que actuar como un buen caballero cristiano y volarme la tapa de los sesos. Y tú acabarás como tu hermana, haciendo de costurera de alguien. ¿Es eso lo que quieres?

Brunhilda despegó la mano de la pared. Aprovechó la pausa forzada por la entrada de nuevos invitados para acumular en su interior suficiente rabia y lanzársela a Otto de golpe, como una pedrada.

—Tú y tu adicción al juego habéis sido los que nos habéis metido en este lío, los que habéis dilapidado la fortuna de la familia. Arréglalo, Otto, como lo arreglaste hace trece años con Hans.

El barón dio un paso atrás, asustado, al oír aquello.

—¡No te atrevas a mencionar ese nombre otra vez!

—Fuiste tú quien se atrevió entonces. ¿Y de qué nos sirvió? Llevo quince años soportando a mi hermana en esta casa.

—Aún no he encontrado la carta. Y el chico se está haciendo mayor. Tal vez ahora...

Brunhilda se inclinó hacia él. Otto le sacaba casi una cabeza, pero aun así era él quien parecía pequeño a su lado.

—Mi paciencia tiene un límite.

Con un gesto elegante, Brunhilda se sumergió de cabeza entre los invitados y dejó al barón con la sonrisa congelada, luchando por no gritar.

Al otro lado del bullicioso salón, Jürgen von Schroeder dejó a un lado su tercera copa de champán para abrir el regalo que le tendía uno de sus amigos.

—No he querido ponerlo con los demás —dijo señalando una mesa a sus espaldas, abarrotada de paquetes envueltos con papeles de brillantes colores. Éste es especial.

—¿Qué decís, chicos? ¿Abro el regalo de Krohn primero? Un corro de media docena de adolescentes le rodeaba, todos ellos vestidos con las elegantes chaquetas azules con escudo dorado de la Academia Metzingen. Todos pertenecían a buenas familias alemanas y todos eran más feos que Jürgen, más bajos que Jürgen y reían cada gracia que hacía Jürgen. El hijo pequeño del barón tenía sin duda un don para rodearse de gente que no le hiciese sombra para luego pavonearse delante de ellos.

—¡Ábrelo, pero sólo si luego abres también el mío!

—¡Y el mío! —corearon todos.

Se pelean por que abra sus regalos, pensó Jürgen. *Sin duda me adoran.*

—No os pongáis nerviosos —dijo levantando las manos en lo que él interpretó como un gesto ecuánime—. Nos saltaremos un poco la tradición y abriré primero vuestros regalos y después del brindis los del resto de invitados.

—¡Excelente idea, Jürgen!

—Bien, ¿y qué se supone que es esto, Krohn? —dijo el joven abriendo la cajita y levantando el contenido a la altura de sus ojos.

Jürgen sostenía entre sus dedos una cadena de oro, de cuyo extremo colgaba un extraño símbolo, compuesto por dos líneas negras simétricas, cuyos brazos doblados formaban un diseño casi cuadrado.

—Es una esvástica. Un símbolo antisemita. Mi padre dice que está de moda.

—Se equivoca, amigo —dijo Jürgen, colocándoselo en el cuello—. *Ahora* lo está. Apuesto a que veremos muchas de ellas por aquí.

—¡Seguro!

—Toma, Jürgen, abre el mío. Aunque éste es mejor que no lo exhibas en público...

Jürgen desenvolvió un paquetito del tamaño aproximado de un paquete de tabaco y se encontró con un pequeño estuche de cuero con una bisagra. Lo abrió con un gesto teatral. El coro de aduladores lanzó una risita nerviosa al ver el contenido, una especie de capuchón cilíndrico de goma vulcanizada.

—Vaya, vaya..., parece grande.

—¡Nunca había visto uno!

—Un regalo de lo más personal, ¿eh, Jürgen?

—¿Es una proposición?

El joven sintió durante unos instantes que perdía su control sobre ellos, que de repente se creían en disposición de reírse de él. *No es justo. No es justo en absoluto, y no voy a permitirlo.* Notó crecer la rabia en su interior, y se giró hacia el que había hecho el último comentario. Colocó la planta de su pie derecho sobre el izquierdo de él y descargó todo su peso con fuerza. El otro se puso blanco, pero apretó los dientes.

—Estoy seguro de que querrás disculparte por esa broma tan desafortunada.

—Claro, Jürgen. Lo siento. Jamás se me ocurriría dudar de tu hombría. ¡Aaaah!

—Ya lo suponía —dijo el joven, levantando el pie despacio. El corro de adolescentes había hecho el silencio a su alrededor, un silencio subrayado por la fiesta que seguía en marcha en el salón—. Bien, no creáis que no tengo sentido del humor. De hecho este... artículo me será de lo más útil en breve —dijo guiñando un ojo en derredor—. Por ejemplo con ella.

Señalaba a una chica morena, delgada y de ojos soñadores, que sostenía un vaso de ponche perdida entre la gente.

—Menudas tetas —susurró uno de los acólitos.

—¿Alguno de vosotros quiere apostar a que habré estrenado esto y regresado a tiempo para el brindis?

—Yo apuesto cincuenta marcos por Jürgen —se apresuró a decir el del pisotón, en un intento de congraciarse con él.

—Yo los veo —dijo otro a su espalda.

—Bien, compañeros, esperad aquí y aprended.

Jürgen tragó saliva despacio, procurando que los otros no se dieran cuenta. Odiaba hablar con las chicas, ya que siempre le hacían sentir torpe e inferior. Aunque era bien parecido, su único contacto real con el sexo opuesto había tenido lugar en un burdel de Schwabing, donde había sufrido más vergüenza que excitación. Le había llevado su padre hacía unos meses, vestido como él con discretos abrigo y sombrero negros. Durante la faena le esperó en el piso de abajo tomando coñac. Al terminar, le dio una palmada en la espalda y le dijo que ya era un hombre. Con eso comenzó y concluyó la educación de Jürgen von Schroeder acerca del amor y las mujeres.

Les enseñaré cómo actúa un hombre de verdad, pensó el joven, sintiendo los ojos de sus compañeros clavados en su nuca.

—Hola, señorita. ¿Lo estás pasando bien?

Ella volvió la cabeza pero no sonrió.

—No mucho, en realidad. ¿Nos conocemos?

—Ya veo por qué no lo pasas bien. Me llamo Jürgen von Schroeder.

—Alys Tannenbaum —dijo ella estrechando su mano sin gran entusiasmo.

—¿Quieres bailar, Alys?

—No.

Jürgen se quedó boquiabierto por la brusca respuesta de la chica.

—¿Sabes que soy el anfitrión de la fiesta? ¿Que hoy es mi cumpleaños?

—Enhorabuena —dijo ella con una sonrisa socarrona—, seguro que hay un montón de chicas en este salón que estarán deseando que las saques a bailar. No quisiera entretenerte mucho tiempo.

—Pero al menos tienes que bailar conmigo una pieza.

—Ah, ¿sí? ¿Y eso por qué?

—Es lo que dicta la buena educación. Cuando un caballero le pide a una dama...

—¿Sabes lo que me fastidia de los prepotentes, Jürgen? La cantidad de cosas que dais por sentadas. Pues entérate bien: el mundo no es como tú te crees. Por cierto, creo que tus amigos están dándose codazos sin quitarte el ojo de encima.

Jürgen miró hacia atrás con el rabillo del ojo. No podía permitirse fracasar, no que le humillase aquella descarada mocosa.

Se está haciendo la dura porque en realidad le gusto. Debe de ser de esas que creen que la mejor manera de excitar a un hombre es rechazándole hasta que le vuelven loco. Bueno, yo sé cómo tratar a esas, pensó Jürgen.

El joven dio un paso hacia delante y, cogiendo a la chica por la cintura con la mano derecha y tomando su izquierda, la atrajo hacia él.

—¿Qué demonios crees que estás haciendo? —dijo ella.

—Enseñarte a bailar.

—Si no me sueltas ahora mismo voy a gritar.

—No querrás hacer una escena, ¿verdad, Alys?

La joven intentó interponer los brazos entre su cuerpo y el de Jürgen, aunque no era rival para su fuerza. El hijo del barón la apretó aún más hacia sí, sintiendo sus pechos a través del vestido y una creciente erección contra el estómago de ella. Comenzó a moverse al ritmo de la música, con una sonrisa en los labios, sabiendo que Alys no gritaría. Montar un escándalo en una fiesta como aquella sólo sería un baldón en la imagen de la chica y de su familia. Vio como en los ojos de la joven se cristalizaba un odio frío, y de repente jugar con ella de aquel modo le pareció muy divertido, mucho más satisfactorio que si hubiese accedido a bailar con él sin más.

—¿Desea una copa, señorita?

Jürgen se paró de golpe. Junto a él estaba Paul, sosteniendo una bandeja con varias copas de champán y los labios firmemente apretados.

—Vaya, mi primo el camarero. Piérdete, imbécil —ladró Jürgen.

—Bueno, primero me gustaría saber si la señorita tiene sed —dijo Paul, adelantando ligeramente la bandeja.

—Sí —se apresuró a decir Alys—. Ese champán tiene un aspecto excelente.

Jürgen entrecerró los ojos, intentando pensar. Si soltaba la mano derecha para tomar una copa de la bandeja, ella se separaría lo suficiente como para zafarse. Aflojó ligeramente la presión sobre su espalda, permitiéndole liberar el brazo izquierdo, pero apretando aún más en la mano derecha. Las puntas de los dedos de la chica se estaban poniendo moradas.

—Venga, Alys, coge una copa. Dicen que trae alegría —dijo aparentando jovialidad.

Alys se inclinó un poco hacia la bandeja. Intentó liberarse, pero era inútil. No le quedó más remedio que tomar el champán con la mano izquierda.

—Gracias —dijo débilmente.

—Tal vez la señorita desearía una servilleta —dijo Paul, levantando la otra mano, donde llevaba un platito con pequeñas piezas de tela. Se había movido alrededor de la pareja, y ahora ofrecía las servilletas desde el lado contrario.

—Eso sería estupendo —dijo Alys, mirando fijamente al hijo del barón.

Durante unos segundos, ninguno de ellos se movió. Jürgen estudió la situación despacio. Con la copa en la mano izquierda, la única forma que tenía ella de coger la servilleta era con la derecha. Finalmente, hirviendo de rabia, tuvo que darse por vencido. Soltó la mano de Alys, quien se separó un par de pasos de él y tomó la servilleta.

—Creo que voy a salir un poco a que me dé el aire —dijo la joven con mucha dignidad.

Jürgen, como desdeñándola, se dio la vuelta para regresar junto a sus amigos. Al pasar junto a Paul, le apartó con el hombro, susurrando:

—Pagarás por esto.

De alguna manera Paul consiguió mantener en equilibrio sobre la bandeja las copas de champán, que se limitaron a tintinear. Otro cantar era su equilibrio interior, que en estos momentos equivalía al de un gato encerrado en un barril de clavos.

¿Cómo he podido ser tan imbécil?

En la vida, él sólo tenía una regla: mantenerse lo más lejos posible de Jürgen. No era fácil de cumplir, dado que los dos vivían bajo el mismo techo, pero al menos era simple. No podía hacer gran cosa cuando su primo decidía hacerle la vida imposible, pero definitivamente podía evitar cruzarse en su camino y mucho más humillarle públicamente, como acababa de hacer. Aquello iba a costarle bastante caro.

—Gracias.

Paul levantó la vista y durante unos segundos se le olvidó absolutamente todo: el miedo a Jürgen, la pesada bandeja y el dolor que sentía en las plantas de los pies tras llevar trabajando doce horas seguidas para que todo estuviese a punto para la fiesta. Todo se esfumó, porque ella le estaba sonriendo.

Alys no era una mujer capaz de cortar la respiración a un hombre a primera vista. Pero si se le dedicaba una segunda mirada, ésta sería probablemente mucho más larga. Si se escuchaba su voz ronca, uno podía sentirse atraído por ella. Si le dirigía a uno una sonrisa como la que Paul recibió en aquel instante...

Paul no tuvo ninguna posibilidad de no enamorarse de ella.

—Ah..., no ha sido nada.

Durante el resto de su vida, Paul maldeciría innumerables veces aquellos instantes, aquella conversación y aquella sonrisa que habrían de causarle tantos problemas. Pero en aquel momento no sabía nada de todo esto. Tampoco lo sabía ella, que estaba sinceramente agradecida a aquel chico delgaducho, encogido y de ojos azules e inteligentes. Claro que enseguida Alys volvió a ser Alys.

—No te creas que no hubiera podido deshacerme de él yo sola.

—Claro, claro —dijo Paul, todavía embobado.

Alys parpadeó; no estaba acostumbrada a una victoria tan fácil. Prefirió cambiar de tema.

—Éste no es sitio para hablar. Espera un minuto y luego encuéntrate conmigo en el guardarropa.

—Con mucho gusto, señorita.

Paul dio una vuelta alrededor del salón para vaciar la bandeja cuanto antes y tener una excusa para desaparecer. Al principio de la fiesta había ido escuchando las conversaciones de la gente, sorprendido de comprobar la poca atención que le prestaban. Era realmente como si fuera invisible, y por eso le extrañó que alguien se dirigiera a él. Fue el último de los invitados en coger una copa de su bandeja, que le sonrió y le dijo:

—Bien hecho, hijo.

—¿Perdone?

Era un hombre maduro, de pelo y perilla blancos y orejas prominentes. Le dedicaba una mirada profunda y extraña.

—«Nunca hubo caballero que salvase a dama con tanta gallardía y discreción.» Es de Chrétien de Troyes. Disculpa, me llamo Sebastian Keller, librero.

—Encantado de conocerle.

El hombre señaló hacia la puerta con el pulgar.

—Será mejor que te apresures. Ella te estará esperando.

Sorprendido, Paul se colocó la bandeja bajo el brazo y salió del salón. El guardarropa estaba instalado en el recibidor, y consistía en una mesa alta y dos enormes percheros con ruedas que sostenían el centenar de abrigos de los invitados. La chica ya había recogido el suyo de manos de una encargada que la baronesa había contratado para la fiesta, y le esperaba junto a la puerta. No le tendió la mano cuando se presentó.

—Me llamo Alys Tannenbaum.

—Paul Reiner.

—¿Es verdad que es tu primo?

—Por desgracia sí.

—Es que tú no pareces...

—El qué, ¿el sobrino de un barón? —dijo Paul señalando el mandil de su uniforme de camarero—. Esto es el nuevo grito de París.

—Me refería a que no pareces como él.

—Eso es porque no soy como él.

—Me alegra saberlo. Sólo quería darte las gracias otra vez. Cuídate, Paul Reiner.

—Claro.

Ella puso la mano en el pomo de la puerta, pero antes de abrirla se giró rápidamente y besó a Paul en la mejilla. Después bajó corriendo las escaleras y desapareció. Durante unos instantes él contempló la calle con ansia, como si ella fuera a volver sobre sus pasos de nuevo. Finalmente cerró la puerta, apoyó la frente en el marco y suspiró.

Sentía el corazón y el estómago pesados y extraños, como si un animal hubiera ocupado al fin una guarida que siempre había sido suya pero en la que jamás había estado. No supo ponerle nombre, así que a falta de uno mejor decidió —acertadamente— que era amor y se sintió feliz.

—Bien, parece que el caballero andante ha recibido su premio, ¿verdad, muchachos?

Al oír aquella voz que tan bien conocía, Paul se giró a toda prisa.

Y pasó instantáneamente de la felicidad al miedo.

5

Los siete estaban allí.

Formaban un semicírculo amplio en el recibidor, bloqueando la entrada al salón. Jürgen estaba en medio de ellos, ligeramente adelantado, como si no pudiera esperar a poner sus manos encima de Paul.

—Esta vez te has pasado, primo. No me gusta la gente que no sabe atenerse a la posición que ocupa en la vida.

Paul no contestó, ya que sabía que nada de lo que dije se supondría diferencia alguna. Si había algo que Jürgen no soportaba era que le humillasen. Que lo hubiese hecho en público, y delante de todos sus amigos, el pobre primo tonto, el criado, la oveja negra de la familia, era algo impensable. En aquel momento estaba decidido a hacerle mucho daño. Cuanto más y más visible, mejor.

—Voy a hacer que te queden pocas ganas de jugar al caballero andante, mierdecilla.

Miró a su alrededor, desesperado. La encargada del guardarropa había desaparecido, seguramente a una orden del chico del cumpleaños. Los amigos de Jürgen cubrían el centro del recibidor, eliminando cualquier vía de escape, y avanzaban despacio hacia él.

Si se daba la vuelta e intentaba abrir la puerta de la calle, le cogerían por la espalda y le echarían al suelo allí mismo.

—Estás temblando —canturreó Jürgen.

Paul descartó el corredor que llevaba a la zona de servicio, ya que era prácticamente un callejón sin salida, y el único camino que le habían dejado disponible. Aunque jamás en su vida había ido a cazar, había escuchado en demasiadas ocasiones al barón contar a sus invitados cómo se había cobrado cada una de las piezas que colgaban de la pared de su estudio. Su primo quería que fuera en esa dirección porque allí no habría nadie que escuchara sus gritos.

Por tanto, sólo había una posibilidad.

Sin pensarlo un instante, corrió hacia ellos.

Jürgen se quedó tan sorprendido de ver cómo Paul pasaba a su lado a toda velocidad que simplemente giró la cabeza al verle. Su amigo Krohn, que estaba dos metros detrás de él, tuvo algo más de tiempo para reaccionar. Plantó ambos pies en el suelo y se preparó para golpear al muchacho, que iba hacia él en línea recta. Pero justo cuando iba a recibirle con un puñetazo en plena cara, Paul se echó al suelo, saltando con los pies por delante. Cayó sobre su cadera izquierda —lo que le causó un moratón que le duraría dos semanas—, pero el impulso le permitió deslizarse sobre las pulidas baldosas de mármol como un pedazo de mantequilla caliente sobre un espejo, aterrizando al final del recibidor, al pie de las escaleras que conducían a las plantas superiores.

—¿A qué esperáis, idiotas? ¡Cogedle! —gritó Jürgen, exasperado.

Sin pararse a ver qué ocurría, Paul se puso en pie y corrió escaleras arriba. Se le habían terminado las ideas, y simplemente movía las piernas por mero instinto de supervivencia. Los pies, que llevaban molestándole todo el día, empezaban a dolerle terriblemente. Cuando se encontraba a mitad del tramo del segundo piso estuvo a punto de tropezar y rodar hacia abajo, pero logró equilibrarse justo a tiempo cuando las manos de uno de los amigos de Jürgen ya le rozaban los talones. Agarrándose a los pasamanos de bronce para tomar las curvas, siguió subiendo y subiendo hasta que, en el último tramo entre el tercer y cuarto piso, la puntera del zapato chocó con un escalón. El fugitivo cayó con los brazos por delante, casi dejándose los dientes contra el borde.

El primero de sus perseguidores le alcanzó jadeando, pero tropezó a su vez cuando estaba a punto de cogerle y tan sólo le pudo sujetar por el extremo del mandil.

—¡Ya le tengo! ¡Deprisa! —dijo el que le aferraba, agarrándose con la otra mano a la barandilla para no perder asidero.

Paul intentó ponerse en pie, pero el otro tiró de la tela y el joven descendió un escalón, golpeándose la coronilla. Coceó con los pies a ciegas, acertando al que le sujetaba en el hombro y en el brazo, pero sin conseguir soltarse. Se peleó durante interminables segundos con el nudo que le ataba el mandil a la cintura, escuchando al resto cada vez más cerca.

Maldita sea, por qué me gustará llevarlo tan apretado, pensó mientras forcejeaba.

De repente sus dedos encontraron el punto exacto del que tirar, y el mandil se desprendió. Paul se dio la vuelta y alcanzó el cuarto y último piso. Sin otro sitio adonde escapar, simplemente entró por la primera puerta y la cerró, echando el pestillo.

—¿Dónde ha ido? —chilló Jürgen, cuando alcanzó el rellano entre el tercero y el cuarto piso y vio al que había sujetado del mandil a Paul, que se agarraba la dolorida rodilla. Éste señaló hacia el lado izquierdo del pasillo—. ¡Vamos! —dijo Jürgen a los otros, que se habían parado unos escalones más abajo.

Estos no se movieron.

—Se puede saber qué demonios os...

Se interrumpió de golpe. Su madre le contemplaba desde la escalera.

—Estoy decepcionada, Jürgen —dijo ella con tono gélido—. Hemos reunido aquí a lo mejor de Múnich para celebrar tu aniversario y te largas en mitad de la fiesta para corretear por las escaleras con tus amigos.

—En realidad...

—Basta. Quiero que bajéis todos inmediatamente y os unáis de nuevo a los invitados. Ya hablaremos después.

—Sí, madre —dijo el joven, humillado por segunda vez aquel día delante de sus amigos. Apretando los dientes, emprendió el camino de regreso al salón.

Después pasarán muchas cosas. Y también pagarás por esto, Paul.

6

—Me alegro de volver a verte.

A Paul, ocupado en calmar sus nervios y en recuperar la respiración, le costó unos instantes comprender de dónde venía aquella voz. Estaba sentado en el suelo, con la espalda apoyada contra la puerta, temiendo que en cualquier momento Jürgen la aporrease para entrar. Pero al oír aquellas palabras, se puso en pie enseguida.

—¡Eduard!

Sin darse cuenta, se había metido en la habitación de su primo mayor, un lugar en el que hacía meses que no entraba. Todo aparecía a sus ojos tal y como estaba cuando Eduard se fue, un lugar ordenado y tranquilo pero lleno de la personalidad de su dueño. Había láminas en la pared con pósteres de películas, la colección de minerales de Eduard y sobre todo libros, libros por todas partes. Paul los conocía bien, ya que había leído la mayor parte de ellos. Novelas de espionaje, del oeste, de fantasía, libros de filosofía y de historia... Ocupaban las estanterías, la mesa de estudio e incluso el suelo al lado de la cama donde yacía Eduard, que tenía que apoyar el ejemplar que estaba leyendo en el colchón para poder pasar las páginas con una sola mano. Tenía varios cojines bajo el cuerpo que le permitían estar incorporado, y la sonrisa le flotaba triste en el rostro blanquecino.

—No me tengas lástima, Paul. No podría soportarlo.

Paul le miró a los ojos y comprendió que estaba estudiando atentamente su reacción y que estaba extrañado de que no se hubiera sorprendido al verle así.

—Ya te había visto, Eduard. El día en que llegaste.

—¿Y cómo no viniste a hablar conmigo? Prácticamente sólo veo a tu madre desde que volví. A tu madre y a mis amigos May, Salgari y Verne —dijo levantando el libro que estaba leyendo para que su primo pudiera ver el título. Era *El conde de Montecristo.*

—Me han prohibido venir.

Agachó la cabeza, avergonzado. Por supuesto que Brunhilda y su madre le habían prohibido pasar a ver a Eduard, pero él podía haberlo intentado de todas maneras. En realidad tenía miedo de ver de nuevo así a Eduard, tras la horrible experiencia de la tarde en que regresó de la guerra. Éste le miró con amargura, seguramente adivinándolo.

—Ya sé la vergüenza que siente mi madre por mí. ¿No te has fijado? —dijo haciendo un gesto hacia una bandeja en la que había, intacto, un plato de pasteles procedente de la fiesta—. No estaría bien que estropease el cumpleaños de Jürgen con mis muñones, así que no estoy invitado. Por cierto, ¿qué tal está yendo la fiesta?

—Hay una banda, y la gente bebe, habla de política y critica a los militares por haber perdido una guerra que teníamos ganada.

Eduard resopló al oír aquello.

—Es fácil criticar desde aquí. ¿Qué más dicen?

—Todos hablan de las negociaciones de Versalles, y se felicitan de que hayamos rechazado las condiciones.

—Malditos idiotas —dijo Eduard, con amargura—. Como nadie ha disparado un tiro sobre suelo alemán no acaban de creerse que hayamos perdido la guerra. En fin, supongo que es como cualquier día, sólo que con música y champán. ¿Vas a contarme de quién huías?

—Del chico del cumpleaños.

—Tu madre me ha contado que no os lleváis muy bien.

Paul asintió con la cabeza.

—No has tocado los pasteles.

—Ahora necesito poca comida. Hay bastante menos de mí. Cógelos, anda, tienes pinta de hambriento. Y acércate, que quiero verte mejor. Dios mío, cómo has crecido.

Paul se sentó en el borde de la cama y comenzó a devorar la comida. No había tomado nada desde el desayuno, ni siquiera había ido al colegio para poder preparar la fiesta. En aquel momento su madre seguro que le estaba buscando, pero le daba igual. Ahora que había vencido el miedo que le causaba, no podía dejar pasar la oportunidad de volver a estar con Eduard, a quien había echado tanto de menos.

—Eduard, yo quiero... Siento no haber venido a verte. Podría haberme colado por las tardes, cuando tía Brunhilda sale a dar un paseo...

—Déjalo, Paul. Estás aquí y eso es lo que importa. Eres tú quien tiene que perdonarme por no haberte escrito como te prometí que haría.

—¿Qué te lo impidió?

—Te diría que los disparos de los ingleses, primo, pero te estaría mintiendo. Hubo un sabio que dijo una vez que la guerra son siete partes de aburrimiento y una de horror, y es verdad. En las trincheras nos sobraba el tiempo, hasta que empezábamos a matarnos.

—¿Entonces?

—No fui capaz, sin más. Ni siquiera al principio de esta guerra absurda e injusta de la que hemos vuelto sólo un puñado de cobardes.

—¿De qué hablas, Eduard? ¡Eres un héroe! ¡Fuiste voluntario al frente, de los primeros!

Al escuchar aquello, Eduard soltó una carcajada mecánica e inhumana que le puso a Paul los pelos de punta.

—Héroe. ¿Quieres saber quién decide por ti que te presentes voluntario? Tu maestro, cuando te habla de las glorias de la patria, del imperio y del Káiser. Tu padre, que te dice que te comportes como un hombre. Tus amigos, con los que hasta hace poco te peleabas en clase de gimnasia para ver quién la tenía más larga. Todos juntos, que te arrojan a la cara la palabra cobarde si muestras la más mínima duda, y te echan la culpa de la derrota. No, primo, en las guerras no hay voluntarios, sólo imbéciles y desalmados. Y los segundos se quedan en casa.

Paul se quedó boquiabierto. De repente su ensoñación diaria con la guerra, los mapas que dibujaban en sus cuadernos, su afición a leer a diario los informes de avances del periódico, todo ello se le antojaba ridículo e infantil. Pensó en hablarle de ello, pero tuvo miedo de que su primo se riese de él y le expulsase de la habitación. En aquel momento vio la guerra frente a él. No era una escueta lista de avances sobre posiciones enemigas, ni tampoco los muñones atroces que se escondían bajo las sábanas.

La guerra era los ojos vacíos y arrasados de Eduard.

—Podrías... haberte resistido. Haberte quedado en casa.

—No, no podía —dijo él, apartando el rostro—. Te he mentido, Paul, al menos en parte. Me fui para alejarme de ellos. Para no ser como ellos.

—¿Como quiénes?

—¿Sabes cómo me hice esto? No quedaban ni cinco semanas para acabar la guerra y todos sabíamos que habíamos perdido. Que en cualquier momento nos llamarían para volver a casa. Y nos confiamos más y más. Pasábamos por alto a los que iban cayendo a nuestro lado porque, al fin y al cabo, quedaba poco para regresar. Y un día, en mitad de una retirada, cayó un obús demasiado cerca.

En aquel punto Eduard bajó la voz, tanto que Paul tuvo que adelantarse para poder escucharle.

—Me he preguntado mil veces qué habría pasado si hubiese corrido dos metros más a la derecha. O si me hubiese parado a darme dos golpes en el casco, como hacíamos siempre antes de salir de la trinchera —le dio con los nudillos dos veces a Paul en la frente—. Estos golpes nos hacían invencibles. Aquel día no me los di, ¿sabes?

—Ojalá nunca te hubieras marchado.

—No, primo, créeme. Me marché para no ser un von Schroeder, y si volví fue sólo para asegurarme de que no me equivoqué al marcharme.

—No lo entiendo, Eduard.

—Ah, Paul querido, tú mejor que nadie deberías entenderlo. Después de lo que te han hecho. De lo que le hicieron a tu padre.

Aquella última frase se enganchó como un anzuelo oxidado en el corazón de Paul. Apenas rasgó la superficie, pero los acontecimientos venideros pronto lo hundirían mucho más.

—¿A qué te refieres, Eduard?

Su primo le contempló durante un rato, en silencio, mordiéndose el labio inferior. Finalmente meneó la cabeza y cerró los ojos.

—Olvida lo que te he dicho. Lo siento.

—¡No puedo olvidarme! Nunca le conocí, nadie me habla de él, aunque murmuren a mis espaldas. Todo lo que sé es lo que mi madre me contó, que se hundió con su barco volviendo de África. Así que dime, ¿qué es lo que le hicieron a mi padre?

Hubo de nuevo un silencio, y éste fue mucho más largo. Tanto que Paul se preguntó si Eduard se había quedado dormido, hasta que volvió a abrir los ojos.

—Arderé en el infierno por esto, pero no me queda más remedio que vaciar mi corazón. Pero antes quiero que me hagas un favor.

—Lo que quieras.

—Ve al estudio de mi padre en el piso de abajo, y abre el segundo cajón de la derecha. Si está cerrado, la llave solía estar en el cajón del centro. Encontrarás una bolsa de cuero negro con forma de solapa. Tráemela.

Paul obedeció. Bajó al estudio de puntillas, temiendo encontrarse a alguien por el camino, pero la fiesta en aquel momento debía de estar en pleno apogeo. El cajón estaba cerrado, y durante unos instantes no consiguió encontrar la llave donde Eduard le había dicho, pero finalmente la localizó metida dentro de una cajita de madera. El interior del cajón estaba repleto de papeles. Al fondo de todo Paul encontró un fieltro negro con un extraño símbolo dibujado en oro. Un compás y una escuadra, con una letra G en su interior. Debajo estaba la bolsa de cuero.

El joven se la colocó entre la camisa y el cuerpo y volvió de nuevo a la habitación de Eduard. Sentía el peso de la bolsa contra la piel del estómago, y temblaba sólo de pensar qué ocurriría si alguien le descubriera en los pasillos con algo que no era suyo dentro de la ropa. Al entrar en la habitación sintió un alivio inmenso.

—¿La tienes?

Paul sacó la bolsa de cuero y caminó hacia la cama, pero a tan sólo dos metros tropezó con una de las pilas de libros que había esparcidas por toda la habitación. Los libros se desparramaron y la bolsa cayó al suelo. Su cierre de solapa se abrió.

—No —dijeron Eduard y Paul a la vez. El del primero sonó a tristeza, el segundo a incredulidad.

La bolsa había caído entre un ejemplar de *La venganza de la sangre* de May, y otro de *Los elixires del diablo,* de Hoffman. El contenido asomaba ligeramente, un reflejo nacarado sobre la negra piel.

Era el mango de una pistola.

—¿Para qué quieres un arma, primo? —dijo Paul, con la voz temblorosa.

—Ya sabes para qué la quiero —levantó el muñón del brazo para remarcarlo.

—Pues no pienso dártela.

—Escúchame bien, Paul. Voy a conseguirla antes o después, porque lo único que quiero en este mundo es abandonarlo. Puedes darme la espalda hoy, volver a colocarla en su sitio y obligarme a la terrible indignidad de tener que arrastrarme sobre este brazo maltrecho en plena noche hasta el despacho de mi padre. Pero en ese caso no sabrás nunca lo que tengo que contarte.

—¡No!

—O puedes dejarla sobre la cama, escuchar lo que tengo que decirte y darme la dignidad de elegir cómo quiero marcharme. Tú decides, Paul, pero pase lo que pase conseguiré lo que quiero. Lo que necesito.

Paul se sentó, o más bien se dejó caer al suelo, con la bolsa de cuero entre sus manos. Durante largos minutos lo único que se escuchó en la habitación fue el tictac metálico del despertador de cuerda de Eduard. Éste volvió a cerrar los ojos hasta que sintió un movimiento en su cama.

Su primo había dejado caer la bolsa de cuero sobre las sábanas, al alcance de su mano.

—Que Dios me perdone —dijo Paul. Estaba llorando, de pie al lado de la cama, pero sin atreverse a mirarle directamente.

—A Él le trae sin cuidado lo que hacemos —dijo Eduard

acariciando con los dedos la delicada piel de la bolsa—. Gracias, primo.

—Cuéntamelo, Eduard. Cuéntame lo que sabes.

El mutilado se aclaró la garganta antes de empezar. Habló despacio, como si cada una de las palabras que pronunciaba fuesen arrastradas fuera de sus pulmones, más que dichas.

—Ocurrió en 1905, como te han contado, y hasta ahí cualquier parecido con la realidad. Recuerdo bien que tío Hans estaba en una misión en África del Suroeste, porque me encantaba ese nombre y solía repetirlo una y otra vez mientras jugaba a buscarlo en los mapas. Una noche, cuando yo tenía diez años, escuché unos gritos en la biblioteca y bajé a ver qué estaba ocurriendo. Me sorprendí mucho al ver a tu padre visitándonos a aquellas horas. Discutía con el mío, sentados los dos alrededor de una mesa circular. Había otras dos personas en la habitación. Vi a uno, un hombre bajo y de rasgos delicados, como los de una chica, aunque no decía nada. Escuché a otro, al que no podía ver desde la puerta. Iba a pasar para saludar a tu padre, que siempre me traía regalos de sus viajes. Justo antes de entrar mi madre me agarró por la oreja y me arrastró a mi habitación. «¿Te han visto?», me preguntó. Y yo lo negué una y otra vez. «Bien, pues de esto no digas ni una palabra, nunca, ¿me has oído?» Y yo... le juré que nunca contaría nada.

Eduard se interrumpió, y Paul le agarró por el brazo. Quería por todos los medios que continuara, aunque era consciente del sufrimiento por el que estaba pasando su primo al sacar aquello a la luz.

—Tu madre y tú vinisteis a vivir con nosotros dos semanas después. Tú eras poco más que un bebé, y yo me alegré porque así tenía mi propio pelotón de valientes soldados con los que jugar. Ni siquiera pensé en la obvia mentira que me contaron mis padres, que la fragata del tío Hans se había hundido. Por ahí fueron diciendo otras cosas, rumores como que tu padre era un desertor que lo había perdido todo jugando y que había desaparecido en África. Esos rumores eran también falsos, pero no pensé en ellos y olvidé. Como olvidé lo que escuché poco después de que mi madre saliese de la habitación. O fingí que me había equivocado a pesar de que no había equivocación posible, con la excelente acústica de esta casa. Era fácil mirarte crecer, ver tu sonrisa feliz mientras jugábamos al escondite y mentirme a mí mismo. Luego fuiste haciéndote mayor, mayor para comprenderlo, mayor hasta tener la misma edad que yo aquella noche. Y yo me marché a la guerra.

—Dime ya qué oíste —dijo Paul, con un hilo de voz.

—Aquella noche escuché un disparo, primo.

7

Desde hacía un rato, el conocimiento de sí mismo y del mundo en general que tenía Paul se tambaleaba, como un jarrón de porcelana subido a una escalera a la que un demente fuera dando pequeños puntapiés. Aquella última frase fue el puntapié definitivo, y el imaginario jarrón de porcelana cayó, haciéndose trizas. Paul escuchó el estruendo que hizo al romperse, y también lo percibió Eduard en su rostro.

—Perdóname, Paul. Que Cristo me ayude, márchate.

El joven se levantó y se inclinó sobre la cama. La piel de su primo estaba fría, y cuando le besó en la frente fue como besar un espejo. Caminó hasta la puerta sin ser totalmente dueño de sus piernas, vagamente consciente de dejar abierta tras de sí la puerta de la habitación o de dejarse caer en el pasillo alfombrado.

Cuando sonó el disparo, apenas lo escuchó.

Sin embargo, la acústica del palacete, como Eduard había dicho, era excelente. Los primeros invitados en abandonar la fiesta, aquellos que intercambiaban besos al aire y promesas vanas en el vestíbulo mientras recogían los abrigos, oyeron un estampido amortiguado pero inconfundible. Habían escuchado demasiados en las últimas semanas como para equivocarse. Las conversaciones se fueron apagando al tiempo que el segundo y el tercer eco del estampido terminaban de rebotar por el hueco de la inmensa escalera de mármol.

Brunhilda, que en su papel de perfecta anfitriona despedía a un médico y su mujer a los que aborrecía, identificó el ruido, pero activó inmediatamente su mecanismo automático de defensa.

—Seguro que los chicos están jugando con petardos.

Las caras incrédulas brotaron a su alrededor como setas tras una tormenta. Apenas había una docena de personas, pero ya salían más por la puerta del salón. En breve todos los invitados sabrían que algo estaba pasando en su casa.

¡En mi casa!

Antes de dos horas sería la comidilla de todo Múnich si no intervenía.

—Quedaos aquí, seguro que no es nada.

Apretó el paso cuando sintió el olor de la pólvora, que comenzaba a mitad de la escalera. Algunos de los invitados más valientes dirigían la cabeza hacia arriba, tal vez en espera de que Brunhilda les confirmase que estaban en un error, aunque sin poner el pie en la escalera; el tabú social de no acceder a las habitaciones en una fiesta era demasiado grande. El murmullo iba creciendo, y la baronesa deseó que Otto no fuera tan imprudente y tan imbécil como para seguirla, porque inevitablemente alguien querría acompañarle.

Cuando llegó arriba y vio a Paul sollozando en el pasillo, supo lo que había ocurrido sin necesidad de asomarse a la puerta de la habitación de Eduard.

Lo hizo, de todas maneras.

Sintió un espasmo de bilis subir hasta su garganta. La atenazaron el horror y otro sentimiento incongruente, que sólo más tarde comprendió, asqueada, que era alivio. O al menos la desaparición de la opresión que soportaba en el pecho desde que su hijo había vuelto mutilado de la guerra.

—¿Qué has hecho? —dijo mirando a Paul—. ¡Qué has hecho, te digo!

El joven no levantó la cabeza de entre las manos.

—¿Qué le hicisteis vosotros a mi padre, bruja?

Brunhilda dio un paso atrás. Por segunda vez aquella noche, alguien retrocedía ante la mención de Hans Reiner, e irónicamente quien lo hacía ahora era la misma persona que antes había pronunciado su nombre en actitud amenazante.

¿Cuánto sabes, niño? ¿Cuánto te dijo antes de...?

Quiso gritar, pero ni pudo ni se atrevió.

En vez de eso apretó los puños hasta clavarse las uñas en las manos, intentando tranquilizarse y decidir qué hacer al mismo tiempo, como había hecho una noche como aquella, catorce años atrás. Y cuando recobró un mínimo de compostura, volvió a bajar las escaleras. Se asomó con una ancha sonrisa al recibidor, desde el último rellano de la escalera. No descendió más, porque no se creyó capaz de mantener la farsa mucho tiempo delante de aquel mar de caras tensas.

—Tenéis que disculparnos. Unos amigos de mi hijo jugando con petardos, como me imaginaba. Si no os importa voy a atender el desastre que han causado —hizo un gesto hacia la madre de Paul—. Ilse, querida.

Los rostros se suavizaron al escuchar aquello, y los invitados se tranquilizaron al ver al ama de llaves subir las escaleras tras ella, con aire de normalidad. Ya tenían bastantes cotilleos acerca de la fiesta, y apenas podían esperar para llegar a sus casas y aburrir a sus familias con ellos.

—Ni se te ocurra chillar —fue todo lo que le dijo Brunhilda.

Ilse esperaba el escenario de una travesura infantil, y al ver a Paul en el pasillo, tuvo miedo. Cuando entreabrió la puerta de Eduard tuvo que morderse el puño para no gritar. Para alguien que lo observara desde fuera, no fue una reacción muy distinta a la de la baronesa, sólo que en el caso de Ilse hubo lágrimas además de horror.

—Pobre niño —dijo retorciéndose las manos.

Brunhilda contemplaba a su hermana con las suyas en las caderas.

—Pregúntale a tu hijo quién le dio la pistola a Eduard.

—Oh, Dios santo, dime que eso no es cierto, Paul.

Sonó a súplica, pero sin esperanza. El joven no contestó, y Brunhilda se acercó a él exasperada, enarbolando su dedo índice.

—Llamaré al magistrado. Vas a pudrirte en la cárcel por darle una pistola a un pobre enfermo.

—¿Qué le hicisteis a mi padre, bruja? —repitió Paul, levantándose despacio y encarándose con su tía, que esta vez no retrocedió, aunque estaba asustada.

—Hans murió en las colonias —dijo ella sin mucha convicción.

—No es cierto. Mi padre estuvo en esta casa antes de desaparecer, tu propio hijo me lo ha dicho.

—Eduard volvió enfermo y trastornado, inventando toda clase de historias inverosímiles debido a las heridas que sufrió en el frente. A pesar de que el médico le prohibió las visitas, tú has estado excitándole y le has dado un arma.

—¡Mientes!

—Le has matado.

—Eso es mentira —dijo el joven, a quien sin embargo recorrió un escalofrío de duda y desconcierto.

—¡Paul, ya basta!

—Marchaos de mi casa.

—No nos iremos a ninguna parte —dijo Paul.

—Tú decides —dijo Brunhilda volviéndose a Ilse—. El juez Strohmeyer aún está abajo, en la fiesta. Dentro de dos minutos bajaré a avisarle. Si no quieres que tu hijo duerma esta noche en Stadelheim, marchaos ahora mismo.

Ilse palideció de terror al escuchar el nombre de la prisión. Strohmeyer era un buen amigo del barón, y no haría falta demasiado para convencerle de acusar a Paul de homicidio. Agarró a su hijo por el brazo.

—¡Vámonos, Paul!

—No hasta que...

Ella le dio una bofetada, tan fuerte que se hizo daño en los dedos. El labio de Paul empezó a sangrar y él se quedó mirando a su madre, inmóvil.

Finalmente, la siguió.

Ilse no le permitió a su hijo hacer las maletas, ni siquiera pasaron por su habitación. Bajaron por la escalera de servicio y usaron la puerta de atrás para salir del palacete, escondiéndose por los callejones para evitar ser vistos.

Como criminales.

8

—¿Se puede saber dónde diablos estabas?

El barón llegó furioso y cansado, con los bordes de la levita arrugados, el bigote revuelto y el monóculo colgando. Había pasado una hora desde que Ilse y Paul se marcharon, y la fiesta había continuado hasta entonces. Él había tenido que multiplicarse para despedir a todos los invitados hasta que se fue el último.

Sólo entonces el barón fue a buscar a su mujer. La encontró sentada en una silla que ella misma había sacado al pasillo del cuarto piso, donde aguardaba con la puerta de la habitación de Eduard cerrada. Ni con toda su inmensa fuerza de voluntad había sido Brunhilda capaz de volver a bajar a la fiesta. Cuando su marido apareció, ella le explicó lo que había en el cuarto, y Otto tuvo su cuota de dolor y remordimiento.

—Llamarás al juez por la mañana —dijo Brunhilda, con voz desapasionada y fría—. Diremos que lo encontramos así cuando fuimos a llevarle el desayuno. De esa forma se minimizará el escándalo. Es posible que no llegue a saberse.

Otto asintió con la cabeza. Retiró la mano del picaporte de la habitación de Eduard. No se había atrevido a entrar, ni lo haría jamás. Ni siquiera después de que las huellas de la tragedia se hubieran borrado de las paredes y el suelo.

—El juez me debe un favor, y creo que podrá arreglarse. Pero me pregunto quién le dio el arma. Él no pudo cogerla solo.

Cuando Brunhilda le contó lo que había hecho Paul y su propia reacción al expulsar a los Reiner, el barón se enfureció.

—¿Te das cuenta de lo que has hecho?

—Aquí eran una amenaza, Otto.

—¿Acaso no recuerdas lo que está en juego? ¿De qué ha servido entonces tenerlos en esta casa tantos años?

—Para mortificarme y calmar tu conciencia —dijo Brunhilda, con una amargura contenida durante años, que amenazaba con desbordarse.

Otto no se molestó en negarlo, pues era verdad.

—Y por algo más.

—Eduard habló con tu sobrino.

—Oh, Dios. ¿Sabes qué pudo contarle?

—Eso no importa. Después de marcharse esta noche se han convertido en sospechosos, aunque no les denunciemos mañana. No se atreverán a hablar, y no tienen pruebas de nada. A no ser que el chico averigüe algo.

—¿Crees que me preocupa que descubran la verdad? Para eso tendría que encontrar a Clovis Nagel. Y Nagel hace mucho que no está en Alemania. Pero eso no resuelve nuestro problema. Sólo tu hermana sabe dónde está la carta de Hans Reiner.

—Vigílalos, entonces. A distancia prudencial.

Otto recapacitó durante unos instantes.

—Tengo al hombre perfecto para eso.

Hubo una tercera persona que estuvo presente en aquella conversación, aunque escondida en una esquina del pasillo. Esa persona escuchó sin comprender, y cuando largo rato después el matrimonio von Schroeder se retiró a su dormitorio, entró a la habitación de Eduard.

Cayó al suelo de rodillas al ver lo que había dentro. Cuando se levantó, los restos de inocencia que su madre no había conseguido quemar, las parcelas de su alma que ella no había conseguido sembrar con odio y envidia hacia su primo a lo largo de tantos años, estaban muertas, calcinadas.

Mataré a Paul Reiner por esto.

Ahora soy el heredero. Seré barón.

Fue incapaz de distinguir cuál de ambos pensamientos antagónicos le parecía más excitante.

9

Paul Reiner tiritaba bajo la fina lluvia de mayo. Su madre ya no tiraba de él, sino que caminaba a su lado por el barrio de Schwabing, el barrio de la bohemia, el corazón de Múnich, el lugar donde ladrones y poetas alternaban en tabernas con pintores y putas hasta altas horas de la madrugada. Pocas, sin embargo, eran las que encontraban ya abiertas el joven y su madre, y no entraron en ninguna, ya que no tenían ni un penique.

—Refugiémonos en ese portal —dijo Paul.

—Vendrá de nuevo el sereno y nos echará, como las tres veces anteriores.

—Así no puedes seguir, mamá. Cogerás una pulmonía.

Ambos se apretujaron en el estrecho portal de un edificio que había conocido tiempos mejores. Al menos un saliente de la fachada les protegía de la lluvia, que empapaba aceras desiertas y adoquines desiguales. La tenue luz de las farolas creaba extraños reflejos en la superficie de las calles mojadas como Paul jamás había visto.

Sintió miedo y se apretó aún más contra su madre.

—Aún llevas el reloj de pulsera de tu padre, ¿verdad?

—Sí —dijo Paul, algo asustado.

En la última hora ya le había hecho tres veces esa pregunta. La mujer estaba apagada y vacía, como si el esfuerzo que habría hecho para abofetear a su hijo y conducirle por los callejones lejos del palacete de los von Schroeder hubiera gastado una reserva de energía que ni ella misma imaginaba poseer, y que ahora se hubiese perdido para siempre. Tenía los ojos hundidos y las manos temblorosas.

—Mañana lo empeñaremos y todo se arreglará.

El reloj de pulsera no era nada extraordinario, ni siquiera era de oro. Paul se preguntó si les daría para algo más que una noche de pensión y, a lo sumo, una cena caliente.

—Es un plan estupendo —se forzó a decir.

—Necesitamos un sitio donde quedarnos, y luego pediré mi antiguo trabajo en la fábrica de pólvora.

—Pero madre... la fábrica de pólvora ya no existe. La desmantelaron cuando acabó la guerra.

Y fuiste tú quien me lo contó, pensó Paul, ahora realmente preocupado.

—Pronto saldrá el sol —dijo su madre.

Paul no respondió. Inclinó la cabeza, atento a los pasos rápidos y cadenciosos de las botas del sereno. Deseó que tan sólo se demorase lo suficiente como para que él pudiese cerrar los ojos un momento.

Estoy tan cansado... Y no comprendo nada de lo que ha ocurrido esta noche. Y ella está tan rara... tal vez ahora me diga la verdad.

—Mamá, ¿qué sabes de lo que le ocurrió a papá?

Ilse pareció despertar durante unos instantes de su estado letárgico. En el fondo de sus ojos ardió una pequeña luz, como si el cansado soplido de un fuelle avivase el último rescoldo de una hoguera hace tiempo consumida. Tomó a Paul por la barbilla y le acarició la cara con dulzura.

—Paul, por favor. Olvídalo, borra todo lo que has escuchado esta noche. Tu padre fue un buen hombre que murió en un trágico naufragio. Prométeme que te aferrarás a eso, que no buscarás una verdad que no existe porque no soportaría perderte. Eres lo único que me queda. Mi niño Paul.

Los primeros destellos del amanecer alargaron las sombras sobre las calles de Múnich, llevándose con ellos la lluvia.

—Prométemelo —insistió ella, en voz cada vez más baja.

Paul dudó antes de contestar.

—Te lo prometo.

10

—¡Sooo!

El carro del carbonero se detuvo en Rheinstrasse con un chirrido. Los dos caballos piafaban intranquilos, los ojos cubiertos por las anteojeras y las grupas ennegrecidas por el sudor y el polvo de carbón. El carbonero bajó al suelo de un salto, y pasó distraídamente la mano por el lateral del carro, donde estaba pintado su nombre, Klaus Graf, aunque tan sólo llegaban a leerse las dos primeras letras.

—¡Limpia esto, Willi! Me gusta que los clientes sepan quién les trae la materia prima —dijo, casi de buen humor.

El hombre que le acompañaba en el pescante se quitó el sombrero y sacó de dentro un trapo en el que había distantes recuerdos del color de la tela y se puso a bregar sobre la madera, silbando. Era la única manera que tenía de expresarse, porque era mudo. La melodía era suave y rápida: él también parecía contento.

Era el momento perfecto.

Paul llevaba siguiéndoles toda la mañana desde que salieron de la cochera que Graf tenía en Lehel. También les había estado observando el día anterior, y comprendió que su mejor oportunidad de que el carbonero le diese un empleo sería poco antes de la una de la tarde, justo después de su descanso del mediodía. Ambos hombres habían dado cuenta de grandes bocadillos y de un par de litros de cerveza cada uno. Ya habían dejado atrás el sopor malhumorado de la madrugada, con el rocío acumulándose sobre el carro mientras esperaban a que abriese el almacén de carbón. También estaban lejos del cansancio irascible del final del día, en el que sorbían en silencio la última cerveza de la jornada en la taberna más cercana a la última casa que les hubiese tocado abastecer, con el polvo cerrándoles la garganta.

Si no lo consigo, que Dios nos ayude, pensó Paul, desesperado.

Llevaban ya dos días intentando encontrar trabajo y apenas habían comido nada en todo aquel tiempo. El empeño del reloj les dio para dos noches de pensión y un desayuno a base de pan y cerveza. Su madre había insistido en preguntar en muchos sitios, pero pronto descubrieron que un empleo era una auténtica utopía en aquellos días. Las mujeres habían sido expulsadas de los puestos de trabajo que ocuparon durante la guerra una vez que los hombres regresaron al frente. No por gusto de los empleadores, desde luego.

—Maldito sea el gobierno y sus directrices —les había dicho un panadero a cuya tahona habían ido en busca del imposible—. Desde hace meses nos obligan a contratar a los veteranos de guerra, cuando las mujeres hacían el trabajo igual de bien y cobrando mucho menos.

—¿Las mujeres hacían la misma tarea que los hombres? —le preguntó Paul con tono insolente. Estaba de mal humor. El estómago le rugía y el olor del pan cociéndose en los hornos estaba crispándole los nervios.

—Algunas mejor. Tenía una señora que era capaz de manejar la masa como nadie.

—Entonces, ¿por qué les pagaban menos?

—Bueno, chico, es obvio —dijo el panadero encogiéndose de hombros—. Son mujeres.

Si había una lógica en ello, Paul no era capaz de entenderla, aunque tanto su madre como el resto de los empleados que se afanaban en el obrador asintieron con la cabeza.

—Ya lo entenderá cuando sea mayor —dijo uno de los empleados mientras se marchaban. Y todos estallaron en carcajadas a sus espaldas.

Paul no había tenido mayor suerte. Lo primero que le preguntaba cualquiera, antes de averiguar si sabía hacer algo, es si era veterano de guerra. Había conseguido llevarse muchas decepciones en pocas horas, así que decidió afrontar el problema de manera más racional. Confiándose a la suerte, decidió seguir al carbonero, estudiarle y abordarle de la mejor manera posible. Habían conseguido dormir una tercera noche en la pensión, bajo la promesa de pagar al día siguiente, y la patrona se compadeció de ambos.

Incluso les dio un plato de sopa espesa, con pequeños trozos de patata flotando y un pedazo de pan negro.

Y allí estaba Paul, cruzando Rheinstrasse. Un lugar bullicioso y alegre, lleno de buhoneros, vendedores de periódicos y afiladores, que voceaban sus cajas de cerillas, las últimas noticias o los beneficios de unas tijeras bien afiladas. El olor de las panaderías se mezclaba con el de la bosta de los caballos, que en Schwabing proliferaban mucho más que los coches.

Paul aprovechó el momento en que el ayudante del carbonero fue a buscar al portero del edificio que iban a suministrar para que les abriese la puerta del sótano. Mientras, el carbonero iba preparando las enormes cestas de abedul en las que transportaban su mercancía.

Tal vez si está solo sea más amable. La gente se comporta diferente con los extraños cuando están sus subordinados delante, pensó mientras se acercaba.

—Buenas tardes, señor.

—¿Qué tripa se te ha roto, muchacho?

—Necesito un trabajo.

—Piérdete, chico. No necesito a nadie.

—Soy fuerte, señor, y podría ayudarle a descargar ese carro a toda velocidad.

El carbonero se dignó mirar a Paul por primera vez, y lo hizo de arriba abajo. Éste seguía llevando pantalón negro, camisa blanca y chaleco, y seguía pareciendo un camarero. Comparado con el corpulento y regordete hombretón que tenía enfrente, Paul se sintió un alfeñique.

—¿Cuántos años tienes, muchacho?

—Diecisiete, señor —mintió Paul.

—Ni tía Bertha, que era malísima para calcular la edad de la gente, la pobre, te echaría más de quince. Además estás escuálido. Lárgate.

—El día 22 de mayo cumplo dieciséis años, señor —dijo Paul con tono ofendido.

—De todas maneras no me sirves.

—Puedo perfectamente acarrear la cesta del carbón, señor.

Con gran agilidad se subió al carro, cogió una pala y llenó una de las cestas hasta arriba. Después, procurando que no se le notase el esfuerzo, se colocó las correas al hombro. Notaba cómo las sujeciones le destrozaban los hombros y los riñones bajo los más de cincuenta kilos de peso, pero se las arregló para sonreír.

—¿Lo ve? —dijo poniendo toda su fuerza de voluntad en mantener las piernas rectas.

—Chico, no se trata sólo de levantar una cesta —dijo el carbonero, sacando un paquete de tabaco del bolsillo y encendiendo una maltrecha pipa—. Mi anciana tía Lotte podría levantar esa cesta sin tantos aspavientos como tú has hecho. Se trata de caminar con ella por unas escaleras húmedas y resbaladizas como ingle de cabaretera. En los sótanos a los que bajamos casi nunca hay luz, porque a los administradores de los edificios les importa un bledo si nos rompemos la crisma. Y puede que bajases una vez, o tal vez dos, pero a la tercera...

Las rodillas y el hombro de Paul no soportaron más el peso y el joven cayó de bruces sobre la pila de carbón.

—... te desplomarías, como acabas de comprobar. Y si esto te pasase en una de esas escaleras tan estrechas, no sería la tuya la única calabaza que se rompería.

El joven se incorporó a duras penas.

—Pero...

—No hay pero que valga, chico. Baja de mi carro.

—Yo... podría decirle una manera de mejorar su negocio.

—Lo que me faltaba... Y ¿cuál sería? —dijo el carbonero, soltando una carcajada irónica.

—Usted tarda mucho tiempo desde que termina una entrega hasta que empieza la siguiente porque tiene que ir a los almacenes a buscar más carbón. Si comprara un segundo carro...

—¿Ésa es tu brillante idea? Un buen carro con ejes de acero para que resista todo el peso que llevamos encima cuesta al menos siete mil marcos, y eso sin contar los arreos y los caballos. ¿Tienes tú siete mil marcos en esos pantalones arrugados, chico? Me parece que no.

—Pero usted...

—Yo bastante tengo con pagar el carbón y mantener a mi familia. ¿Crees que no he pensado muchas veces en comprar otro carro? Lo siento, chico —dijo suavizando un poco el tono al ver el abatimiento del muchacho—, pero no puedo ayudarte.

Paul agachó la cabeza, derrotado. Tendría que buscar trabajo en otro lugar, y deprisa, porque la patrona no tendría paciencia durante mucho más tiempo. Estaba bajando del carro cuando un grupo de personas se acercó hasta ellos.

—¡Vaya, Klaus! ¿Una nueva incorporación?

El ayudante de Klaus regresaba con el portero de la finca, aunque también venía con ellos un hombre ya mayor, bajito y calvo, con gafas redondas y maletín de cuero, que era el que se dirigía con tono jovial al carbonero.

—No, señor Finken. Es tan sólo un chico que viene a pedir trabajo, pero ya se iba.

—Pues lleva en la cara las señales de su oficio.

—Parecía empeñado en probar la tarea, señor. ¿Qué se le ofrece?

—Verá, Klaus, tengo otro compromiso, y he pensado en dejarle pagado el carbón de este mes. ¿Ésa es toda la carga?

—Sí, señor, las dos toneladas que encargó, hasta la última onza.

—Confío plenamente en usted, Klaus.

Al escuchar aquellas palabras, Paul se dio la vuelta. Acababa de comprender cuál era el auténtico capital del carbonero.

Confianza. Y maldita sea si no puede convertirse eso en dinero. Al menos si me escuchan, pensó, acercándose de nuevo al grupo.

—Bien, pues si no tiene inconveniente... —estaba diciendo Klaus.

—¡Un momento!

—¿Se puede saber qué haces aquí, chico? Te he dicho que no te necesito.

—Me necesitaría si tuviera otro carro, señor.

—¿Estás tonto o qué? ¡No tengo otro carro! Perdone usted, señor Finken, este loco se me ha pegado por la calle.

El ayudante del carbonero, que ya llevaba un rato echándole miradas desconfiadas a Paul, hizo un ademán hacia él, pero su jefe le detuvo con un gesto. No quería montar una escena delante del cliente.

—Si yo le proporcionase los medios para comprarse otro carro —dijo Paul, apartándose del ayudante e intentando parecer digno al mismo tiempo—, ¿me contrataría?

Klaus se rascó la cabeza.

—Bueno, supongo que sí —dijo a regañadientes.

—De acuerdo. ¿Sería tan amable de decirme cuál es su margen por traer el carbón?

—El mismo que el de todo el mundo, chico. Un honrado ocho por ciento.

Paul hizo unos rápidos cálculos.

—Señor Finken, ¿aceptaría usted pagarle por adelantado al señor Graf mil marcos ahora mismo a cambio de una rebaja del cuatro por ciento en el precio del carbón durante un año?

—Eso es una buena cantidad de dinero, muchacho —dijo Finken.

—¿Pero qué dices, chico? Yo no aceptaría dinero de mis clientes por adelantado.

—En realidad es una oferta muy tentadora, Klaus. Supondría un gran ahorro para la finca —dijo el viejo administrador.

—¿Lo ve? —dijo Paul, eufórico—. Sólo tiene que ofrecerle la misma oferta a seis clientes más. Todos aceptarán, señor. He notado que la gente confía en su palabra.

—Eso es cierto, Klaus.

Por un momento el pecho del carbonero se infló como el de un pavo, aunque enseguida vinieron las quejas.

—Pero —dijo el carbonero sin acabar de verlo claro— si reducimos los márgenes, ¿de qué viviré?

—Con otro carro hará su trabajo el doble de rápido. Enseguida recuperará el dinero. Y habrá dos carros con su nombre pintado paseando a la vez por Múnich.

—Dos carros con mi nombre...

—Claro que al principio irá un poco justo. Al fin y al cabo tendrá que pagar un sueldo más.

El carbonero miró al administrador y éste sonrió.

—Por Dios, Klaus, contrate a este chico o lo haré yo. Tiene una cabeza prodigiosa para los negocios.

—De acuerdo, chico. Estás dentro. Pero escúchame bien, como esto no funcione te arrancaré la piel a tiras.

Klaus llevó a Paul con él durante el resto de la jornada, y fue el joven quien se encargó de hablar con los administradores de las fincas. De los diez primeros, siete aceptaron el trato, y tan sólo cuatro exigieron una garantía por escrito.

—Parece que tendrá su carro, señor Graf.

—Ahora tendremos un maldito montón de trabajo. Y habrá que buscar nuevos clientes.

—Yo había pensado que usted...

—Nada de eso, chico. Se te da bien la gente, aunque seas un poco tímido, como la buena de mi tía Irmuska. Creo que lo harás muy bien.

El muchacho guardó silencio unos instantes, considerando los sucesos del día y luego se dirigió de nuevo al carbonero.

—Señor, antes de aceptar quisiera hacerle una pregunta.

—¿Qué diablos quieres? —dijo Klaus, impaciente.

—¿De verdad tiene usted tantas tías, señor Graf?

El carbonero soltó una enorme carcajada.

—Mi madre tenía catorce hermanas, chico. Lo creas o no.

11

Con Paul encargándose de las recogidas del carbón y de conseguir nuevos clientes, el negocio comenzó a prosperar. El joven conducía un carro lleno desde los almacenes de la ribera del Isar hasta la casa donde Klaus y Hulbert —que así se llamaba el mudo ayudante— finalizaban su descarga. Primero cepillaba a los caballos y les daba agua con un cubo. Luego cambiaba los tiros, y enganchaba el par de animales de refresco al carro que acababa de traer.

Después echaba una mano a sus compañeros para poder llevarse cuanto antes el carro vacío. Al principio con dificultad, pero, a medida que se fue acostumbrando y sus hombros se ensanchaban, fue capaz de cargar con las enormes cestas. Acabada esa finca volvía a azuzar a los caballos de vuelta a los almacenes, canturreando feliz, mientras los otros se dirigían a una nueva casa.

Por su parte, Ilse había encontrado quehacer ayudando a la patrona de la pensión en la que se hospedaban, y a cambio ésta les hizo una pequeña rebaja en el alquiler, lo cual estaba bien porque el sueldo de carbonero apenas alcanzaba para ambos.

—Ojalá pudiera rebajarle más, señor Reiner, pero tampoco es que necesite mucha ayuda —le dijo.

Paul asintió, sabiendo que se refería a que su madre tampoco ayudaba en exceso. Otros inquilinos de la pensión le habían susurrado que a veces Ilse se quedaba ensimismada en mitad del pasillo a medio barrer o con una patata a medio pelar, aferrando la escoba o el cuchillo y mirando a la nada.

Preocupado, habló con su madre, que negó todo. Cuando Paul insistió e insistió, Ilse acabó admitiéndolo en parte.

—Puede que haya estado un poco distraída últimamente. Demasiadas emociones —dijo acariciándole la cara.

Todo será cuestión de tiempo, pensó Paul. *Lo hemos pasado muy mal.*

Sin embargo sospechaba que había algo más, algo que su madre le ocultaba. Seguía dispuesto a averiguar la verdad sobre la muerte de su padre, pero no sabía por dónde empezar. Sería imposible aproximarse a los von Schroeder, al menos mientras contasen con el favor del juez. Podrían meter a Paul en la cárcel en cualquier momento, y eso era algo a lo que no podía arriesgarse, y menos con su madre así.

Aquella cuestión le carcomía por las noches. Al menos ahora podía soñar despierto sin temor a despertar a su madre, ya que dormían en cuartos separados por primera vez en su vida. Paul se había cambiado a uno en el segundo piso, interior y más pequeño que el de Ilse, pero donde podía gozar de intimidad.

—Nada de llevar chicas a las habitaciones, señor Reiner —le decía la patrona al menos una vez por semana. Y Paul, que tenía la imaginación y las necesidades de cualquier chico sano de dieciséis años, también encontraba tiempo para fantasear sobre ese tema.

Durante los meses siguientes Alemania se inventó de nuevo a sí misma, al igual que los Reiner. Un nuevo gobierno firmó el Tratado de Versalles a finales de junio de 1919, señalando un único culpable de la guerra, Alemania, y unas reparaciones económicas descomunales. En las calles latía una suerte de indignación tranquila ante la humillación a la que los Aliados sometían a los germanos, pero en general la gente respiró tranquila durante un tiempo. A mediados de agosto se aprobó una nueva Constitución.

Paul comenzó a sentir que su vida recuperaba un orden. Precario, pero orden al fin. También fue olvidándose gradualmente del misterio acerca de su padre. Ya fuera por la dificultad de la tarea, ya por el miedo de afrontarla, ya por la obligación creciente de cuidar de Ilse.

Hasta que un día, en mitad de un descanso de mañana como en el que había ido a pedir trabajo, Klaus apartó la jarra vacía de cerveza, hizo una pelota con el papel del bocadillo y devolvió al joven a la realidad.

—Tú pareces un chico inteligente, Paul. ¿Cómo es que no estás estudiando?

—Cosas de la vida. La guerra. La gente —dijo él encogiéndose de hombros.

—Contra la vida y la guerra no se puede hacer nada, pero la gente... a la gente puedes devolverle el golpe, Paul —respondió el carbonero, expulsando una nube de humo azulado—. ¿Tú eres de los que devuelven el golpe?

Paul sintió de repente desazón e impotencia.

—¿Y si sabes que te han golpeado pero no sabes ni quién ni cómo?

—Pues no se deja piedra sobre piedra hasta que se averigua, claro.

12

Múnich guardaba silencio.

En un lujoso edificio de la orilla este del Isar, sin embargo, se oía un murmullo quedo. Nada suficientemente fuerte para despertar a ninguno de los habitantes de la casa. Sólo un sordo rumor que venía de uno de los cuartos que daban a la plaza.

Era una habitación pasada de moda, infantil, poco acorde con la edad de su dueña. Ella la había abandonado cinco años atrás, y aún no había tenido tiempo para cambiar el papel de las paredes, las estanterías repletas de muñecas o la cama con dosel rosa. Sin embargo, en una noche como aquella, su corazón vulnerable agradecía todos aquellos objetos que le devolvían a la seguridad de un mundo que dejó mucho tiempo atrás. Pero su carácter se maldecía por haber retrocedido tanto en su independencia y su resolución.

Ese sordo rumor era llanto, ahogado por la almohada.

Sobre la cama había una carta, de la que entre el revoltijo de sábanas sólo se alcanzaba a leer los primeros párrafos.

Columbus, Ohio,
7 de abril de 1920

Queridísima Alys:

Espero que la presente te encuentre bien. No sabes lo mucho que te echamos de menos, pues ya quedan tan sólo dos semanas para que se inicie la temporada de bailes. Este año podremos ir todas las amigas juntas, sin nuestros padres pero con chaperona. ¡Al menos podremos ir a más de un baile al mes!

La noticia del año, empero, es el compromiso de mi hermano Prescott con una chica del este, Dotty Walker. Todo el mundo habla de la fortuna de su padre, George Herbert Walker, y de qué buena pareja hacen ambos. Mamá está de lo más contenta con la boda, ojalá pudieras estar aquí porque será la primera boda de la familia y tú eres una de nosotros.

La joven lloraba despacio, como si no terminase de reconocer las lágrimas como suyas. Con el brazo derecho se aferraba a una muñeca, y cuando se dio cuenta la arrojó al otro lado de la habitación.

Soy una mujer. Una mujer.

Lentamente, la misma mano que acababa de arrojar la muñeca buscó a tientas el borde del camisón, a mitad de sus muslos, y tiró de él hacia arriba. La otra mano peleó durante un instante con el elástico de sus bragas, abriendo hueco para que la derecha se colase dentro, pegada a la fina piel del estómago.

Empezó a moverse despacio.

Pensó en Prescott, o al menos en lo que recordaba del muchacho; estaban juntos bajo el camino de robles de la casa de Columbia, y él le susurraba al oído mientras la abrazaba. Su cuerpo estaba caliente y sudoroso. Pero cuando alzó la mirada descubrió que el chico no era moreno y fuerte, como Prescott, sino rubio y delgado. Un rostro que ella, envuelta en su ensoñación, no atinó a reconocer.

Sus manos se movieron más deprisa, y el sordo rumor del llanto fue cesando, hasta que comenzó otra vez.

Sólo que ya no era llanto.

13

Ocurrió tan deprisa que ni el destino podría haberlo preparado.

—Maldita sea, Paul, ¿dónde cojones estabas?

Paul acababa de llegar a Prinzregentenplatz con el carro lleno, y como siempre que trabajaban en los barrios de los ricos, Klaus estaba de un humor infernal. Allí el tráfico era terrible. Los coches y los tranvías libraban una eterna batalla rodante contra los carromatos de los cerveceros, las carretillas de mano pilotadas por resabiados repartidores e incluso las bicicletas de los funcionarios. Los guardias pasaban por la plaza cada diez minutos, intentando imponer orden en aquel caos, caras inescrutables bajo los cascos de cuero. Ya le habían avisado en dos ocasiones de que debían darse prisa para descargar, si no querían recibir una buena multa.

Los carboneros no podían permitírsela. Aunque aquel mes de diciembre de 1920 habían recibido muchos encargos, hacía tan sólo quince días la encefalomielitis se había llevado a dos de los caballos, y habían tenido que reemplazarlos entre las lágrimas de Hulbert, que vivía tan sólo para aquellos animales. Como no tenía familia, incluso dormía con ellos en la cochera. Klaus había usado hasta el último penique que había conseguido reunir para comprar las bestias, y ahora cualquier gasto imprevisto podría hundirles en la ruina.

No era de extrañar que aquella tarde el carbonero estuviese gritándole desde que el carro dobló la esquina.

—Había un atasco enorme en el puente, señor.

—¡Me da igual! Baja aquí y ayúdanos con la carga antes de que vuelvan esos buitres.

Paul saltó del pescante y comenzó a acarrear cestas. Ahora lo hacía con mucho menos esfuerzo. Aunque, más cerca de los diecisiete que de los dieciséis, su desarrollo distaba mucho aún de ser completo y era más bien delgado, sus brazos y piernas eran pura fibra.

Quedaban apenas cinco o seis cestas para terminar la descarga, y empezaron a acelerar, escuchando cada vez más cerca el rítmico e impaciente clip clop clip de los caballos de los guardias.

—¡Ya vienen! —chilló Klaus.

Paul bajó su penúltima carga casi a la carrera, la arrojó a la carbonera con las gotas de sudor rodándole por la frente, y volvió a correr escaleras arriba hacia la calle. Justo cuando asomaba la cabeza, un objeto le golpeó en plena cara.

Durante un instante el mundo se detuvo a su alrededor. Paul apenas notó cómo su cuerpo, llevado por la inercia, giraba en el aire durante medio segundo. Sus pies patinaron en las resbaladizas escaleras. Manoteó en el aire y luego cayó hacia atrás. No tuvo tiempo de sentir dolor, porque la oscuridad le cubrió antes.

Diez segundos antes, Alys y Manfred Tannenbaum bajaban por la plaza, paseando de vuelta de un parque cercano, donde la joven había llevado a su hermano para que corriera un poco antes de que la tierra estuviese demasiado helada. Aquella noche habían caído las primeras nieves. Aunque no habían llegado a cuajar, pronto el niño pasaría tres o cuatro semanas sin poder mover las piernas a gusto.

Manfred exprimía al máximo los últimos minutos. El día anterior había rescatado de un armario su vieja pelota de fútbol, y ahora iba dándole patadas y haciéndola rebotar en las paredes, ante las miradas reprobatorias de los viandantes. En otras circunstancias Alys les hubiera puesto mala cara —no soportaba a los que creían que los niños eran una molesta plaga— pero aquel día se sentía melancólica e insegura. Iba concentrada en el vaho que formaba su aliento en aquella tarde tan fría, perdida en sus pensamientos y prestando a Manfred la atención justa para que llevase el balón en la mano al cruzar las calles.

Justo cuando quedaban unos metros para llegar a casa, el chico vio abiertas las puertas del sótano, imaginó que era la portería del estadio de Grünwalder y chutó con todas sus fuerzas. La pelota, de cuero durísimo, trazó un arco perfecto y acertó en plena cara a un hombre, que desapareció escaleras abajo.

—¡Manfred, cuidado!

A Alys el grito enfadado se le convirtió en chillido cuando vio que había golpeado a una persona. Su hermano se quedó clavado en la acera, muerto de miedo. La joven corrió hacia la puerta del sótano, pero uno de los compañeros del caído, bajito y con un amorfo sombrero, ya se le había adelantado.

—¡Maldita sea! Siempre supe que el muy idiota se caería —dijo otro de los carboneros, un hombre mayor. Él no se había movido del carro, retorciéndose las manos y echando inquietas miradas hacia la esquina de Possartstrasse, como si temiese lo que pudiese aparecer por allí.

Alys se paró justo al borde de las escaleras del sótano, pero no se atrevió a bajar. Durante unos segundos horribles, se quedó mirando el rectángulo de oscuridad, hasta que una figura surgió, como si el color negro hubiese cobrado forma humana. Era el compañero del carbonero, el que había sobrepasado a Alys, y llevaba en volandas al que se había caído.

—Dios santo, si no es más que un crío...

Al herido el brazo izquierdo le colgaba en un ángulo extraño, y tenía rasgados los pantalones y la chaqueta. Tenía heridas en la cabeza y en los antebrazos, y la sangre formaba una mezcla marrón y espesa sobre su cara al mezclarse con el polvo de carbón. Sus ojos estaban cerrados, y no reaccionó cuando el otro le depositó en el suelo e intentó enjugarle la sangre con un trapo mugriento que se sacó del sombrero.

Espero que esté sólo inconsciente, pensó agachándose y tomando su mano buena.

—¿Cómo se llama? —preguntó Alys al del sombrero.

Éste se encogió de hombros, se señaló la garganta y meneó la cabeza. Alys comprendió.

—¿Puedes oírme? —dijo temiendo que fuera sordo además de mudo—. ¡Tenemos que ayudarle!

El del sombrero no le hizo caso y se dio la vuelta, mirando hacia los carros del carbón y abriendo los ojos como platos. El otro carbonero, el viejo, se había subido al pescante del primer carro, el que estaba lleno, y buscaba las riendas desesperado. Hizo restallar la fusta, trazando en el aire un ocho desmañado. Los dos caballos arrancaron con un bufido.

—¡Vamos, Hulbert!

El del sombrero dudó un momento. Dio un paso hacia el otro carro, luego pareció arrepentirse y se giró. Puso el trapo manchado de sangre en las manos de Alys, que no salía de su asombro ante la canallada de aquellos hombres. Luego se dio la vuelta y siguió el ejemplo del viejo.

—¡Vuelvan! ¡No pueden dejarle aquí solo!

La joven dio una patada en el suelo. Rabiosa, furiosa e inútil.

14

Para Alys la parte más complicada no fue convencer a los guardias de que le dejaran atender al herido en su casa, sino vencer la resistencia de Doris a dejarle entrar. Tuvo que gritarle casi tan fuerte como había gritado a Manfred para que se moviera de una maldita vez y buscara ayuda. Finalmente su hermano obedeció y dos criados se abrieron paso entre el círculo de curiosos y cargaron al joven en el ascensor.

—Señorita Alys, ya sabe que el señor no quiere a extraños en casa, y mucho menos cuando él no está. Me opongo firmemente.

El carbonero colgaba desmadejado e inconsciente entre los criados, que eran demasiado mayores para sostenerle mucho rato. Estaban en el rellano de la escalera, y el ama de llaves les bloqueaba el paso.

—No podemos dejarle aquí, Doris. Tiene que verle un médico.

—No es nuestra responsabilidad.

—Lo es teniendo en cuenta que el accidente ha sido culpa de Manfred —dijo ella señalando al niño, que estaba pálido a su lado, sosteniendo la pelota muy lejos del cuerpo como si temiera que pudiera volver a hacer daño a alguien.

—He dicho que no. Hay hospitales para... para gente como él.

—En casa estará mejor atendido.

Doris le miró fijamente, como si no creyera lo que estaba oyendo. Después torció la boca en una sonrisa condescendiente. Sabía perfectamente qué palabras pronunciar para enfurecerla y las escogió con crueldad.

—Señorita, es usted demasiado niña para...

Hasta aquí podíamos llegar, pensó Alys, sintiendo como el enfado y el rubor le coloreaban el rostro. *Pero esta vez no te va a funcionar.*

—Doris, con todo el respeto del mundo, apártese.

Avanzó hacia la puerta y la empujó con ambas manos.

El ama de llaves intentó cerrarla, pero era demasiado tarde y la madera le golpeó en el hombro. Cayó de culo sobre la alfombra del recibidor, mirando impotente como los hermanos Tannenbaum encabezaban a los dos criados al interior de la casa. Estos esquivaron su mirada, y Doris estuvo segura de que intentaban no reírse.

—Esto no quedará así. Le diré a vuestro padre lo que ha ocurrido —dijo enfurecida.

—Puede estar tranquila, Doris. Cuando vuelva mañana de Dachau se lo diré yo misma —respondió Alys sin volverse.

Interiormente no estaba tan segura como dejaban traslucir sus palabras. Sabía que habría problemas con su padre, pero en aquel momento no estaba dispuesta a permitir que el ama de llaves se saliese con la suya.

—Cierre un poco más los ojos. No quiero que le entre yodo. Así.

Alys entró despacio a la habitación de invitados, procurando no interrumpir al doctor, que limpiaba la frente del herido. Doris estaba hecha una furia en la esquina de la habitación, y no perdía ocasión de carraspear, agitar los pies y mostrar su impaciencia en todo momento. Al ver que Alys entraba, redobló sus esfuerzos. La joven la ignoró y observó al carbonero tendido sobre la cama.

La colcha está completamente echada a perder, desde luego, estaba pensando Alys cuando sus ojos se encontraron con los del herido y le reconocieron.

¡El camarero de la fiesta! No, no puede ser él.

Pero sí lo era, porque le vio abrir mucho los ojos y alzar las cejas. Había pasado más de un año, pero ella seguía recordándole. De repente comprendió cuál era el rostro de cabellos rubios que se colaba en sus fantasías cuando ella intentaba visualizar a Prescott. Comprobó con el rabillo del ojo que Doris no le quitaba la vista de encima, así que fingió un bostezo y abrió la puerta de la habitación. Usándola como pantalla entre ella y el ama de llaves, miró a Paul y se llevó un dedo a los labios.

—¿Cómo está? —preguntó Alys cuando el médico salió por fin al pasillo.

Éste era un hombrecillo flaco de ojos saltones que cuidaba de los Tannenbaum desde antes de que Alys naciera. Cuando su madre murió de gripe, la joven pasó muchas noches en vela odiándole por no haberla salvado, aunque ahora su extraño aspecto tan sólo le producía escalofrío, similar al del estetoscopio sobre la piel.

—Tiene el brazo izquierdo roto, aunque parece una fractura limpia. Le he puesto una férula y vendas, debería estar bien en seis semanas. Procuren que no lo mueva.

—¿Qué hay de la cabeza?

—El resto de heridas son superficiales, debió hacérselas al rasparse con el borde de los escalones, aunque ha sangrado bastante.

Le he desinfectado la de la frente, aunque debería darse un buen baño lo antes posible.

—¿Puede marcharse ya, doctor?

El médico saludó con la cabeza a Doris, que acababa de cerrar la puerta tras él y parecía ansiosa de librarse cuanto antes del enfermo.

—Yo recomendaría que durmiese aquí esta noche. Buenas noches —dijo calándose el sombrero.

—Así lo haremos, doctor. Muchas gracias —le despidió Alys, mirando a Doris desafiante.

Paul se retorció en la bañera, incómodo. Tenía que dejar el brazo izquierdo fuera del agua para que no se le mojase la férula, y con el cuerpo lleno de moratones no había postura en la que no le doliese algo. Miraba a su alrededor asombrado del lujo que le rodeaba. El palacete del barón von Schroeder, pese a que en su día fue una de las fincas más cotizadas de Múnich, no tenía las comodidades de las que disponía aquel piso, empezando por el agua caliente directamente desde el grifo. A menudo era él quien tenía que acarrear el agua caliente desde la cocina cada vez que alguien de la familia quería bañarse, lo que ocurría a diario.

Eso por no comparar aquel cuarto de baño con el armario con lavabo y taza que tenían en la pensión.

Y es la casa de ella. Creí que nunca volvería a verla. Es una pena que se avergüence de mí, pensó, recordando entristecido cómo ella le había mandado callar.

—El agua está muy negra.

Paul alzó la vista, sorprendido. Alys estaba en la puerta del baño, con una mueca divertida en la cara. A pesar de que el nivel de la bañera le llegaba casi hasta los hombros y de que la superficie del agua estaba cubierta de espuma grisácea, el joven no pudo evitar ponerse colorado.

—¿Qué haces aquí?

—Equilibrar la balanza —dijo ella, sonriendo ante el pobre intento de Paul de cubrirse con una sola mano—. Te debía una por haberme rescatado.

—Teniendo en cuenta que fue un balonazo de tu hermano el que me tiró por esas escaleras yo diría que me sigues debiendo una.

Alys no respondió. Le miró detenidamente, fijándose en sus hombros y en el brazo fibroso y de músculos marcados. La piel, desprovista del polvo del carbón, era muy clara.

Me pregunto si será suave. Desde luego lo parece, pensó Alys.

—De todas maneras, gracias, Alys —dijo Paul, tomando el silencio de ella como un mudo reproche.

—Recuerdas mi nombre.

Ahora le tocó a Paul no responder. El brillo en los ojos de Alys era extraño, y tuvo que apartar la mirada.

—Te has ensanchado bastante este año —siguió ella al cabo de un rato.

—Son esas cestas. Pesan mucho, pero al cabo de un tiempo te hacen más fuerte.

—¿Cómo acabaste repartiendo carbón?

—Es una larga historia.

Ella cogió un taburete que había en una esquina del baño y se sentó más cerca de él.

—Puedes contármela. Tenemos tiempo.

—¿No tienes miedo de que te pillen aquí?

—Yo me fui a la cama hace media hora. El ama de llaves se aseguró de ello. Pero no fue tan difícil esquivarla para venir aquí.

Paul cogió la pastilla de jabón y comenzó a darle vueltas en la mano. La espuma estaba desapareciendo.

—Después de la fiesta tuve una discusión muy fuerte con mi tía.

—¿Por culpa de tu primo?

—Es por algo que pasó hace muchos años, algo relacionado con mi padre. Mi madre me dijo que había muerto en un naufragio, pero el día de la fiesta me enteré de que llevaba años mintiéndome.

—Eso es algo que los adultos siempre hacen —dijo Alys con un suspiro.

—Nos echaron a mi madre y a mí. Y este trabajo fue lo mejor que pude conseguir.

—Tienes suerte, supongo.

—¿Llamas a esto suerte? —dijo Paul con un respingo—. Trabajar desde antes del amanecer hasta la puesta de sol, con tan poco futuro como peniques en el bolsillo. Menuda suerte.

—Tienes un trabajo, tienes independencia, tienes tu propio respeto. Eso ya es algo —respondió ella, molesta.

—Podría cambiarlo por un poco de esto —dijo él señalando a su alrededor.

—No tienes ni idea de lo que te estoy hablando, ¿verdad, Paul?

—Más de la que te crees —escupió, sin poder contenerse—. Lo que tienes de guapa e inteligente lo estropeas con esa fachada de quejica rebelde, que dedica más tiempo a lamentarse de su lujosa situación y a plantearse cómo la ven los demás que a correr riesgos y luchar por lo que realmente quiere.

Se calló, de repente, consciente de todo lo que había dicho. Vio la emoción bailar en los ojos de ella como una hoguera soplada por un fuelle. Abrió la boca para disculparse, pero supuso que sería peor y no dijo nada.

Alys se levantó del taburete, despacio. Por un momento Paul creyó que iba a marcharse, aunque ésa fue sólo una de las muchas veces que interpretaría mal a la joven en los años sucesivos. Ella se acercó aún más a la bañera, se arrodilló junto a él e inclinándose por encima del agua le besó en los labios. Paul al principio se quedó paralizado, pero luego poco a poco respondió al beso.

Alys se retiró y le miró fijamente. Paul comprendió en dónde residía la belleza de aquella mujer: era en el destello desafiante que latía tras sus pupilas. Adelantó el cuerpo y la besó, aunque esta vez abriendo ligeramente la boca. Alys respondió con su lengua, tímida al principio, anhelante después. Al cabo de un rato la joven rompió el contacto.

Volvieron a mirarse y ella introdujo el brazo entero en el agua.

—¿Qué haces? —dijo Paul con voz ronca.

—Correr riesgos.

Estaba más fría de lo que se esperaba.

Lo primero que tocó fue el vientre de él, y lo encontró terso y firme como una tabla. Acarició la línea de los músculos sin dejar de mirarle a los ojos, sin importarle que el agua sucia empapase la manga de su vestido. Rozó el vello púbico y la mano chocó con su pene, duro como un palo. Paul soltó un gemido y cerró los ojos.

—¿Te he hecho daño?

—No —tragó saliva—. Nada.

Rodeó el pene con los dedos. Lo encontró mucho más grueso de lo que se había imaginado. Su experiencia se reducía a los grabados de las revistas que su padre guardaba en el buró de su despacho. A veces ella se escabullía de su cuarto por la noche para hojearlas, con el corazón latiendo a toda máquina por el miedo a que la descubriese allí, agazapada junto a la ventana, leyendo a la luz de la luna. Los relatos que acompañaban a los dibujos tenían un lenguaje que se le antojaba a la vez risible y provocador, plagado de adjetivos extravagantes.

En ese momento las emociones que había sentido le parecían una pálida sombra de lo que estaba experimentando al acariciar a Paul. Aquello era real.

—No pares —dijo él, con una voz ajena, extraña.

Nadie le había hecho esto antes, pensó Alys, orgullosa y excitada.

Deseó quitarse la ropa y meterse con Paul en la bañera, introducir su miembro dentro de ella. Comprobó que él seguía teniendo los ojos cerrados y deslizó una mano por debajo de su falda, acariciándose despacio.

Entonces escuchó la puerta de la habitación.

15

Alys se puso de pie inmediatamente y se alejó de Paul, pero era demasiado tarde. Su padre entró en el cuarto de baño. Apenas la miró, no hizo falta. La manga de su vestido estaba completamente empapada, e incluso un hombre sin demasiada imaginación como Josef Tannenbaum se hizo una idea de lo que estaba sucediendo allí un momento antes.

—A tu habitación.

—Pero papá... —balbuceó ella, sin saber qué decir.

—¡Ahora!

La joven se echó a llorar y salió corriendo. En el camino casi tropezó con Doris, que le dedicó una sonrisa de triunfo.

—Ya ve, señorita, su padre regresó antes de lo previsto. ¿No es estupendo?

Paul se sentía completamente indefenso, desnudo en el agua cada vez más fría. Cuando Tannenbaum se acercó, intentó ponerse en pie, pero el empresario le agarró el hombro con crueldad. A pesar de que era más bajo que Paul, tenía más fuerza de la que aparentaba su aspecto rollizo. El joven forcejeó, pero sentado en la bañera resbaladiza y con tan sólo un brazo como punto de apoyo, levantarse le fue imposible.

El otro se sentó en el taburete donde Alys había estado unos minutos antes. No dejó de apretarle el hombro en ningún momento, y Paul tuvo miedo de que de repente decidiera empujar y hundirle la cabeza en el agua.

—¿Cómo te llamas, carbonero?

—Paul Reiner.

—No eres judío, ¿verdad, Reiner?

—No, señor.

—Escúchame bien, Reiner —dijo Tannenbaum, suavizando el tono, como un domador le hablaría al último perro de la camada, el que más tarda en aprender los trucos—. Mi hija es la heredera de una gran fortuna, una mujer de clase muy por encima de la tuya. Tú eres sólo una mierda que se le ha quedado pegada en el zapato. ¿Comprendes?

Paul no respondió. Fue capaz de sobreponerse a la vergüenza de la situación y le miró de hito en hito, apretando los dientes con furia. En aquel momento no había nadie en el mundo a quien odiase más que a aquel hombre.

—Claro que no lo entiendes —dijo soltándole el hombro—. En fin, al menos he tenido la suerte de volver antes de que ella hiciera alguna estupidez.

Se llevó la mano a la cartera y sacó un enorme puñado de billetes. Los dobló cuidadosamente y los colocó encima del lavabo de mármol.

—Esto por las molestias que te ha podido causar el balonazo de Manfred. Ya puedes marcharte.

Tannenbaum se dirigió hacia la puerta, pero antes de salir le miró por última vez.

—Por cierto, Reiner, aunque no creo que te importe demasiado, he pasado esta tarde con el futuro suegro de mi hija, ultimando los detalles de su boda. Se casará con un noble en primavera.

«Tienes suerte, Paul. Tienes independencia», había dicho ella.

—¿Lo sabe Alys? —dijo Paul, consiguiendo despegar los dientes lo suficiente como para hablar.

Tannenbaum soltó un bufido de desprecio.

—No vuelvas a pronunciar su nombre.

Paul salió de la bañera y se vistió, casi sin secarse. En aquellos momentos le daba igual coger una pulmonía. Tomó el fajo de billetes del lavabo y salió a la habitación, donde Doris le miraba de través.

—Permítame acompañarle a la salida.

—No se moleste —le respondió el joven, saliendo al pasillo. La puerta de la calle era bien visible al fondo.

—Oh, no querríamos que se metiera nada en los bolsillos por error —dijo el ama de llaves con sorna.

—Devuélvale esto a su amo, señora. Dígale que no lo necesito —respondió Paul con la voz quebrada, alargándole los billetes.

Casi corrió hacia la salida, aunque Doris había dejado de observarle. Ahora miraba el dinero y una sonrisa astuta le bailaba en la cara.

16

Las semanas siguientes fueron para Paul un trago difícil de superar.

Cuando se presentó de nuevo en la cochera tuvo que soportar las disculpas forzadas de Klaus, quien se había librado de la multa pero seguía cargando con el remordimiento de haber dejado al joven en la estacada. Al menos eso calmó un poco su enfado por el brazo roto de Paul.

—En pleno invierno y descargando solos el pobre Hulbert y yo, con tantísimos encargos como tenemos. Menuda tragedia.

Paul se abstuvo de comentar que disponían de tantos encargos gracias a su plan para hacerse con un segundo carro. En realidad no tenía ganas de hablar demasiado, y se sumergió en un mutismo tan grande como el de Hulbert, con el trasero congelándose durante largas horas sobre el pescante y la mirada perdida.

Intentó volver en una ocasión al piso de Prinzregentenplatz, a una hora en la que creyó que Tannenbaum no estaría, pero un criado le cerró la puerta en las narices. Le deslizó a Alys varias notas en el buzón, citándola en una cafetería cercana, pero ella nunca se presentó. Y los domingos, el único día en el que podía acercarse al lugar a una hora razonable y pasear frente al portal, ella no apareció nunca. Sí lo hizo un guardia —sin duda avisado por Josef— que le recomendó sutilmente no volver por el vecindario si no quería recoger sus dientes de la acera.

Paul se encerraba más y más en sí mismo, y los pocos ratos en los que coincidía con su madre en la pensión apenas había palabras que rompieran el silencio. Comía poco, apenas dormía y conducía el carro de manera maquinal, sin prestar atención a lo que le rodeaba. En una ocasión la rueda trasera del carro que conducía esquivó de milagro a un tranvía. Mientras soportaba las imprecaciones de los pasajeros —que le hicieron ver que podía haberlos matado a todos— el joven se dijo que tenía que hacer algo para salir de la melancolía que flotaba sobre su cabeza como los densos nubarrones que cubrían las montañas.

En ese estado no es de extrañar que no advirtiese la figura que se le quedó mirando una tarde en Frauenstrasse. Primero se acercó despacio al carro para verle más de cerca, siempre procurando quedarse detrás de la línea de visión de Paul. Luego tomó notas en una libretita que llevaba en el bolsillo, apuntando cuidadosamente el nombre de Klaus Graf —ahora que Paul disponía de más tiempo y de un brazo sano los costados de los carros estaban siempre limpios y las letras visibles, algo que mitigaba el enfado del carbonero—. Y finalmente, el observador se sentó en una cervecería cercana hasta que los carros partieron. Sólo entonces se acercó hasta la finca a la que habían estado surtiendo para hacer unas discretas averiguaciones con el portero.

Jürgen estaba de muy mal humor. Acababa de recibir las notas del primer cuatrimestre, y no eran nada alentadoras.

Tendré que obligar al tarado de Kurt a que me dé clases particulares. Tal vez que me haga un par de trabajos de recuperación. Le pediré que venga a casa a usar mi máquina de escribir para que no nos descubran, pensaba Jürgen.

Aquel año era el último del bachillerato, y se jugaba la admisión en la universidad, con todo lo que ello conllevaba. No tenía especial interés por comenzar ninguna carrera, pero le apetecía pavonearse por el campus y pasear su título de barón. Aunque no lo tuviera todavía.

Aquello estará lleno de chicas guapas. Me las quitaré de encima como si fueran moscas.

Estaba en su habitación fantaseando con universitarias cuando la criada —una nueva que su madre se había visto obligada a contratar tras la expulsión de los Reiner— llamó a la puerta.

—El señorito Krohn viene a verle, señorito Jürgen.

—Hágale pasar.

Cuando su amigo entró por la puerta, Jürgen le saludó con un gruñido.

—Me vienes que ni pintado, amigo. Necesito que eches por mí un garabato a las notas; si las ve mi padre se pondrá hecho una furia. Y yo llevo toda la mañana intentando falsificar su firma, pero no se parece en nada —dijo señalando al suelo, que estaba lleno de papeles arrugados y emborronados.

Krohn echó un vistazo al boletín de notas, abierto sobre la mesa y soltó un silbido de sorpresa.

—Vaya, lo hemos pasado bien, ¿eh?

—Sabes que ese Waburg me odia.

—Por lo que veo medio claustro de profesores comparte su antipatía. Pero en estos momentos tu escaso rendimiento escolar no debería importarte, Jürgen, porque traigo noticias. Será mejor que te prepares para la caza.

—¿De qué estás hablando? ¿La caza de qué?

Krohn sonrió, disfrutando por anticipado del reconocimiento que Jürgen le dedicaría por lo que había descubierto.

—De un pájaro que voló del nido, amigo mío. Un pájaro con un ala rota.

17

Paul no sospechó en absoluto que algo no iba bien hasta que fue demasiado tarde.

El día empezó para él como siempre, con un viaje en tranvía desde la pensión hasta la cochera de Klaus Graf a la orilla del Isar. Cuando llegaba aún era de noche, y tenía que despertar a Hulbert arrojándole garganta abajo el café hirviendo que traía en un termo. El mudo y él habían hecho buenas migas tras la desconfianza inicial, y Paul apreciaba realmente aquellos momentos antes de rayar el alba en que los dos enjaezaban los caballos a los carros y se dirigían al almacén de carbón. Allí colocaban la carreta en la zona de carga, en la que había un canalón ancho y metálico conectado a un enorme depósito, que era capaz de llenar el carro en menos de diez minutos. Un empleado anotaba las veces diarias que acudían los hombres de Graf a cargar, para que el carbonero liquidase el total semanalmente. Luego Hulbert y él se dirigían al primer punto de descarga del día, donde Klaus les esperaba dando impacientes bocanadas a su pipa. Una rutina sencilla y agotadora.

Al llegar a la cochera, Paul empujó la puerta como cada mañana. Nunca cerraban con llave, porque dentro no había nada que mereciese la pena robar como no fuera los arreos de los caballos. Y Hulbert dormía a medio metro escaso de ellos, en una habitación con un camastro a la derecha de las cuadras.

—¡Despierta, Hulbert! Hoy hay más nieve de lo normal, amigo. Tendremos que salir un poco antes si queremos estar en Moosach a tiempo.

El mudo no dio señales de vida, pero eso era normal. Siempre tardaba un rato en aparecer.

De repente Paul escuchó piafar nerviosos a los caballos en sus cubículos y algo se le removió en las tripas, una sensación que llevaba mucho tiempo sin experimentar. Plomo en los pulmones y un sabor ácido en la lengua.

Jürgen.

Dio un paso hacia la puerta, pero enseguida volvió a quedarse muy quieto. Estaban allí, saliendo de todas partes, y se maldijo por no haberlos visto antes. Desde dentro del armario donde guardaban las palas, de los cubículos de los caballos, de debajo de los carros. Eran siete, los mismos siete que le habían acosado en la fiesta de cumpleaños de Jürgen, hacía una eternidad. Sus caras eran más anchas, más duras. Ya no vestían las chaquetas del colegio, sino gruesos jerséis y botas. Una ropa más adecuada para la tarea.

—Esta vez no te deslizarás por el mármol, primo —dijo Jürgen señalando irónicamente al suelo de tierra de la cochera.

—¡Hulbert! —gritó Paul, desesperado.

—Tu amigo el retrasado está atado en su camastro. No ha hecho falta amordazarle, porque es mudo —dijo uno de los matones de su primo. El resto pareció encontrar aquello muy gracioso.

Paul se subió de un salto a uno de los carros, mientras los matones convergían sobre él. Uno de ellos intentó agarrarle un tobillo, pero Paul levantó el pie justo a tiempo y lo dejó caer sobre los dedos del que pretendía cogerle. Sonó un crujido y el otro se agarró la mano gritando.

—¡Me la ha roto! ¡El muy hijo de puta!

—¡Cállate! Ya quisiera este mierdecilla estar como tú dentro de media hora —dijo Jürgen.

Unos pocos se aproximaron a la parte de atrás del carro. Con el rabillo del ojo Paul vio como otro se agarraba al pescante con intención de subir, pero aún dudando. Intuyó el brillo de una navaja.

Le vino a la cabeza, como un relámpago, una de tantas situaciones que se había inventado para el hundimiento del barco de su padre cuando era niño: que se veía rodeado de enemigos por todas partes que lo abordaban. Se dijo que aquel carro al que estaba subido era su barco.

Y no dejaré que lo aborden.

Miró a su alrededor, buscando desesperadamente algo que poder usar como arma, pero lo único que tenía cerca eran restos de carbón esparcidos por la madera del carro. Eran tan pequeños que tendría que tirarles cuarenta o cincuenta antes de causarles algún daño. Con el brazo roto, su única ventaja era la altura del carro, que ponía la cara de quien intentase subir a la altura idónea para recibir una patada.

Otro de ellos hizo ademán de auparse a la parte de atrás del carro, pero Paul se olió el truco. El del pescante aprovechó para agarrarse fuerte y subir, sin duda para saltar encima de la espalda del joven. Con rapidez, desenroscó la tapa del termo y arrojó el café caliente sobre la cara del que tenía detrás. No estaba hirviendo como cuando una hora atrás lo había preparado sobre la estufa de su habitación, pero sí lo suficientemente caliente para que el otro se llevase las manos a la cara, escaldado. Paul cargó contra él y le empujó fuera del carro. El otro cayó de espaldas, gimiendo.

—Mierda, ¿a qué esperamos? Todos a por él —dijo Jürgen.

Paul vio el brillo de una navaja. Giró sobre sí mismo un par de veces, con los puños en alto, queriendo demostrarles que no tenía miedo, algo que todos en aquella mugrienta cochera sabían que era mentira.

Una decena de manos se agarraron al carro por una decena de puntos. Paul soltó pisotones a diestro y siniestro, pero en pocos segundos se vio rodeado. Uno de los matones le agarró el brazo izquierdo, y Paul, al intentar zafarse, se encontró con el puño de otro de ellos en plena cara. Sintió un crujido y un estallido de dolor mientras se le rompía la nariz.

Por un instante no vio más que una luz roja y pulsante. Lanzó una patada que pasó a kilómetros de su primo Jürgen.

—¡Sujétale, Krohn!

Paul sintió cómo le asían por detrás, por la cintura y por la chaqueta. Se giró, pero fue inútil. En pocos segundos estaba completamente sujeto, con la cara y el pecho a merced de su primo. La férrea presa que le había hecho uno de sus captores en el cuello le obligaba a mirarle directamente.

—Ya no corres, ¿eh?

Jürgen afianzó bien el peso en la pierna derecha y echó el brazo hacia atrás. El golpe le alcanzó en pleno estómago. Paul notó el aire escapándose de su cuerpo como el de un neumático reventado.

—Pégame cuanto quieras, Jürgen —musitó Paul cuando consiguió reunir algo de aliento—. Seguirás siendo un cerdo inútil.

Otro puñetazo, esta vez en la cara, le abrió en dos una ceja. Su primo sacudió la mano con fuerza y se masajeó los nudillos lastimados.

—¿Te das cuenta? Venís siete a por mí, uno me sujeta y te has hecho más daño tú que yo —dijo Paul.

Ignorando el daño de su mano, Jürgen se adelantó y le cogió del pelo tan fuerte que Paul creyó que le arrancaría media cabellera.

—Mataste a Eduard, cabrón.

—No hice otra cosa que ayudarle. Más de lo que hizo el resto de la familia.

—¿Ahora de repente presumes de parentesco con los von Schroeder, primo? Creí que renegabas de él. ¿No fue eso lo que le dijiste a la putita judía?

—¡No la llames así!

Jürgen se acercó aún más, hasta mezclar su aliento con el de Paul. Sus ojos estaban clavados en los suyos, dos sanguijuelas azules dispuestas a beber el daño que iba a causar con sus palabras.

—Tranquilo, no seguirá siendo una putita por mucho tiempo. Ahora se convertirá en una dama respetable. La futura baronesa von Schroeder.

Paul supo instantáneamente que aquello era cierto, no uno más de los abusos de su primo. Un dolor ácido y amargo brotó en el centro del estómago del joven y produjo un grito informe y desesperado que Jürgen saboreó con los ojos bien abiertos y una carcajada cayéndosele de los labios. Por fin soltó el pelo de Paul, que dejó caer la cabeza sobre su pecho.

—Bueno, chicos, vamos a darle lo suyo.

En ese momento Paul echó la cabeza hacia atrás con toda la fuerza de la que fue capaz. El que le agarraba por la espalda había relajado la presión tras los golpes que le había dado Jürgen, seguramente creyéndolo vencido. La parte superior del cráneo de Paul impactó contra su cara, y el matón soltó al joven, cayendo de rodillas al suelo. El resto se echó encima de Paul, y todos cayeron en un confuso revoltijo al suelo.

Paul manoteó, lanzando puñetazos a ciegas, mientras la madera del carro rugía salvajemente bajo el peso de todos aquellos cuerpos. En mitad de la confusión notó algo duro bajo sus dedos y lo asió con firmeza. Intentó escurrirse, ponerse en pie, y casi lo había conseguido cuando Jürgen le vio y se abalanzó sobre él, arrojándose desde lo alto del montón de cuerpos. Paul se protegió instintivamente la cara, sin darse cuenta de que llevaba aún en la mano el objeto que acababa de coger.

Hubo un alarido terrible y luego un silencio.

Paul se escurrió un poco más lejos, hasta pegarse al borde del carro, y vio cómo su primo se retorcía en el suelo, de rodillas. De la cuenca del ojo derecho le salía el mango de una navaja corta con cachas de madera. Poco más que un cortaplumas. El chico había tenido suerte: si aquel de sus compañeros que tuvo la brillante idea de traerla hubiera optado por algo más grande, ahora Jürgen estaría muerto.

—¡Quitádmela! ¡Quitádmela! —chillaba.

Los otros se quedaron mirándole, paralizados, aún sin salir del revoltijo de cuerpos que habían formado en el suelo del carro. Ya no querían estar allí. Para ellos aquello había dejado de ser un juego.

—¡Duele! ¡Ayudadme, joder!

Finalmente uno de los matones consiguió ponerse en pie y se acercó a Jürgen.

—No lo hagas —dijo Paul, horrorizado—. Llevadle a un hospital y que se lo saquen allí.

El otro le dirigió una mirada mecánica, inexpresiva. Casi dio la impresión de que no estaba allí o de que no controlaba del todo sus actos. Avanzó hasta Jürgen y puso la mano en el mango de la navaja para extraerla, pero no contaba con que el herido seguía retorciéndose. Cuando intentó aferrarla, Jürgen dio un brusco e involuntario movimiento hacia el lado contrario, y la hoja de la navaja se convirtió en una pala, arrancando gran parte del globo ocular.

Jürgen dejó de gritar y se llevó la mano al lugar donde había estado la navaja un momento antes.

—No veo. ¿Por qué no veo?

Y se desmayó.

El que le había arrancado la navaja se quedó contemplándola embobado, mientras la masa rosácea que había sido el ojo derecho de Jürgen von Schroeder resbalaba por la hoja y caía al suelo.

—¡Tenéis que llevarle a un hospital! —gritó Paul.

El resto de los matones se iban poniendo en pie despacio, mirando a su jefe sin comprender lo que había ocurrido. Había ido allí a obtener una victoria sencilla y aplastante, y en lugar de eso había sucedido lo impensable.

Dos de ellos cogieron a Jürgen de las manos y de los pies y lo bajaron del carro. Caminaron hacia la puerta y el resto se le fue sumando. Ninguno de ellos dijo una palabra.

Tan sólo el de la navaja se quedó allí, mirando a Paul con una mirada interrogante, y éste se puso en pie.

—Adelante, atrévete —dijo, rogando al cielo que no lo hiciese.

El de la navaja abrió la mano, la dejó caer al suelo y salió corriendo. Paul le siguió con la mirada hasta que desapareció por la puerta, y luego se echó a llorar.

18

—No pienso hacerlo.

—Eres mi hija y harás lo que se te ordene.

—¡No soy un objeto para que me puedas comprar y vender!

—Ésta es la oportunidad de tu vida.

—Dirás más bien de la tuya.

—Eres tú quien va a ser baronesa.

—Tú no le conoces, padre. Es un cerdo, un maleducado, un insolente...

—Tu madre me describió en unos términos muy parecidos cuando nos conocimos.

—No la metas a ella en esto. Ella no hubiera...

—¿Querido lo mejor para ti? ¿Procurado garantizar tu felicidad?

—... obligado a su hija a casarse con alguien a quien detesta. Y además un gentil.

—¿Hubieras preferido alguien más simpático? ¿Un pobre muerto de hambre como tu amigo el carbonero? Él tampoco es judío, Alys.

—Al menos no es una mala persona.

—Eso es lo que tú te crees.

—Él me ha dado pruebas de que le importo.

—Bueno, le importabas exactamente tres mil marcos.

—¿Qué?

—El día que tu amigo nos visitó le puse un puñado de billetes encima del lavabo. Tres mil marcos por las molestias y no volver a aparecer por aquí.

—...

—Ya lo sé, hija mía. Sé que es difícil de...

—Estás mintiendo.

—Te juro por la memoria de tu madre, Alys, que tu amigo el carbonero cogió el dinero del lavabo. Sabes bien que no bromearía con eso.

—Yo...

—La gente te decepciona, Alys. Ven, dame un abrazo y...

—¡No me toques!

—Se te pasará. Y aprenderás a querer al hijo del barón von Schroeder como tu madre me acabó queriendo, créeme.

—¡Te odio!

—¡Alys! ¡Vuelve, Alys!

Se marchó dos días después, al amparo de la nieve y la madrugada. Se llevó una maleta grande llena de ropa y todo el dinero que pudo reunir. No era mucho, pero serviría para mantenerla durante unos meses hasta que pudiese encontrar un trabajo decente. Su absurdo e infantil plan de ir a buscar a Prescott a Estados Unidos, fruto de una época en la que veía normal viajar en camarotes de primera clase y hartarse de langosta, había quedado atrás. Ahora intuía que había una Alys diferente ahí fuera, una que debía hacerse a sí misma.

También se llevó un relicario que había pertenecido a su madre. En él había una foto de Alys y otra de Manfred. Lo había llevado al cuello hasta el día en que murió.

Antes de irse se detuvo un momento en la habitación de su hermano. Apoyó la mano en el pomo de la puerta, pero finalmente no la abrió. Tuvo miedo de que al ver el rostro redondo e inocente de Manfred su resolución flaquease. Su fuerza de voluntad ya había demostrado ser bastante más endeble de lo que ella misma suponía.

Y ya es hora de cambiar eso, pensó saliendo a la calle.

Sus pies, calzados con buenas botas de piel, dejaban huellas sucias en la nieve, pero la ventisca se encargaba de borrarlas a su paso.

19

Cuando el día de la pelea Hulbert y él se presentaron en el lugar de la primera descarga una hora tarde, el señor Graf estaba blanco de furia. Al ver la cara destrozada de Paul y escuchar su relato —corroborado por constantes asentimientos de cabeza de Hulbert, a quien Paul había hallado atado de pies y manos sobre su propio camastro y la humillación pintada en el rostro— le envió a casa.

A la mañana siguiente Paul se sorprendió al encontrarle en la cochera, a la que casi nunca iba hasta el final de la jornada. Aún confuso por los últimos acontecimientos, no supo ver la mirada extraña que el carbonero le dedicó.

—Hola, señor Graf. ¿Cómo es que está usted por aquí? —dijo Paul cautelosamente.

—Bien, quería cerciorarme de que no hubiera más problemas. ¿Tú puedes asegurarme que esos chicos no volverán, Paul?

El joven dudó un segundo antes de responder.

—No, señor.

—Ya me lo figuraba.

Klaus rebuscó en el abrigo y sacó un par de billetes arrugados y sucios. Se los tendió a Paul con gesto culpable.

El joven los recogió y sumó mentalmente.

—La parte proporcional de mi sueldo del mes, incluyendo el día de hoy. ¿Me está despidiendo, señor? —dijo Paul.

—He estado pensando en lo que sucedió ayer... No quiero problemas en mi negocio, ¿comprendes?

—Claro, señor.

—No te veo sorprendido —dijo Klaus, que tenía unas profundas ojeras, sin duda causadas por haber pasado la noche en vela sabiendo que iba a despedir al muchacho.

Paul le miró, dudando si explicarle la hondura del abismo al que le estaba enviando con un delgado sobre en la mano. Lo descartó, porque eso el carbonero ya lo sabía. Optó por la ironía, que se estaba volviendo cada vez más su moneda de cambio.

—Es la segunda vez que me traiciona, señor Graf. Con la repetición las cosas pierden su gracia.

20

—No puede hacerme esto!

El barón sonrió y sorbió su té de hierbas con aire displicente. Estaba disfrutando de lo lindo con aquella situación, y lo que era peor, no se esforzaba ni lo más mínimo en disimularlo. Por primera vez veía la posibilidad de quedarse con el dinero del judío sin necesidad de casar a Jürgen.

—Querido Tannenbaum, no veo que yo esté haciendo nada.

—¡Exactamente!

—Bueno, no hay novia, ¿cierto?

—Cierto —reconoció el otro a regañadientes.

—Entonces no puede haber boda. Y como la falta de ella es —carraspeó— responsabilidad suya, es comprensible que se haga usted cargo de los gastos.

Tannenbaum se removió inquieto en su asiento, buscando inútilmente una réplica. Se sirvió más té y la mitad del azucarero.

—Veo que le gusta dulce —dijo el barón, arqueando una ceja. A su pesar, el asco que le producía Josef se había ido convirtiendo lentamente en una extraña fascinación, a medida que la balanza de poder cambiaba y era él quien llevaba las riendas de su relación.

—Al fin y al cabo este azúcar lo he pagado yo.

El barón reaccionó con una mueca de disgusto.

—No hay ninguna necesidad de ser maleducado.

—¿Cree que soy imbécil, barón? Me dijo que usaría el dinero para montar una fábrica de productos de caucho, similar a la que perdió hace un lustro. Yo le creí, y le transferí la cifra exorbitante que me pidió. ¿Y qué me encuentro dos años después? No sólo no ha montado la fábrica sino que el dinero ha ido a parar a una cartera de valores a la que sólo usted tiene acceso.

—Son valores seguros, Tannenbaum.

—Puede. Pero no me fío del custodio. No sería la primera vez que usted convierte en aire el futuro de su familia por una mano ganadora.

Otto pintó en su rostro una ofensa que no sentía. Últimamente había comenzado a notar de nuevo la fiebre del juego, y pasaba largas veladas mirando la carpeta de cuero que contenía las inversiones que había hecho con el dinero de Tannenbaum. Todas ellas llevaban una cláusula de liquidez instantánea, de manera que podía convertirlas en fajos de billetes en poco más de una hora con tan sólo su firma y una fuerte penalización. No se engañaba: sabía por qué había incluido aquella cláusula. Sabía el peligro que corría. Cada vez bebía más antes de irse a la cama, y la semana anterior había vuelto a sentarse a una mesa de juego.

No a la del Casino de Múnich; no era tan imbécil. Se había disfrazado con las ropas más modestas que consiguió encontrar y visitó un tugurio del Aldstadt. Un antro con serrín en el suelo y las putas con más pintura que la Alte Pinakothek. Pidió un aguardiente de maíz y comenzó a jugar en una mesa en la que la apertura era de tan sólo dos marcos. En el bolsillo llevaba quinientos, el máximo que se había permitido malgastar.

Le ocurrió lo peor que le podía ocurrir: ganó.

Incluso con aquellas cartas mugrientas que se pegaban entre sí como novios en la luna de miel, incluso con la borrachera que le causó la bebida casera y el humo que le escocía los ojos, incluso con el mal olor que flotaba en aquel sótano, ganó. No mucho, justo lo suficiente para salir del tugurio sin un navajazo en las tripas. Pero ganó, y ahora los aguijonazos del juego le venían aún con mayor frecuencia.

—Me temo que tendrá que confiar en mi criterio sobre el dinero, Tannenbaum.

El industrial soltó una risita escéptica.

—Veo que me quedaré sin dinero y sin boda. Aunque siempre podría ejecutar con anticipación la letra de préstamo que me firmó, barón.

Otto tragó saliva. No permitiría que nadie se llevase la carpeta del cajón de su escritorio. No sólo porque los dividendos estaban pagando poco a poco sus deudas.

No.

Aquella carpeta, acariciarla, imaginar lo que podía hacer con el dinero era lo único que le ayudaba a superar las largas noches.

—Como le dije antes, no hay necesidad de ser maleducado. Le prometí un matrimonio entre nuestras dos familias, y eso es lo que obtendrá. Tráigame a la novia y mi hijo estará esperándola en el altar.

Jürgen llevaba tres días sin hablarse con su madre.

Cuando una semana atrás fue a recogerle al hospital, el barón había escuchado el relato —profundamente sesgado— que el joven le hizo acerca de cómo había perdido el ojo. Se había mostrado preocupado y dolido por lo sucedido (*incluso más que cuando Eduard había vuelto mutilado*, pensó Jürgen estúpidamente), pero rehusó involucrar a la policía en el asunto, como le pidieron a gritos Jürgen y su madre.

—No podemos olvidar que fueron ellos quienes llevaron allí esa navaja —se justificó Otto.

Pero Jürgen sabía que su padre estaba mintiendo, y que escondía una poderosa razón. Intentó hablar con Brunhilda, pero ella esquivó el tema una y otra vez, confirmando sus sospechas de que le ocultaban algo. Jürgen se encerró en un mutismo absoluto, enfadado por no obtener respuesta, creyendo que así ablandaría a su madre.

Brunhilda sufrió, pero no cedió.

En lugar de eso contraatacó colmando de atenciones a su hijo, llevándole a todas horas regalos, dulces y sus manjares favoritos. Hasta el punto de que incluso alguien tan consentido, malcriado y acostumbrado a ser el centro del universo como Jürgen comenzó a sentirse asfixiado, deseoso de salir del palacete.

Por eso, cuando Krohn vino a verle con una propuesta usual —que le acompañase a una reunión política—, Jürgen dio una respuesta inusual.

—Vámonos —dijo cogiendo su abrigo.

Krohn, que llevaba años intentando sin éxito involucrar a Jürgen en política —él era miembro de varios partidos nacionalistas— se mostró encantado de la decisión de su amigo.

—Seguro que te ayudará a distraerte —dijo, avergonzado aún por lo que había sucedido en la cochera una semana atrás, cuando siete no habían podido con uno.

Jürgen no tenía demasiadas esperanzas. Aún seguía tomando calmantes para el dolor de la herida, y mientras viajaban en tranvía hacia el centro de la ciudad se tocaba nervioso el aparatoso vendaje que tendría que seguir llevando aún unos días.

Y después un parche el resto de mi vida, todo por culpa de ese cerdo miserable de Paul, pensaba, sintiendo enorme lástima por sí mismo.

Para colmo, el joven se había esfumado. Dos de sus amigos habían ido a espiar a la cochera, y descubrieron que ya no trabajaba allí. Jürgen dudaba que hubiera un modo de localizarle a corto plazo, y eso le quemaba las entrañas.

Perdido en el odio y la autocompasión, el hijo del barón apenas escuchó a Krohn en su camino a la Hofbräuhaus.

—Es un orador extraordinario. Un gran hombre, Jürgen, ya lo verás.

Tampoco prestó atención a la magnificencia del lugar, una antigua fábrica de cerveza construida más de trescientos años atrás por los reyes bávaros, o a los frescos de las paredes. Se sentó en uno de los bancos del enorme salón junto a Krohn, y sorbió su jarra en hosco silencio.

Cuando el orador del que Krohn le había hablado subió a la palestra, Jürgen creyó que su amigo se había vuelto loco. Aquel hombrecillo de andares escocidos era cualquier cosa menos alguien con una opinión firme. Todo en él, desde su peinado y su bigote hasta su traje arrugado y barato desprendía el olor de lo que Jürgen despreciaba.

Cinco minutos después, Jürgen miraba asombrado a su alrededor. La muchedumbre congregada en la sala, no menos de dos mil personas, estaba completamente en silencio. Los labios apenas se despegaban, más que para susurrar algún «bravo» o un «tiene razón». Eran las manos las que hablaban, subrayando con aplausos cada pausa del hombrecillo.

Casi contra su voluntad, Jürgen comenzó a escuchar. Apenas comprendía el tema del discurso, pues el joven vivía completamente al margen del mundo que le rodeaba, preocupado tan sólo de sus diversiones. Reconoció partes sueltas, retazos de frases que su padre soltaba durante el desayuno, parapetado detrás de su periódico. Maldiciones a los franceses, a los ingleses, a los rusos. Todo un enorme galimatías.

De aquella confusión, sin embargo, Jürgen empezó a extraer un significado común. No a través de las palabras, que apenas comprendía, sino a través de la emoción que transmitía la voz del hombrecillo, de sus ademanes exagerados, de los puños crispados con cada final de frase.

Había habido una tremenda *injusticia*.

Alemania había sido *apuñalada por la espalda*.

Los *judíos* y los *masones* habían sostenido ese puñal en Versalles.

Alemania estaba *perdida*.

La culpa de la *pobreza*, del *desempleo*, de los *pies descalzos de los niños alemanes* era de los judíos, que controlaban al gobierno de Berlín como un *enorme y descerebrado títere*.

Jürgen, a quien no le importaban en absoluto los pies descalzos de los niños alemanes; a quien le traía sin cuidado Versalles; a quien nunca le preocupó nadie que no fuera él mismo, se encontró de pie y aplaudiendo a rabiar al orador al cabo de un cuarto de hora. Antes del final de su discurso, el joven se dijo que le seguiría adonde fuera.

Tras el mitin Krohn se excusó y dijo que volvía enseguida. Jürgen volvió a permanecer en silencio, hasta que su amigo le tocó en la espalda. Venía acompañado por el orador, que de nuevo tenía un aspecto desvalido y pobre, una mirada huidiza y desconfiada. Pero el heredero del barón era ya incapaz de verlo así, y se adelantó a saludarle en cuanto Krohn le dijo, sonriendo:

—Querido Jürgen, permíteme presentarte a Adolf Hitler.

Aprendiz

1923

En el que el iniciado descubre
una nueva realidad con nuevas reglas

Éste es el apretón de manos secreto del aprendiz, y sirve para que dos hermanos masones se reconozcan como tales. Se realiza presionando el pulgar contra la parte alta del nudillo del índice del saludado, que devolverá idéntico el apretón. Su nombre secreto es BOAZ, el de la columna que representa a la luna en el Templo de Salomón. Si un masón tiene dudas sobre otro que se presenta como tal, le pedirá que deletree este nombre. Los impostores comienzan por la letra B, mientras que el auténtico iniciado comienza por la tercera letra, de este modo: A-B-O-Z.

21

—Buenas tardes, señora Schmidt —dijo Paul—. ¿Qué deseaba?

La mujer echó un vistazo rápido a su alrededor, como aparentando que se lo estaba pensando, pero en realidad clavaba la vista en el saco de patatas, en busca de un cartel con el precio. Era inútil. Paul, aburrido de cambiarlos a diario, había pasado a memorizar las cantidades cada mañana.

—Dos kilos de patatas, por favor —dijo ella, sin atreverse a preguntar.

Paul comenzó a colocar los tubérculos uno a uno sobre la balanza. Detrás de la señora, un par de niños contemplaban la vitrina de los caramelos con las manos firmemente metidas en los bolsillos vacíos.

—El kilo está a sesenta mil marcos —dijo una voz rasposa y desagradable desde el fondo del mostrador.

La mujer apenas miró al señor Ziegler, el dueño del colmado, pero comenzó a enrojecer visiblemente y no dijo nada.

—Discúlpeme, señora... No me quedan demasiadas patatas —mintió Paul, que aquella mañana se había deslomado acumulando sacos y sacos en la parte de atrás— y aún tienen que venir muchos clientes habituales. ¿Le importaría que sólo le pusiera un kilo?

El gesto de alivio de ella fue tan evidente que Paul tuvo que apartar la mirada para no sonreír.

—Bueno. Tendré que apañármelas, supongo.

Paul sacó algunas patatas de la bolsa hasta que la balanza se detuvo en el número 1000. La última, una especialmente grande, no la sacó del todo de la bolsa, sino que la mantuvo en la mano comprobando que el peso del resto era de un kilo, y luego la volvió a dejar dentro como al descuido.

El gesto no le pasó desapercibido a la mujer, a la que le tembló un poco la mano al pagar y recoger la bolsa del mostrador. Cuando ya se iban, el señor Ziegler les detuvo.

—¡Un momento!

La mujer se dio la vuelta, pálida.

—¿Sí?

—Se le ha caído esto a su hijo, señora —dijo el tendero, alargándole la gorra al más pequeño.

La mujer murmuró un agradecimiento y salió del local a la carrera.

El señor Ziegler se dirigió de nuevo al fondo del mostrador. Se ajustó sus pequeñas gafitas redondas sobre su nariz espigada y prominente y continuó frotando las latas de guisantes con un paño suave. El lugar estaba impecable, porque Paul mantenía el colmado muy limpio, y nada en aquellos tiempos permanecía en la tienda lo suficiente para coger polvo.

—Te he visto —dijo el tendero sin dejar de frotar.

Paul sacó el periódico de debajo del mostrador y comenzó a hojearlo. Aquella tarde no vendría más público, pues era jueves y los sueldos de la gente hacía varios días que habían desaparecido. Pero el día siguiente sería infernal.

—Ya lo sé, señor.

—Entonces, ¿por qué fingías?

—Tenía que parecer que usted no se daba cuenta de que yo le regalaba la patata, señor. Si no, tendríamos que darle una gratis a todo el mundo.

—Esa patata irá descontada de tu sueldo —dijo Ziegler, intentando sonar amenazador.

Paul asintió y volvió a enfrascarse en la lectura. El tendero había dejado de asustarle hacía ya tiempo, no sólo porque nunca cumplía sus amenazas, sino porque todo su mal carácter era fachada. Sonrió para sus adentros recordando que hacía un minuto Ziegler había metido a hurtadillas un puñado de caramelos en la gorra del niño.

—No sé qué diantres encuentras tan interesante en esos periódicos —dijo el tendero, meneando la cabeza.

Lo que Paul buscaba frenético desde hacía tiempo en los diarios era un modo de salvar el negocio del señor Ziegler. Si no lo encontraba, la tienda quebraría antes de dos semanas.

De repente se detuvo entre dos hojas del *Allgemeine Zeitung*. Sintió que el corazón le daba un vuelco. Allí estaba la idea, en un pequeño suelto a dos columnas, ridículo al lado de los grandes titulares que anunciaban desastres sin fin, tal vez la caída del gobierno. Podría haberlo pasado por alto si no lo hubiera estado buscando.

Era una locura.

Era imposible.

Pero si funciona... nos haremos ricos, pensó Paul.

Funcionaría. Paul estaba seguro. Lo más difícil sería convencer al señor Ziegler. Ni en sueños un viejo prusiano conservador como él aceptaría su plan. Paul no imaginaba ni la forma de plantearlo.

Así que será mejor que piense deprisa, se dijo Paul mordiéndose los labios con fuerza.

22

Todo había empezado con el asesinato del ministro Rathenau.

Es difícil hacerse a la idea de que la desesperación en que se hundió Alemania entre 1922 y 1923, cuando dos generaciones vieron transformada por completo su escala de valores, habría comenzado una mañana en que tres estudiantes pusieron su coche a la par del de Rathenau y le cosieron a tiros. Pero así fue. El día 24 de junio de 1922 se plantó la terrible semilla que más de dos décadas después iba a dejar un balance de cincuenta millones de muertos.

Hasta ese 24 de junio los alemanes creían que las cosas iban mal. Desde entonces, mientras el país se convertía en un manicomio, sólo deseaban quedarse como entonces. Aquel hombre era el responsable de la cartera de Exteriores. En una época convulsa en la que Alemania estaba en manos de sus acreedores, aquel cargo era más importante aún que la presidencia de la República.

El día que mataron a Rathenau, Paul se preguntó si lo habían hecho por ser judío, por ser político o por intentar conciliar a Alemania con el desastre de Versalles. Las inalcanzables reparaciones que el país tendría que pagar —¡hasta 1984!— estaban sumiendo al pueblo en la miseria, y Rathenau era el último baluarte del sentido común.

Tras su muerte, el país se limitó a imprimir dinero para pagar. ¿Sabían los que lo hacían que cada marco que acuñaban le restaba valor al resto? Es probable, pero ¿qué otra solución tenían?

En junio de 1922, con un marco se podían comprar dos cigarrillos; con doscientos setenta y dos marcos, un dólar americano. En marzo de 1923, el mismo día en que Paul metió al descuido una patata de más en la bolsa de la señora Schmidt, hacían falta cinco mil marcos para comprar un cigarrillo, y veinte mil para entrar en un banco y salir con un reluciente billete de un dólar.

Las familias lucharon para mantenerse al ritmo de aquella sinrazón. Los viernes, el día en que se entregaba la paga, las mujeres esperaban a sus maridos a las puertas de la fábrica y todos juntos asaltaban las tiendas y los colmados, inundaban el Viktualienmarkt de la Marienplatz, gastaban hasta el último penique del sueldo en lo imprescindible. Regresaban a casa cargados de comida e intentaban resistir. Durante el resto de la semana se hacían pocos negocios en Alemania. Los bolsillos estaban vacíos, y un supervisor de fabricación de la BMW tenía los jueves por la noche el mismo poder adquisitivo que un veterano mendigo que arrastrase sus muñones por el fango bajo los puentes del Isar.

Hubo muchos que no lo pudieron soportar.

Los viejos, la gente con poca imaginación, todos aquellos que daban demasiadas cosas por supuestas fueron quienes más sufrieron. En sus mentes no había espacio para aquellos cambios, para aquel mundo al revés. Muchos se suicidaron. Otros se revolcaron en la miseria.

Otros cambiaron.

Paul fue uno de ellos.

Paul pasó un mes terrible cuando el señor Graf le echó. Apenas tuvo tiempo para sobreponerse a la desazón por lo ocurrido con

Jürgen y la revelación del destino de Alys, o a dedicar más que algún fugaz pensamiento al misterio de la muerte de su padre. De nuevo, al igual que cuando se encontró vagando por primera vez por las calles de Schwabing tras el suicidio de Eduard, la urgencia de sobrevivir era tan acuciante que tuvo que reprimir sus propios deseos y emociones en una bola de dolor ardiente. Ese fuego se inflamaba a menudo por las noches, poblando sus sueños de fantasmas. Cada vez dormía peor, y muchas eran las mañanas, mientras pateaba las calles de Múnich con los zapatos raídos y llenos de nieve, en las que pensó en morir.

A veces, al volver a la pensión sin trabajo y sin fuerzas, se descubría a sí mismo contemplando el Isar con ojos vacíos desde el Prinzregenten Brücke. Deseando lanzarse a las heladas aguas, dejar que la corriente arrastrase su cuerpo hasta el Danubio, y de allí hasta el mar. Esa extensión fabulosa de agua que jamás había visto y en la que siempre creyó que había terminado su padre.

Cada una de esas veces tenía que buscar una razón para no apoyar los pies en el pretil y saltar. La imagen de su madre, esperándole cada noche en la pensión y la seguridad de que sin él no sobreviviría le retuvieron de apagar para siempre el fuego que llevaba dentro. Otras veces fueron las mismas razones que lo hacían arder las que le retuvieron.

Finalmente hubo un destello de esperanza envuelto en muerte.

Una mañana un repartidor cayó desplomado a los pies de Paul en mitad de la calle. La carretilla vacía que arrastraba se volcó a un lado. Las ruedas aún giraban cuando Paul se agachó e intentaba ayudarle a levantarse, pero el chico no podía moverse. Boqueaba desesperado en busca de aire y tenía los ojos vidriosos. Otro transeúnte se acercó. Llevaba ropas oscuras y un maletín de cuero.

—¡Apártese! Soy médico.

Durante un rato intentó reanimar al caído, pero no tuvo éxito. Finalmente el doctor se levantó, meneando la cabeza.

—Un ataque al corazón o una embolia. Parece mentira, tan joven.

Paul se quedó mirando al rostro del muerto. Debía de tener diecinueve años, tal vez menos.

Como yo, pensó Paul.

—Doctor, ¿se hará usted cargo del cadáver?

—Yo no puedo, tengo que ir al hospital. Esperaremos a la policía.

Cuando los agentes llegaron, Paul les describió pacientemente lo que había sucedido. El doctor corroboró sus palabras, y confirió credibilidad a su petición.

—¿Les importa que lleve la carretilla a su dueño?

El agente miró a la carretilla vacía y luego echó a Paul un largo vistazo. No le apetecía arrastrar aquella cosa hasta la comisaría. El joven no apartó la mirada de los ojos del agente ni un momento.

—¿Cómo te llamas, caballerete?

—Paul Reiner.

—¿Y cómo sé que puedo fiarme de ti, Paul Reiner?

—Porque tengo más que ganar si se la llevo al dueño del colmado que si intento vender estos cuatro palos mal clavados en el mercado negro —dijo Paul con franqueza absoluta.

—Está bien. Dile que se ponga en contacto con la comisaría. Necesitaremos el nombre del familiar más cercano. Si no nos ha llamado antes de tres horas te las verás conmigo.

Así que el agente le dio una factura, donde con letra muy pulcra venía la dirección del colmado —una calle cerca del Isartor— y una lista de lo último que el muerto había transportado en su vida:

½ kilo de café
3 kilos de patatas
1 bolsa de limones
1 bote de sopa Kruntz
¼ de kilo de sal
2 botellas de aguardiente de maíz

Cuando Paul entró por la puerta de la tienda con la carretilla y pidió el empleo del muerto, la mirada desconcertada del señor Ziegler no difería mucho de la que le dirigió seis meses después cuando el joven le explicó su plan para salvarles de la ruina.

—Debemos convertir la tienda en un banco.

El tendero dejó caer al suelo el paño con el que frotaba los tarros de mermelada. Uno de ellos se hubiera hecho trizas contra el suelo de no haber estado Paul atento para rescatarlo en pleno vuelo.

—Pero ¿qué dices, muchacho? ¿Has estado bebiendo? —dijo, fijándose en las tremendas ojeras del chico y recordando que el día anterior Paul había levantado la cabeza del periódico con aire excitado y le había solicitado llegar un par de horas tarde aquella mañana.

—No, señor —dijo Paul, que había pasado en vela casi toda la noche, dándole vueltas a su plan. Había salido de madrugada y se había colocado en la puerta del ayuntamiento media hora antes de que abriesen. Luego había recorrido ventanilla tras ventanilla recabando información sobre licencias, impuestos y requerimientos. Llegaba con una carpeta de cartón abultadísima—. Sé que puede parecerle una locura, pero no lo es. En estos momentos el dinero no tiene ningún valor. Los sueldos suben a diario, y nosotros tenemos que calcular nuestros precios todas las mañanas.

—Sí, eso me recuerda que esta mañana he tenido que hacerlo yo solo —dijo el tendero, molesto—. Y no sabes cómo me ha costado. ¡Y en viernes! Dentro de dos horas la tienda estará a rebosar de gente.

—Lo sé, señor. Y tenemos que esforzarnos al máximo por liquidarlo todo hoy. Esta misma tarde hablaré con varios de los clientes ofreciéndoles mercancías a cambio de su trabajo, porque la reforma tiene que estar hecha el lunes. El martes por la mañana pasaremos una inspección municipal y el miércoles abriremos.

Ziegler puso la misma cara que si Paul le acabase de pedir que se untara el cuerpo con mermelada y cruzara desnudo Marienplatz.

—De ninguna manera. Esta tienda lleva abierta setenta y tres años. La fundó mi bisabuelo, de quien la heredó mi abuelo, mi padre y finalmente yo.

Paul vio la amenaza en los ojos del tendero. Supo que estaba a un paso de que le despidiera por insubordinación y locura. Así que decidió jugárselo todo a una carta.

—Una historia preciosa, señor. Por desgracia, dentro de quince días, cuando alguien que no se apellidará Ziegler se haga con la tienda en un concurso de acreedores, toda esa tradición se irá a la mierda.

El tendero levantó un dedo acusador, dispuesto a reñir a Paul por su lenguaje, pero enseguida recordó la mala situación en la que se encontraba y se derrumbó en una silla. Tenía deudas acumuladas desde el principio de la crisis, deudas que, al contrario que muchas otras, no se habían esfumado en la nada. La parte positiva —para algunos— de aquella locura era que quienes tuviesen una hipoteca cuyos tipos de interés se revisasen anualmente habían podido saldarla en poco tiempo con aquel marco salvaje. Por desgracia, quienes como Ziegler habían comprometido parte de sus ingresos, no una cantidad fija en metálico, sólo podían salir perdiendo.

—No lo entiendo, Paul. ¿Cómo va a salvar eso mi negocio?

El joven, con paciencia infinita, le llevó un vaso de agua y luego le mostró el recorte del periódico del día anterior. La tinta se había corrido sobre el papel en varios puntos, de tantas veces como Paul lo había leído y releído.

—Es un artículo de un profesor de la universidad. Dice que en un momento como éste, en el que la gente no puede confiar en el dinero, tiene que volver al inicio. A antes del dinero. Al trueque.

—Pero...

—Un momento, señor. Por desgracia, nadie puede andar por la vida con una mesa camilla o tres botellas de aguardiente para cambiarlas por otras cosas, y las casas de empeños ya están a rebosar. Por tanto tienen que refugiarse en promesas. En beneficios.

—No te entiendo —dijo el tendero, que empezaba a marearse.

—Acciones, señor Ziegler. Las acciones sustituirán al dinero. La bolsa subirá como la espuma. Y nosotros estaremos vendiéndolas.

Ziegler cedió.

Paul apenas durmió en el transcurso de los cinco días siguientes. Convencer a profesionales cualificados —carpinteros, yeseros, ebanistas— de llevarse ese viernes productos gratis a cambio de horas de trabajo aquel fin de semana no revistió la menor dificultad. Los pobres estaban tan agradecidos que Paul tuvo que ofrecer su pañuelo a más de uno.

Qué jodidas están las cosas si un fontanero de bigotes gruesos se echa a llorar cuando le ofreces una salchicha a cambio de una hora de trabajo, pensaba el joven.

La mayor dificultad fue la burocracia, pero incluso en eso Paul tuvo tremenda suerte. Había estudiado cada una de las normativas y reglamentos que los funcionarios le indicaron hasta que las cláusulas le salieron por las orejas, temiendo a cada paso encontrarse con la temida frase que echara por tierra todas sus esperanzas. Tras emborronar hojas y hojas de un pequeño cuadernillo en el que fue desentrañando los pasos que debía dar, los requisitos para la creación del ZieglerBank se vieron reducidos a dos:

1.º El director debe ser un ciudadano mayor de 21 años.
2.º Debe depositarse un aval de medio millón de marcos alemanes en las oficinas del ayuntamiento.

El primero era sencillo: el señor Ziegler sería el director, aunque Paul ya tenía bastante claro que debería quedarse encerrado en el despacho el mayor tiempo posible. El segundo... Un año atrás aquélla era una cifra astronómica, una manera de asegurar que sólo personas solventes iniciaran un negocio de responsabilidad. Hoy, aquel medio millón de marcos era una broma.

—¡Nadie ha actualizado la cantidad! —gritó Paul, dando botes por la tienda, ante la mirada asombrada de los carpinteros, que ya habían empezado a arrancar las estanterías de las paredes.

Me pregunto si el funcionario no preferirá un par de jamones cocidos, pensó Paul, divertido. *Al menos a eso le sacarían algo de rendimiento.*

23

El camión iba descubierto, y los veinte hombres que viajaban en la parte trasera recibían el viento nocturno en la cara.

Casi todos guardaban silencio, concentrados en lo que ocurriría en pocos minutos. Las camisas pardas apenas protegían contra el frío, pero eso no importaba, ya que dentro de poco iban a desentumecerse a gusto.

Jürgen se agachó y comenzó a golpear el suelo metálico del camión con la porra. Había tomado esta costumbre en su primera salida, cuando aún sus compañeros de batallón le miraban con escepticismo. Las SA, las tropas de asalto del partido nazi, era un lugar para endurecidos ex combatientes, gente de las clases más bajas, que apenas podían leer un párrafo en voz alta sin tartamudear. La aparición de aquel joven atildado —¡el hijo de un barón, nada menos!— les produjo una inmediata sensación de rechazo. Cuando Jürgen empleó el suelo del camión como un tambor por primera vez, uno de los compañeros le señaló con el dedo.

—¿Estás mandando un telegrama a la baronesa, novato?

Todos los demás rieron con malicia.

Aquella noche había sentido vergüenza. Ésta en cambio, al comenzar a golpear el suelo del camión, todos los demás se apresuraron a seguirle. El ritmo era lento al principio, cadencioso, marcado. Los golpes estaban perfectamente sincronizados. Pero según el camión se acercaba a su objetivo, una taberna próxima a la estación de tren de Hauptbahnhof, el ritmo iba aumentando hasta convertirse en un repiqueteo acelerado y ensordecedor que les llenó a todos de adrenalina.

Jürgen sonrió. Le había costado ganarse su confianza, pero ahora sentía que tenía a todos en la palma de la mano. Cuando casi un año atrás asistió por primera vez a un discurso de Adolf Hitler e insistió a un secretario del partido para que rellenase allí mismo su adhesión al NSDAP su amigo Krohn no cabía en sí de gozo, pero su decepción fue grande cuando días después Jürgen solicitó el ingreso en las SA.

—¿Qué diablos tienes tú que ver con esos gorilas pardos? Tú eres inteligente, podrías hacer carrera política. Y ese parche en el ojo... vertiendo los rumores adecuados, podría ser tu carta de presentación. Podríamos decir que lo perdiste defendiendo el Ruhr.

El hijo del barón no le hizo caso. Había actuado movido por un impulso irracional, pero a nivel subconsciente su acción tenía una gran lógica. Le atraía la brutalidad inherente a la rama paramilitar de los nazis, su orgullo de grupo y la impunidad para la violencia que éste le ofrecía.

Un grupo en el que no había encajado al principio, convertido en blanco de insultos y burlas como «Barón Cíclope» o «Mariquita Tuerto».

Acobardado, Jürgen dejó de lado la actitud de matón que usaba antiguamente con sus amigos del colegio. Aquellos eran hombres duros de verdad, y hubieran cerrado filas inmediatamente si él hubiera intentado algo por la fuerza. En lugar de eso conquistó su respeto poco a poco, demostrando en cada mitin propio y ajeno su falta de escrúpulos.

Un chirrido de frenos se impuso al violento golpeo de las porras. El camión se detuvo con una sacudida brusca.

—¡Abajo, abajo!

Los camisas pardas se apelotonaron en la parte trasera del camión. Veinte pares de botas negras pisotearon los adoquines empapados. Uno de los SA resbaló en mitad de un charco de agua sucia, y Jürgen se apresuró a ofrecerle el brazo para levantarse. Había aprendido que este tipo de gestos le hacían ganar puntos con sus compañeros.

El local frente a ellos no tenía nombre, tan sólo la palabra TABERNA pintada sobre la puerta, con un sombrero bávaro de color rojo dibujado al lado. El lugar era a menudo empleado por una sección del Partido Comunista para sus reuniones, y en este momento se estaba llevando a cabo una de ellas. Más de una treintena de personas se encontraban dentro, asistiendo a una conferencia. Al escuchar el ruido de los frenos del camión varios de ellos levantaron la cabeza, pero ya era demasiado tarde. Aquel lugar no tenía puerta trasera.

Entraron en fila, haciendo todo el ruido posible. Un camarero se cubrió tras la barra, aterrorizado, mientras los que encabezaban el grupo tomaban jarras y platos de las mesas y los lanzaban por encima del mostrador, sobre el espejo y los anaqueles repletos de botellas.

—¿Qué hacen aquí? —preguntó un hombre bajito, seguramente el dueño de la taberna.

—Venimos a disolver una reunión ilegal —dijo el jefe del pelotón de las SA, adelantándose con una incongruente sonrisa.

—¡Ustedes no tienen ninguna autoridad!

El jefe del pelotón levantó la porra hasta la cintura y golpeó el estómago del hombre, que cayó al suelo con un gemido. El otro le propinó un par de patadas más antes de volverse a sus hombres.

—¡Todos juntos!

Jürgen pronto se puso en cabeza. Siempre lo hacía así, para en el momento crucial dar un discreto paso atrás y dejar que otro fuese el primero en cargar —o en llevarse un balazo o una cuchillada—. Las armas de fuego estaban prohibidas en aquella Alemania a la que los Aliados habían despojado de sus dientes, pero muchos veteranos de guerra conservaban su pistola de reglamento o un arma arrebatada al enemigo.

Formando hombro con hombro, avanzaron hacia el fondo del local. Los comunistas, muertos de miedo, hicieron acopio de todo lo que pudieron reunir y se lo fueron lanzando. El compañero que marchaba al lado de Jürgen recibió el impacto de una jarra de cristal en plena cara y se tambaleó. Los que marchaban tras él le sujetaron, y otro ocupó su puesto en primera fila.

—¡Hijos de puta! ¡Id a chupársela a vuestro *Führer*! —gritó un joven ataviado con una gorra de cuero, tomando en las manos una banqueta.

Estaban a menos de tres metros, a tiro del mobiliario, y Jürgen eligió ese momento para simular un tropezón y dejar pasar al que iba detrás.

Justo a tiempo. Varias banquetas surcaron el espacio entre el grupo de la taberna y los camisas pardas. Se oyó un gemido y el que acababa de ocupar el lugar de Jürgen se desplomó hacia delante, con la cabeza abierta.

—¿Listos? —gritó el jefe del pelotón—. ¡Hitler y Alemania!

—¡Hitler y Alemania! —coreó el resto.

Ambos bandos cargaron a la vez, como niños jugando al pañuelo que acabasen de recibir la orden del árbitro. Jürgen esquivó a un gigantón con mono de mecánico que iba en su dirección, y le golpeó al pasar en las rodillas. El mecánico trastabilló, y los que venían detrás comenzaron a golpearle sin compasión.

Jürgen continuó avanzando. Saltó una silla volcada y pateó una mesa, que fue a estrellarse contra la cadera de un viejo con gafas que cayó al suelo arrastrando la mesa con él. Aún sostenía unos papeles garabateados en la mano, así que el hijo del barón dedujo que aquel debía ser el orador cuyo discurso habían venido a reventar. Le traía sin cuidado. Ni siquiera conocía el nombre del viejo.

Jürgen pasó por encima de él, asegurándose de pisarle con ambos pies antes de acercarse a su verdadero objetivo, en el que había fijado sus ojos desde el otro extremo de la taberna.

El joven de la gorra de cuero hacía frente a dos camisas pardas sosteniendo una banqueta entre ellos y él. El primero de los camisas pardas intentó flanquearle, pero el joven basculó el peso de la banqueta y consiguió alcanzarle en el cuello, derribándolo. El otro camisa parda lanzó un porrazo creyendo que le atraparía desprevenido, pero el joven comunista se agachó con agilidad y hundió el codo en sus riñones. Cuando el otro se dobló, retorciéndose de dolor, el de la gorra rompió la banqueta sobre su espalda.

Vaya... éste sabe pelear, pensó el hijo del barón.

Normalmente dejaba los más duros para que los trabajasen otros, pero aquel joven delgaducho y de ojos hundidos tenía algo que le resultaba ofensivo.

El de la gorra miraba a Jürgen desafiante.

—Ven, putita nazi. ¿Tienes miedo de romperte las uñas?

Jürgen contuvo el aliento ante el insulto, pero era demasiado taimado para dejarse engañar y contraatacó.

—No me extraña que te gusten los rojos, mierdita seca. El culo de tu madre es igualito a la barba de Marx.

El rostro del chico se encendió de ira bajo la gorra de cuero y, enarbolando los restos de la banqueta, se lanzó a por Jürgen.

Éste le esperaba ladeado, procurando mantenerle en el centro de la visión de su único ojo. Cuando el otro descargó el golpe, Jürgen se echó a un lado y el joven cayó al suelo, perdiendo la gorra. Jürgen le golpeó tres veces en la espalda con la porra en rápida sucesión, no muy fuerte, lo suficiente para robarle el aliento y permitirle que se pusiera de rodillas. El joven intentó gatear para alejarse de Jürgen, que era exactamente lo que él quería. Echó hacia atrás la pierna derecha y lanzó una patada con todas sus fuerzas. La bota de punta reforzada impactó contra el estómago del chico, que se levantó más de medio metro del suelo y volvió a caer, retorciéndose y luchando por respirar.

Con una sonrisa radiante, Jürgen comenzó a patearle con saña. Notó cómo crujían las costillas, y luego uno de los brazos del chico restalló como una rama seca cuando lo pisoteó.

Agarrando al joven del pelo, Jürgen le obligó a ponerse de rodillas.

—¡Vuelve a repetir lo que has dicho del *Führer* ahora, vago comunista!

—Vete a la mierda —balbuceó el chico.

—¿Todavía te quedan ganas de decir tonterías? —gritó Jürgen, incrédulo.

Agarrando aún más fuerte al chico por el pelo, levantó la porra y la descargó contra su boca, en paralelo a la línea de sus labios.

Una.

Dos.

Tres veces.

Los dientes del chico se convirtieron en un puñado de restos sanguinolentos sobre el suelo de madera de la taberna. Su rostro estaba hinchado y deforme e instantáneamente la agresividad que alimentaba los músculos de Jürgen dejó de fluir. Comprendió por qué había escogido a aquel chico en particular.

Guardaba un cierto parecido con su primo.

Soltó el pelo del comunista, que cayó al suelo desmadejado.

Bueno, a partir de ahora no se parecerá a nadie, pensó.

Jürgen levantó la vista y vio que en torno suyo la lucha se había detenido. Los únicos que quedaban en pie eran los camisas pardas, que le miraban con una mezcla de aprobación y miedo.

—¡Vámonos de aquí! —gritó el jefe del pelotón.

De vuelta en el camión, un SA que Jürgen no había visto nunca y que no había viajado con ellos en el camión a la ida se sentó junto a él. El hijo del barón apenas le miró. Después de cada uno de aquellos episodios violentos solía sumirse en un estado de melancolía y abandono, y no le gustaba que nadie le molestase. Por eso gruñó con desagrado cuando el otro le habló en voz baja.

—¿Cómo te llamas?

—Jürgen von Schroeder —respondió a regañadientes.

—Así que eres tú. Me han hablado de ti y he venido hoy adrede para conocerte. Me llamo Julius Schreck.

Jürgen se fijó en que había sutiles diferencias en el uniforme del otro. Llevaba una insignia con una calavera y unas tibias cruzadas, y una corbata negra.

—¿Para conocerme a mí? ¿Por qué?

—Estoy formando un grupo especial... gente con agallas, habilidad, inteligencia. Sin escrúpulos burgueses.

—¿Cómo sabe que yo tengo esas cosas?

—Te he visto moverte allá adentro. Lo has hecho con astucia, no como el resto de la carne de cañón. Y luego está la cuestión de tu familia, claro. Tenerte a ti nos dará prestigio. Nos separará de la chusma.

—Hable claro. ¿Qué pretende?

—Quiero que te unas a mis *Stosstrupp*. La élite de las SA, que sólo responderá ante el *Führer*.

24

Alys estaba pasando una noche infernal hasta que vio a Paul al otro extremo del cabaret. Era el último lugar en el que esperaba encontrarle. Volvió a mirar para asegurarse, ya que las luces y el humo del local podían llevar a confusión, pero sus ojos no le habían engañado.

¿Qué demonios estará haciendo aquí?

Su primer impulso fue esconder la Kodak Brownie tras la espalda, avergonzada. No duró mucho en esa posición, porque la cámara con el voluminoso flash eran una carga demasiado pesada.

Y además, estoy trabajando. Eso es algo de lo que sentirse orgullosa, qué diablos.

—¡Menudo cuerpo! ¡Sácame una foto, ricura!

Alys sonrió, levantó la lámpara del flash —apoyada en un enorme mango— y apretó el gatillo para que se disparase solo, sin usar película. Los dos borrachos que le obstaculizaban la visión de la mesa de Paul se hicieron a un lado dando tumbos. Aunque le obligase a estar recargando el flash con pólvora de magnesio cada poco, ése era el método más eficaz de deshacerse de los pesados.

Revoloteaban muchos a su alrededor en noches como aquélla,

en las que tenía que hacer doscientas o trescientas fotos de los clientes del BeldaKlub. Tras revelarlas, el dueño escogía media docena para colocarlas en una pared cerca de la entrada, en la que se veía a los clientes pasándoselo en grande con las bailarinas del local. Las mejores fotos —según el dueño— se conseguían entrada la madrugada, donde era habitual ver a los más golfos bebiendo champán en los zapatos de las chicas. Alys odiaba aquel ambiente: la música chillona, los trajes de lentejuelas, las canciones provocativas, el alcohol y a quienes lo consumían sin medida. Pero era su trabajo.

Dudó en aproximarse a Paul. No se encontraba demasiado guapa, con aquel traje azul de segunda mano y un sombrerito que desentonaba bastante, y sin embargo seguía siendo un imán para los babosos. Había llegado a la conclusión de que a los hombres les encantaba estar en el centro de su objetivo. Decidió usar eso para acercarse a Paul y romper el hielo. Aún sentía mucha vergüenza por el modo en que su padre le había expulsado de su casa, y un vago resquemor por la mentira de que él se había quedado el dinero que le había ofrecido.

Le gastaré una broma. Me acercaré con la cámara tapándome la cara, lanzaré la foto y luego le mostraré quién soy. Seguro que se pone loco de contento.

Comenzó a acercarse, esquivando mesas y borrachos, esgrimiendo una sonrisa.

Ocho meses antes, Alys se había visto en la calle buscando un trabajo.

Al contrario que Paul, su búsqueda no había sido desesperada, porque ella disponía de dinero para mantenerse unos meses. Aun así había sido igual de ardua. Los únicos empleos que se le ofrecieron —a voces desde las esquinas o susurrados en las trastiendas de los establecimientos— eran de prostituta o de mantenida, y ése era un camino que Alys no estaba dispuesta a tomar bajo ningún concepto.

Ni eso ni volver a casa, se juró.

Pensó en ir a otra ciudad. Hamburgo, Dusseldorf, Berlín. Sin embargo, las noticias que venían de todos esos lugares eran tan malas o peores que lo que ocurría en Múnich. Y había algo —la esperanza de volver a encontrar a alguien concreto, tal vez— que le retenía en su ciudad natal. Pero a medida que sus reservas menguaban y no conseguía nada, Alys se iba desesperando más. Hasta que una tarde, caminando por Agnesstrasse en busca de un taller de costura del que le habían dado referencias, vio un letrero en un escaparate.

Se necesita ayudante

Abstenerse mujeres

Ni siquiera miró de qué clase de negocio se trataba. Empujó la puerta con indignación, y las campanillas que anunciaban un nuevo visitante se volvieron locas. Se acercó pisando firme a la única persona que había detrás del mostrador. Era un hombre delgado y maduro, con unas enormes entradas en su pelo canoso.

—Buenas tardes, señorita.

—Buenas tardes. Venía a solicitar el empleo.

El hombrecillo le miró muy serio.

—¿Puedo aventurarme a decir que sabe usted leer, señorita?

—Sí, aunque las sandeces se me atragantan.

Ante aquello, el rostro del hombre cambió. Unas arrugas divertidas se le formaron en la comisura de los labios, revelando una sonrisa agradable a la que siguió una carcajada.

—¡Contratada!

Alys le miró totalmente desconcertada. Había entrado en el local dispuesta a echarle en cara al dueño un cartel tan injusto como el que había colgado, creyendo que sólo conseguiría ponerse en evidencia.

—¿Sorprendida?

—Bastante.

—Verá, señorita...

—Alys Tannenbaum.

—August Muntz —dijo el otro, haciendo una florida reverencia—. Verá, señorita Tannenbaum, colgué ese cartel para que respondiera exactamente una mujer de sus características. El empleo que le ofrezco requiere de habilidad técnica, presencia de ánimo y sobre todo elevadas dosis de atrevimiento e insolencia. Parece que goza de las dos segundas, y la primera puede alcanzarse, sobre todo disponiendo de mi experiencia...

—¿Qué es exactamente lo que quiere que haga? —preguntó Alys con suspicacia.

—¿No es evidente, señorita? —dijo el otro, señalando a su alrededor. Alys se fijó en el local por primera vez, y vio que era un estudio de fotografía—. Hacer fotos.

Si bien Paul había cambiado con cada empleo que había desempeñado, Alys se había visto totalmente transformada por el suyo. La joven cayó enamorada instantáneamente de la fotografía. Jamás se había puesto detrás de una cámara, pero cuando aprendió los rudimentos básicos comprendió que no deseaba hacer otra cosa en su vida. Le gustaba especialmente la sala de revelado, donde mezclaba los compuestos químicos en las cubetas. Maravillada, no podía apartar la mirada cuando la imagen comenzaba a aparecer sobre el papel y se distinguían los rasgos y las caras.

Enseguida hizo buenas migas con el fotógrafo. Aunque sobre el letrero de la puerta estaba escrita la frase «Muntz e hijos», Alys descubrió pronto que no había hijos ni los habría nunca. August vivía en un piso encima de la tienda con un joven delicado y blanquecino al que llamaba «mi sobrino Ernst». La joven pasaba largas sobremesas jugando al backgammon con los dos, y poco a poco volvió a recuperar la sonrisa.

Tan sólo había una parte de su trabajo que no le gustaba, que era precisamente por la que August le había contratado. El dueño de un cabaret cercano —August le acabó confesando a Alys una tarde que era un antiguo amante— le había ofrecido una buena suma de dinero por tener a un fotógrafo en el local tres noches a la semana.

—Él querría que fuese yo, claro. Pero creo que es mejor que vaya una chica guapa... una que no se deje avasallar —dijo August guiñándole un ojo.

El dueño del cabaret estaba contento. Las fotos a la entrada de su establecimiento habían contribuido a lanzar la fama del BeldaKlub hasta convertirlo en el buque insignia de la noche muniquesa. Nada al nivel de Berlín, desde luego, pero cualquier negocio que tenga sus bases en el alcohol y el sexo ve multiplicado su éxito por diez en épocas tenebrosas. Era un rumor muy extendido que muchos de sus clientes gastaban allí completo el último sueldo en cinco frenéticas horas antes de recurrir al gatillo, la cuerda o el bote de pastillas.

Mientras se acercaba a Paul, Alys confiaba en que el joven no fuera uno de estos «clientes definitivos».

Seguro que ha venido con un amigo. Por curiosidad, pensaba ella. Al fin y al cabo, todo el mundo viene al BeldaKlub en estos tiempos, aunque sea para sorber durante horas una cerveza. Los *barmen* era tipos comprensivos, y solía aceptar alianzas de compromiso a cambio de un par de pintas.

Al llegar se llevó la cámara a la cara. Había cinco personas en torno a la mesa, dos hombres y tres mujeres. Sobre el mantel había numerosas botellas de champán medio vacías o volcadas, y un montón de comida apenas intacta.

—¡Eh, Paul! ¡Tienes que posar para la posteridad, compañero! —dijo el que estaba junto a Alys.

Paul levantó la cabeza. Llevaba puesto un esmoquin negro que no acababa de quedarle del todo bien en los hombros, y la pajarita desatada sobre la camisa. Cuando habló tenía la lengua pastosa y vacilante.

—¿Habéis oído, chicas? Poned una sonrisa en esos labios. Las dos que rodeaban a Paul llevaban vestidos de fiesta plateados y sombreros a juego. Una de ellas le agarró por la barbilla, le obligó a mirarle y le plantó un enorme y pegajoso beso con lengua justo cuando se disparó la foto. El joven, sorprendido, devolvió el beso y luego estalló en carcajadas.

—¿Has visto? ¡Te han puesto una sonrisa en los labios! —dijo el amigo tambaleándose de la risa.

Al ver aquello Alys se quedó atónita, al tiempo que la Kodak casi le resbaló de las manos. Sintió ganas de vomitar. Aquel borracho, uno más de aquellos a quien ella despreciaba noche tras noche desde hacía semanas, estaba tan lejos de la imagen del tímido carbonero que la joven no podía creer que fuera Paul.

Y sin embargo lo era.

A través del alcohol, el joven fue capaz de reconocerla y se puso de pie con gesto azorado.

—¡Alys!

El hombre que le acompañaba se giró hacia ella y alzó su copa.

—¿Os conocéis?

—Eso creía yo —dijo Alys, gélida.

—¡Estupendo! Quiero que sepas que tu amigo es el banquero de más éxito del Isartor... ¡Vendemos más acciones que ninguno de los bancos que han surgido como setas últimamente! Y yo soy su orgulloso contable... Ven a brindar con nosotros.

Alys notó como una oleada de desprecio le recorría el cuerpo. Había escuchado acerca del fenómeno de los nuevos bancos. Casi todos los que se habían creado en los últimos meses los habían fundado jóvenes, y muchos universitarios venían cada noche a quemar las ganancias del día en champán y putas antes de que perdieran por completo su valor.

—Cuando mi padre me dijo que te habías llevado el dinero no le creí. Qué equivocada estaba. Ahora veo lo único que te interesa —dijo dándose la vuelta.

—Alys, espera... —balbuceó el joven, avergonzado. Rodeó la mesa a trompicones e intentó tomarle de la mano.

Alys, zafándose, se giró y le dio un bofetón que resonó como una campanada. Paul trastabilló y fue a darse de bruces contra la mesa. Intentó aferrarse al mantel pero cayó al suelo en medio de una lluvia de botellas rotas y de las risas de las tres coristas.

—Por cierto —dijo ella mientras se marchaba, en voz lo suficientemente alta para que él pudiera oírle—. Con ese esmoquin sigues pareciendo un camarero.

Paul se apoyó en la silla para levantarse, a tiempo de ver la espalda de Alys desaparecer entre la muchedumbre y cómo su amigo el contable se había llevado a las chicas a la pista de baile. De repente un brazo le agarró con fuerza y le ayudó a incorporarse, dejándolo caer en la silla.

—Parece que la has fastidiado, ¿eh?

El hombre que le había ayudado estaba de pie junto a él. Su rostro le era vagamente familiar pero no alcanzaba a recordar quién era entre las brumas del alcohol y la vergüenza.

—¿Quién diablos es usted?

—Un amigo de tu padre, Paul. Alguien que en estos momentos se pregunta si eres digno de llevar su apellido.

—¿Qué sabe usted de mi padre?

El hombre sacó una tarjeta y se la colocó a Paul en el bolsillo interior del esmoquin.

—Ven a verme cuando se te pase la curda, muchacho.

25

Sebastian Keller

Librero

Kaufingerstrasse, junto a la iglesia de San Miguel

Paul alzó la vista de la sencilla tarjeta y contempló el letrero de la librería sin comprender aún qué estaba haciendo allí.

Estaba a un paso de Marienplatz, en el mismísimo corazón de Múnich. En aquel lugar las carnicerías y los vendedores ambulantes de Schwabing daban paso a relojerías, sombrererías y tiendas de bastones. Incluso un pequeño cine cerca del establecimiento de Keller seguía proyectando *Nosferatu*, de Murnau, más de un año después de su estreno. Era por la tarde, y la segunda sesión ya debía de estar mediada. Paul imaginó al proyeccionista en el interior de la cabina, cambiando los gastados rollos de la película una y otra vez y sintió lástima por él. Había ido a ver aquella película

—su primera y única— colándose en la sala por una puerta trasera en un cine cerca de la pensión, cuando la mitad de la ciudad hablaba de ella. No le había gustado demasiado aquella copia feísta del *Drácula* de Bram Stoker. Para él la auténtica emoción de la historia residía en sus palabras y en sus silencios, en el blanco que rodeaba al negro de las letras. Aquello del cine se le antojaba demasiado sencillo, como un puzle de dos piezas.

Paul entró en la librería con cautela, pero comenzó a olvidar su recelo a medida que iba estudiando los volúmenes colocados escrupulosamente en estanterías del suelo al techo y en amplias mesas junto al escaparate. No había mostrador a la vista.

Estaba absorto hojeando una primera edición de *La muerte en Venecia* cuando escuchó una voz a sus espaldas.

—Thomas Mann no es mala elección, pero seguro que ése ya lo has leído, ¿verdad?

Paul se dio la vuelta. Allí estaba Keller, sonriente. Tenía el pelo completamente blanco, lucía una perilla de estilo anticuado y se rascaba unas enormes orejas cada poco rato, llamando aún más la atención sobre ellas. Paul volvió a sentir que le conocía, aunque no fue capaz de identificar de qué.

—Sí, lo he leído, pero deprisa y corriendo. Me lo prestó un huésped de la pensión donde vivo. Normalmente los libros no duran en mis manos mucho tiempo, por más que me guste releerlos.

—Ah, ah. No releas, Paul. Eres muy joven, y aquellos que releen tienden a llenarse de la sabiduría inadecuada antes de tiempo. Ahora tienes que leer, leer todo lo que puedas, lo más heterogéneo posible. Sólo cuando llegas a mis años sabes que aquello que relees no es una pérdida de tiempo.

Paul le echó un buen vistazo de nuevo. Keller pasaba de largo los cincuenta, aunque su espalda estaba recta como un palo y se mantenía compacto bajo un desfasado traje de tres piezas. Era su pelo claro lo que le daba apariencia venerable, aunque el joven sospechó que en realidad lo tenía rubio muy claro y se lo teñía para conseguir ese blanco uniforme. De repente cayó en la cuenta de dónde le había visto antes.

—Usted estaba en la fiesta de cumpleaños de Jürgen, hace cuatro años.

—Tienes buena memoria, Paul.

—Me dijo que saliera cuanto antes... que ella esperaba fuera —dijo el joven, con tristeza.

—Recuerdo el rescate de la chica con total claridad, en mitad del salón de baile. Ah, en mis tiempos también tuve mis buenos momentos. Y también malos, pero ninguna metedura de pata tan enorme como la que te vi cometer ayer, Paul.

—No me lo recuerde. ¿Cómo diablos se supone que iba a saber que ella estaba allí? ¡Hace más de dos años que no la veía!

—Bueno, creo que la pregunta correcta es ¿qué diablos hacías tú emborrachándote como un marinero?

Paul se removió inquieto y no respondió. Le avergonzaba estar comentando aquellas cosas a un completo desconocido, pero al mismo tiempo sentía una extraña tranquilidad al hablar con el librero. Sólo que deseaba cambiar de tema.

—En fin —siguió Keller—, no quiero atormentarte porque tus ojeras y tu palidez ya me dicen que no has debido de dormir mucho, si es que no acabas de levantarte.

—Me dijo que quería hablarme de mi padre —le interrumpió Paul, ansioso.

—No, no lo dije. Te dije que vinieras a verme.

—¿Y por qué?

Esta vez fue Keller quien no respondió. Condujo a Paul hasta el escaparate y le señalo la fachada de la iglesia de San Miguel, justo enfrente de la librería. El árbol familiar de la dinastía Wittelsbach esculpido en bronce escoltaba la estatua del arcángel que daba nombre al edificio. Bajo el sol del atardecer, las sombras de las estatuas eran largas y ominosas.

—Observa... tres siglos y medio de esplendor reluciente. Y sólo es un pequeño prólogo. Inspirado por las limpias formas de esta iglesia, Luis I decidió en 1825 que convertiría nuestra ciudad en una nueva Atenas. Llena de luz, de espacio, de armonía en sus avenidas y bulevares. Ahora desciende un poco con la mirada, Paul.

En la puerta del templo se agolpaban los mendigos, dispuestos en una fila para recibir la sopa que la parroquia repartía a la puesta de sol. La cola acababa de empezar a formarse y ya llegaba hasta más lejos de lo que alcanzaba la visión del escaparate. A Paul no le extrañó ver a veteranos de guerra aún con roñosos uniformes, prohibidos hacía casi un lustro. Tampoco a viejos vagabundos, aquellos a quienes la calle y el vino habían impreso en la cara el violáceo color de la pobreza. Lo que le sorprendió fue ver a decenas de hombres adultos usando trajes gastados pero con camisas perfectamente planchadas, todos ellos sin nada de abrigo a pesar de que aquel atardecer de junio el aire soplaba con fuerza.

El abrigo de un padre de familia que tiene que salir a diario a buscar el pan de los hijos es una de las últimas cosas que se empeña, pensó Paul, moviendo nervioso las manos en los bolsillos del suyo. Lo había comprado de segunda mano, sorprendiéndose de encontrar un paño tan excelente al precio de un queso de tamaño mediano.

Igual que el esmoquin.

—Cinco años después de la caída de la monarquía: terror, asesinatos en las calles, hambre, pobreza. ¿Qué versión de Múnich prefieres, muchacho?

—La auténtica, supongo.

Keller le miró, evidentemente complacido de su respuesta. Paul notó cómo su actitud cambiaba ligeramente, como si aquello hubiese sido tan sólo una prueba para algo mucho mayor que estaba por venir.

—Conocí a Hans Reiner hace muchos años. No recuerdo la fecha exacta, pero creo que fue en torno a 1895, porque entró en la librería y compró un ejemplar recién salido de imprenta de *El castillo de los Cárpatos*, de Verne.

—¿A él también le gustaba leer? —dijo Paul, sin poder ocultar la emoción. Sabía tan poco acerca del hombre que le había dado la vida que cualquier punto de similitud con él le llenaba de un sentimiento difuso de orgullo y confusión, como un eco de otro tiempo. Sintió una necesidad ciega de confiar en el librero, de exprimir de su cabeza cualquier rastro de la personalidad del padre que a él se le había negado conocer.

—¡Era un entusiasta! Tu padre y yo estuvimos hablando un par de horas, aquella tarde. Eso era mucho en aquellos tiempos, cuando mi librería estaba repleta desde la apertura hasta el cierre, no desierta como ahora. Descubrimos intereses comunes, como la poesía. Aunque él era muy inteligente, era más bien torpe con las palabras, y le maravillaba lo que gente como Hölderlin o Rilke podían hacer. Una vez incluso me pidió que le ayudase con un pequeño poema que escribió para tu madre.

—Recuerdo que ella me habló de ese poema hace muchos años —dijo Paul, con tristeza—, aunque nunca me lo dejó leer.

—Tal vez estará entre los papeles de tu padre —sugirió el librero.

—Por desgracia, las pocas pertenencias que teníamos se quedaron en la casa en la que vivíamos antes. Tuvimos que salir precipitadamente.

—Una lástima. En fin... cada temporada que pasaba en Múnich disfrutábamos de interesantes veladas juntos. Fue así como oí hablar por primera vez de la Gran Logia del Sol Naciente.

—¿Qué es eso?

El librero bajó la voz.

—¿Sabes lo que es la masonería, Paul?

El joven le miró extrañado.

—Los periódicos dicen que es una secta secreta y poderosa.

—¿Dirigida por judíos y que dicta los destinos del mundo? —dijo Keller, irónico—. Yo también he escuchado ese cuento muchas veces, Paul. Y más en estos tiempos que corren, en los que el pueblo busca alguien a quien culpar por lo mal que van las cosas.

—Entonces, ¿cuál es la realidad?

—La masonería es una sociedad secreta, no una secta. La forman hombres selectos que buscan iluminación y el triunfo de la moral en el mundo.

—¿Por selectos se refiere a poderosos?

—No. Esos hombres se escogen a sí mismos. Ningún masón está autorizado a pedir a un profano que se haga masón. Es el profano quien debe pedirlo, al igual que yo le pedí a tu padre que me admitiera en la logia.

—¿Mi padre era masón? —dijo Paul, asombrado.

—Espera un momento —dijo Keller.

Echó el cierre a la puerta del local, dio la vuelta al cartel de CERRADO y luego fue a la trastienda. A su regreso mostró una vieja fotografía de estudio a Paul. En ella un joven Hans Reiner, Keller y otras tres personas que Paul no reconoció miraban fijamente a la cámara, en la rígida actitud propia de las imágenes de principio de siglo, cuando los modelos debían permanecer quietos por espacio de un minuto para que la foto no se moviese. Uno de los desconocidos sostenía un extraño símbolo que Paul recordaba haber visto hacía años en el despacho de su tío: una escuadra y un compás enfrentados, con una gran G en su centro.

—Tu padre era el guardatemplo de la Gran Logia del Sol Naciente. Es el que se asegura de que la puerta del templo esté cerrada antes de abrir trabajos... en lengua profana, antes de comenzar el ritual.

—Creí que había dicho que esto no tenía nada que ver con la religión.

—Los masones creemos en una entidad sobrenatural, a la que llamamos Gran Arquitecto del Universo. Hasta ahí alcanza el dogma. Cada masón individualmente venera al Gran Arquitecto bajo la forma que considera oportuna. En mi logia hay judíos, católicos y protestantes, aunque ninguno hace profesión de ello ante los otros. Dos temas están prohibidos en la logia: religión y política.

—¿Tuvo la logia algo que ver con la muerte de mi padre?

El librero hizo una larga pausa antes de contestar.

—Poco es lo que sé de su muerte, más allá de que lo que te han contado es mentira. El día que le vi por última vez me hizo llegar un mensaje y nos encontramos cerca de la librería. Hablamos apresuradamente, en mitad de la calle. Me dijo que se encontraba en peligro, y temía por tu vida y la de tu madre. Quince días después escuché el rumor de que su barco se había hundido en las colonias.

Paul pensó si debía hablarle a Keller de las últimas palabras de su primo, acerca de la noche en la que su padre visitó el palacete de los Schroeder, y del disparo que Eduard había escuchado, y decidió que no. Había meditado mucho sobre aquella información, pero no conseguía verlo como una prueba concluyente de que su tío el barón fuese el responsable de la desaparición de su padre. Creía en el fondo de su corazón que él sabía algo, pero hasta que no estuviese seguro no compartiría aquella carga con nadie.

—También me pidió que te entregase una cosa cuando fueses lo bastante mayor. Llevo unos meses buscándote —continuó Keller.

Paul sintió que le daba un vuelco el corazón.

—¿Qué es?

—No lo sé, Paul.

—Bueno, ¿a qué espera? ¡Entréguemelo! —dijo Paul, casi gritando.

El librero le dirigió a Paul una mirada gélida para dar a entender al joven que no le gustaba que le diesen órdenes en su propia casa.

—¿Tú crees que eres digno del legado de tu padre, Paul? El joven al que vi el otro día en el BeldaKlub no me pareció más que un patán borracho que desperdicia el enorme talento que tuvo la suerte de recibir.

Paul abrió la boca para hablarle con insolencia del hambre y el frío que pasó cuando les expulsaron del palacete de los Schroeder. Del agotamiento de acarrear carbón arriba y abajo por húmedas escaleras. De la desesperación de no tener nada y saber que, pese a todo, hay que seguir buscando. De la llamada tentadora de las frías aguas del Isar. Luego se arrepintió, porque aquello que había sufrido no le daba derecho a comportarse como lo había hecho en las últimas semanas.

Si acaso le hacía más culpable.

—Señor Keller..., ¿pertenecer a la logia me haría más digno?

—Sería un comienzo, si lo pidieses de corazón. Pero te aseguro que no será nada fácil, ni siquiera para alguien como tú.

El joven tragó saliva antes de responder.

—En ese caso le solicito humildemente que me ayude. Quiero ser masón, como mi padre.

26

Alys terminó de agitar el papel en la bandeja de revelado y lo introdujo en el líquido fijador. Mirarlo le producía una sensación extraña. Por un lado orgullo, porque la perfección técnica de la instantánea era enorme. El gesto de la fulana, sujetando a Paul. El brillo en los ojos de ella, los de él entreabiertos... Los detalles hacían que la escena casi pudiese palparse, pero por encima de su orgullo como profesional a Alys aquella imagen le estaba royendo las entrañas.

Absorta en sus pensamientos en el interior de la sala de revelado, apenas prestó atención al sonido de las campanillas anunciando un nuevo visitante en la tienda. Sin embargo levantó la cabeza cuando escuchó una voz familiar. Atisbó a través de la mirilla de cristal rojo que daba una clara visión del local, y sus ojos confirmaron lo que sus oídos y su corazón ya le habían anunciado.

—Buenas tardes —dijo Paul acercándose al mostrador.

El joven había dado un largo rodeo en el camino de vuelta a la pensión —donde aún seguía alojado con su madre, consciente de que su negocio de venta de acciones podía ser sumamente efímero— para detenerse en Muntz e Hijos. Había obtenido la dirección del estudio de fotografía de uno de los encargados del cabaret, tras aflojarle la lengua con unos billetes.

Bajo el brazo llevaba un paquete envuelto cuidadosamente. Contenía un librito negro y grueso, con repujados en color dorado. Al entregárselo, Sebastian le había dicho que aquel tomo contenía los fundamentos básicos que todo profano debía conocer antes de convertirse en masón. Con él se había iniciado primero Hans Reiner y luego Sebastian. Paul ardía en deseos de recorrer con sus ojos aquellas líneas que también había leído su padre, pero había algo más urgente que hacer antes.

—Ya hemos cerrado —le dijo el fotógrafo a Paul.

—¿De verdad? Creí que faltaban diez minutos para la hora de cierre —dijo el joven, dirigiendo una mirada suspicaz al reloj de la pared.

—Para usted estamos cerrados.

—¿Para mí?

—¿Acaso no es usted Paul Reiner?

—¿Cómo diantres sabe mi nombre?

—Encaja con la descripción. Alto, delgado, mirada glacial, guapo como el demonio. Hubo más adjetivos pero mejor no los repito.

En la trastienda se escuchó un fuerte estruendo. Al oírlo, Paul intentó mirar por encima del hombro del fotógrafo.

—¿Está Alys ahí?

—Debe de ser el gato.

—No sonaba como un gato.

—No. Sonaba como una bandeja de revelado vacía cayendo al suelo intencionadamente. Pero como Alys no está, debe de ser el gato.

Hubo otro nuevo estruendo, esta vez más fuerte.

—Ahí va otra. Menos mal que son de metal —dijo August encendiéndose un cigarro con una elegante floritura.

—Será mejor que vaya a darle de comer a ese gato. Parece hambriento.

—Está más bien furioso.

—Puedo comprender por qué —dijo Paul agachando la cabeza.

—Escuche, amigo, ella dejó algo para usted.

El fotógrafo le alargó una foto boca abajo. Al darle la vuelta Paul observó una fotografía algo borrosa, tomada en un parque.

—Es una mujer dormida en un banco del Englischer Garten.

August le dio una larga calada al cigarro arrojando el humo en dirección a Paul.

—El día que tomo esa instantánea... fue su primera salida en solitario. Le presté una cámara para que diera vueltas por la ciudad en busca de una imagen que me conmoviera. Se dedicó a pasear por un parque, como todos los principiantes. De repente vio a esa mujer sentada en un banco y enseguida le atrajo su quietud. Le tomó una foto y luego fue a darle las gracias. Ella no le respondió y Alys le tocó en el hombro. Ella cayó al suelo.

—Estaba muerta —dijo el joven, horrorizado, comprendiendo entonces de verdad lo que estaba viendo.

—Muerta de hambre —respondió August, dando una última calada al cigarro y apagándolo en el cenicero.

Paul se agarró al mostrador durante unos instantes, con la mirada fija en la foto. Finalmente se la devolvió al fotógrafo.

—Gracias por mostrarme esto. Por favor, dígale a Alys que si viene pasado mañana a esta dirección —dijo tomando papel y lápiz del mostrador y anotando algo en una hoja— verá cómo he comprendido.

Un minuto después de que él se marchara, Alys salió de la sala de revelado.

—Espero que no hayas abollado las bandejas. De lo contrario te vas a quedar a darles con un martillo hasta que vuelvan a su forma, te lo advierto.

—Ha hablado usted demasiado, August. Y eso de la foto... yo no le había pedido que le diese nada.

—Él está enamorado de ti.

—¿Cómo lo sabe?

—Sé mucho de hombres enamorados. Sobre todo lo difícil que es encontrarlos.

—Hemos tenido un inicio más bien oscuro —dijo Alys, meneando la cabeza.

—¿Y qué? El día empieza a medianoche, en mitad de la oscuridad. Y luego todo es luz.

27

Había una fila enorme frente al ZieglerBank.

Alys había decidido la noche anterior, cuando se fue a la cama en el cuarto que tenía alquilado no lejos del estudio, que no iría a ver a Paul.

Se repitió lo mismo mientras se arreglaba, mientras se probaba una y otra vez su colección de sombreros —que alcanzaba la friolera de dos modelos— y mientras tomaba un tranvía al que habitualmente no subía nunca. Fue toda una sorpresa encontrarse de pronto delante de la cola de banco.

Al acercarse se dio cuenta de que en realidad eran dos diferentes, a cuál más larga. Una finalizaba en el banco y otra en la puerta de al lado. La gente salía de esta última con una sonrisa de alivio en los rostros y cargados con bolsas de las que asomaban longanizas, pan y enormes tallos de apio.

Paul estaba en el nuevo local junto a otro hombre que pesaba verduras y jamones y despachaba con voz desagradable. Al ver a Alys, el joven salió inmediatamente, abriéndose paso entre los que pugnaban para entrar a la tienda.

—El señor de al lado tuvo que cerrar su estanco cuando quebró el negocio. Nosotros lo hemos abierto y convertido en el nuevo colmado del señor Ziegler. El hombre está feliz.

—Por lo que veo la gente también.

—Vendemos las mercancías al coste, y fiamos a todos los clientes del banco. Nos estamos comiendo hasta el último penique de los beneficios, pero los funcionarios y los jubilados, todos los que no pueden seguir el ritmo absurdo de la inflación nos lo agradecen mucho. Hoy el dólar está a más de tres millones de marcos.

—Estás perdiendo una fortuna.

Paul se encogió de hombros.

—Por la noche daremos una sopa para los necesitados a partir de la semana próxima. No será como la de los jesuitas, porque apenas alcanzará para quinientas raciones, pero ya tenemos un grupo de voluntarios que va a comenzar a ayudar.

Alys se le quedó mirando, con los ojos entornados.

—¿Todo esto lo estás haciendo por mí?

—Lo estoy haciendo porque puedo. Porque es lo correcto. Porque me impresionó la foto de la mujer en el parque. Porque esta ciudad se está yendo al infierno. Y sí, porque me porté como un estúpido y me gustaría que me perdonases.

—Ya te he perdonado —respondió la joven, dándose la vuelta y alejándose.

—Entonces, ¿por qué te vas? —dijo él abriendo los brazos, incrédulo.

—¡Porque sigo enfadada contigo!

Cuando Paul iba a correr tras ella, Alys giró la cabeza y le sonrió.

—Aunque puedes venir a buscarme mañana por la noche a ver si se me ha pasado.

28

—Por tanto te juzgo cabal y digno de comenzar este viaje en el que se probará tu valía. Inclínate.

Paul obedeció, y el hombre del traje le colocó una gruesa capucha negra sobre la cabeza. Con un seco tirón le ajustó dos correas de cuero en torno al cuello.

—¿Ves algo?

—No.

Su propia voz le sonaba extraña dentro de la capucha. Los sonidos de fuera parecían provenir de otro mundo.

—Tienes dos agujeros en la parte de atrás. Si te quedas sin aire, tira un poco hacia atrás de la nuca.

—Gracias.

—Ahora debes sujetarte muy fuerte a mi brazo izquierdo con tu brazo derecho. Recorreremos juntos una gran distancia. Es muy importante que avances cuando te lo diga, sin vacilar. No es necesario apresurarse, pero sí que escuches atentamente las instrucciones. En algunos puntos te diré que camines poniendo un pie delante del otro. En otros que levantes mucho las rodillas para subir o bajar unas escaleras. ¿Estás listo?

El joven asintió.

—Contesta a las preguntas en voz alta y clara.

—Estoy listo.

—Comencemos, pues.

Paul echó a andar despacio, agradecido de moverse por fin. Había pasado la última media hora respondiendo a las preguntas del hombre del traje, al que veía por primera vez en su vida. Conocía las respuestas que debía dar de antemano porque venían todas en el libro que le había dado Keller, hacía ya tres semanas.

—¿Debo aprenderlas de memoria? —le había preguntado al librero.

—Estas fórmulas son la parte del ritual que debemos mantener y respetar. Dentro de poco descubrirás que la masonería tiene mucho que ver con las ceremonias de iniciación y cómo éstas te cambian.

—¿Hay más de una?

—Hay una por cada uno de los tres grados: aprendiz, compañero y maestro. Por encima del tercer grado hay otros treinta, pero son grados honoríficos que descubrirás en su momento.

—¿Cuál es el suyo, señor Keller?

El librero ignoró la pregunta.

—Ahora quiero que leas el libro y reflexiones atentamente sobre su contenido.

Paul lo hizo. La obra relataba el origen de la masonería: los gremios de constructores de la Edad Media y antes que ellos los míticos constructores del Antiguo Egipto.

> Todos ellos descubrieron una sabiduría inherente a los símbolos de la construcción y la Geometría. Siempre habrás de escribir esta

palabra con G mayúscula, porque la G es el símbolo del Gran Arquitecto del Universo. Cómo lo veneres es cosa tuya. En la logia, la única piedra que tallarás será tu conciencia y lo que en ella traigas. Tus hermanos te darán las herramientas para ello tras la iniciación... si superas las cuatro pruebas.

—¿Será difícil?

—¿Tienes miedo?

—No. Bueno, un poco.

—Será difícil —admitió el librero, al cabo de un tiempo—. Pero tú eres valiente, y ya estás preparado.

Hasta ahora, Paul no había hecho uso de su valentía, aunque las pruebas no habían comenzado. Le habían citado en un callejón del Altstadt, el casco antiguo de la ciudad, a las nueve de la noche de un viernes. Por fuera, el lugar de la cita aparentaba ser un caserón normal, tal vez algo abandonado. Un buzón de correos oxidado y con el nombre ilegible colgaba junto al timbre, aunque la cerradura del portalón estaba bien engrasada y era nueva. El hombre del traje azul le había abierto en solitario y hecho pasar a un vestíbulo donde había varios muebles de madera y allí le había sometido al interrogatorio ritual.

Bajo la capucha negra, Paul se preguntaba dónde estaría Keller. Él había supuesto que el librero, el único nexo que tenía con su padre en la logia, sería quien le presentaría. En lugar de eso se había encontrado con un perfecto desconocido, y no podía evitar sentir cierta indefensión al caminar a ciegas del brazo de alguien a quien había visto por primera vez hacía media hora.

Tras lo que le pareció una distancia enorme —tuvo que subir y bajar varios tramos de escaleras y recorrer largos pasillos—, el hombre del traje finalmente se detuvo.

Sonaron tres golpes fuertes y luego una voz desconocida.

—¿Quién llama a la puerta del templo?

—Un hermano que trae a un profano que desea iniciarse en nuestros misterios.

—¿Ha sido adecuadamente preparado?

—Lo ha sido.

—¿Cuál es su nombre?

—Paul, hijo de Hans Reiner.

Se pusieron de nuevo en marcha. Paul notó que el suelo bajo sus pies era más duro y resbaladizo, de piedra o posiblemente mármol. Anduvo durante largo rato, aunque el tiempo dentro de la capucha parecía tener otra consistencia, y no hubiera sido capaz de decir cuánto había transcurrido. En algunos momentos sintió —más por intuición que por una certeza real— que le hacían caminar por lugares por los que ya había pasado, como si trazase un círculo y luego le obligasen a desandar sus propios pasos.

Su guía volvió a detenerse y comenzó a soltarle las correas de la capucha.

El joven parpadeó cuando retiraron el lienzo negro y vio que se encontraba en una estancia pequeña y fría, de techo bajo. Las paredes estaban completamente cubiertas de piedra caliza, y en ellas se leían frases desordenadas y sueltas, escritas por manos diferentes y a distintas alturas, en las que Paul reconoció diversas versiones de los mandamientos masónicos.

El hombre del traje, mientras, le fue despojando de todos sus objetos metálicos, incluso el cinturón y las hebillas de los zapatos, que arrancó sin contemplaciones. Paul lamentó no haberse acordado de traer unos zapatos que no llevasen nada metálico, porque quedaron destrozados.

—¿Llevas algo de oro? Entrar con un metal precioso a la logia es un grave insulto.

—No, señor —respondió Paul.

—Ahí tienes pluma, papel y tinta —dijo el hombre. Sin más, desapareció por la puerta, cerrándola a su espalda.

Paul miró en la dirección en la que había señalado. Una pequeña vela alumbraba una mesa en la que además de los útiles de escritura reposaba una calavera. Se acercó y pudo comprobar con un escalofrío que era real. Junto a la calavera había varios frascos con elementos que significaban cambio e iniciación: pan y agua, sal y azufre, ceniza.

Estaba en la Cámara de Reflexiones. El lugar donde debía escribir su testamento como profano. Tomó la pluma y comenzó a escribir la anticuada fórmula, que no terminaba de comprender y que carecía de sentido para él.

Todo esto está mal. Todo este simbolismo, toda esta repetición... Tengo la sensación de que no es más que letra vacía, sin espíritu, pensó.

De repente anheló desesperadamente caminar libre por Ludwigstrasse, a la luz de las farolas, con el viento en las mejillas. Su miedo a la oscuridad, que no había remitido ni un ápice pese a que ya era un adulto, se había disparado en el interior de la capucha. Dentro de media hora volverían a buscarle a aquella celda oscura, y él podía simplemente pedir que le dejasen salir.

Aún estaba a tiempo de dar marcha atrás.

Pero en ese caso nunca conoceré la verdad sobre mi padre.

29

El hombre del traje volvió a entrar.

—Estoy listo —dijo Paul.

A partir de aquel instante no sabía nada de la ceremonia. Conocía las respuestas a las preguntas que le harían, pero nada más. Y había llegado el momento de las pruebas.

Su guía le colocó un cabo de cuerda alrededor del cuello, y luego volvió a cubrirle los ojos. Esta vez no usó la capucha negra, sino una venda del mismo material, a la que hizo tres nudos fuertes. El joven agradeció poder respirar con mayor libertad y sintió que su sensación de indefensión disminuía, aunque fue algo efímero. De repente el hombre del traje le quitó la chaqueta y, agarrando fuerte la manga izquierda de su camisa, se la arrancó de un fuerte tirón. Le abrió la pechera, dejando el torso al descubierto. Finalmente le arremangó la pernera izquierda del pantalón y le quitó el zapato y el calcetín de ese pie.

—Vamos.

Volvieron a caminar. Paul sentía una extraña sensación al apoyar la planta desnuda sobre el frío suelo que, ahora sí, estaba seguro era de mármol.

—¡Alto!

Notó un objeto punzante sobre el pecho y sintió cómo se le erizaban los pelos del cogote con el roce.

—¿Trae el aspirante su testamento?

—Lo trae.

—Que lo ensarte en la punta de la espada.

Paul alzó la mano izquierda, donde traía el papel que había escrito en la Cámara, y lo clavó con cuidado, en el objeto punzante.

—Paul Reiner, ¿has venido aquí por tu propia voluntad?

Esa voz... ¡es Sebastian Keller!, pensó Paul.

—Sí.

—¿Estás listo para enfrentarte a las pruebas?

—Lo estoy —dijo Paul, sin poder evitar un estremecimiento.

A partir de ese momento la consciencia del joven comenzó a apagarse y encenderse a intervalos. Comprendía y respondía las preguntas que le hacían, pero el miedo y la falta de visión habían potenciado tanto el resto de sus sentidos que éstos casi habían tomado el control. Comenzó a respirar más deprisa.

Estaba subiendo una escalera. Intentó esforzarse en contar los escalones para controlar su ansiedad, pero al llegar a diez perdió la cuenta.

—Aquí comienza la prueba de aire. El aliento es lo primero que recibimos al nacer —tronó la voz de Keller.

El hombre del traje le susurró al oído:

—Estás en una estrecha pasarela. Da tres pasos hacia delante. Párate. Luego da un paso más, ¡pero que sea firme o te romperás el cuello!

Paul obedeció, sintiendo cómo la superficie del suelo había cambiado. Una madera astillada había sustituido al mármol. Antes de dar el último paso, movió los dedos del pie izquierdo y notó cómo la pasarela terminaba allí. Se preguntó a qué altura estaría, y en su mente el número de escalones que había subido se multiplicó por diez, por cien, por mil. Tuvo la sensación de encontrarse en la cúspide de las torres de la Frauenkirsche, escuchando el ulular de las palomas junto a él y el ajetreo de la Marienplatz a una eternidad en vertical.

Hazlo.

Hazlo ahora.

Dio un paso y perdió el equilibrio.

Ni siquiera cambió la posición de su cuerpo, tan agarrotado estaba por el miedo. Cayó cabeza abajo, durante lo que no pudo ser más de un segundo. Luego su rostro chocó contra una gruesa red, y el impacto hizo que los dientes le castañetearan. Se mordió el interior de los carrillos. La boca se le llenó con el sabor de su propia sangre.

Cuando recuperó el control de los músculos, notó que estaba fuertemente aferrado a la red. Necesitaba arrancarse la capucha para comprobar que era cierto, que una red había parado su caída.

Necesitaba salir de la oscuridad.

Apenas tuvo tiempo de entregarse al pánico, porque enseguida varios pares de manos tiraron de él, le arrastraron, le pusieron vertical. Volvía a estar de pie y caminando, y la voz de Keller anunciaba su próximo desafío.

—La segunda prueba es la del agua. Es lo que somos, es de donde venimos.

Paul obedeció cuando le ordenaron levantar los pies —primero el izquierdo, luego el derecho— y comenzó a tiritar. Acababa de entrar en un enorme recipiente de agua fría, y el líquido le alcanzaba por encima de las rodillas.

De nuevo escuchó el susurro del guía junto a su oreja.

—Ponte en cuclillas. Llena tus pulmones. Luego déjate caer hacia atrás y permanece sumergido. No hagas el menor movimiento ni intentes salir o no habrás pasado la prueba.

El joven dobló las rodillas, encogiéndose aún más cuando el agua le cubrió el escroto y el abdomen. Punzadas de dolor recorrieron su columna vertebral en oleadas. Tomó aire con fuerza y se lanzó de espaldas hacia atrás.

El agua se cerró alrededor de él como una manta.

Al principio el frío fue la sensación dominante. Nunca había sentido nada parecido a aquello. Su cuerpo parecía solidificarse, volverse hielo, mármol o roca.

Después comenzó el lamento de los pulmones.

Empezó como un gemido bronco, luego fue un gañido seco y después un grito acuciante, desesperado. Inadvertidamente movió los músculos del brazo, y tuvo que hacer acopio de toda su fuerza de voluntad para no impulsarse con las manos en el fondo del recipiente hacia la superficie que sabía tan cercana, como una puerta abierta para escapar del infierno helado. Justo cuando creía que no podría resistir ni un segundo más, hubo un brusco tirón y se encontró fuera del agua, boqueando desesperado, hinchando de nuevo el pecho.

Otra vez caminaba. Seguía empapado, chorreantes el pelo y la ropa. Su pie derecho, el único que llevaba zapato, hacía un ridículo sonido húmedo al apoyarse.

De nuevo la voz de Keller.

—La tercera prueba es la del fuego. Es la chispa del Creador, y lo que nos impulsa.

Unas manos le obligaron a girar el cuerpo y luego a avanzar. El que le sujetaba se acercó mucho, como si quisiera abrazarle.

—Delante de ti hay un círculo de fuego. Da tres pasos atrás para tomar impulso. Extiende los brazos frente a ti. Luego corre y salta hacia delante con todas tus fuerzas.

Paul comenzó a notar un aire cálido en el rostro, que estaba secando su piel y sus cabellos. Escuchó un crepitar siniestro, y en su imaginación el círculo ardiente comenzó a cobrar unas dimensiones desproporcionadas, hasta convertirse en la boca de un inmenso dragón.

Mientras daba tres pasos hacia atrás, se preguntó cómo podría saltar a través de las llamas sin abrasarse vivo, y confió en que la humedad de sus ropas le protegiera si pasaba demasiado cerca del fuego. O peor aún, si calculaba mal el impulso y se daba de bruces con él.

Sólo tengo que trazar una línea en el suelo y saltar desde ella, fue el único pensamiento coherente que fue capaz de conjurar.

Intentó visualizar el salto, imaginarse a sí mismo zambulléndose en el aire como si nada fuese capaz de hacerle daño. Hizo fuerza con las pantorrillas, flexionó y estiró los brazos. Lanzó tres zancadas hacia delante.

Saltó.

30

Notó el calor abrasador junto a las manos y la cara mientras estaba en el aire, incluso el siseo de su camisa cuando el fuego evaporó parte del agua que la empapaba. Cayó de manos en el suelo y se palpó el rostro y el pecho, buscando señales de quemaduras. Aparte de los codos y rodillas magullados, no había nada.

Esta vez no le dejaron siquiera ponerse en pie. Se vio alzado como un saco tembloroso, y arrojado dentro de un angosto espacio.

—La última prueba es la de la tierra, a la que tenemos que volver.

No hubo consejo de su guía ni mayor ceremonia. Tan sólo escuchó el ruido de una piedra taponando la entrada.

Palpó a su alrededor. Estaba en una estancia reducidísima, donde no era capaz de ponerse de pie. Acuclillado como estaba notaba el contacto de tres paredes y, estirando un poco el brazo, podía tocar la cuarta y el techo.

Tranquilo, se dijo. *Esto es el final. Dentro de unos minutos todo habrá terminado.*

Estaba intentando regular su respiración cuando de pronto escuchó cómo el techo comenzaba a descender.

—¡No!

Apenas aquella palabra salió de sus labios Paul se los mordió. No podía hablar durante ninguna de las pruebas, ésa era la norma. Se preguntó fugazmente si le habrían oído desde fuera.

Intentó hacer fuerza con los brazos para detener el descenso, pero en la posición en la que se encontraba apenas podía contrarrestar el enorme peso que avanzaba sobre él. Empujó con toda su alma, pero era inútil. El techo seguía bajando, y pronto tuvo que apoyar la espalda contra el suelo. Aún era capaz de hacer menos fuerza en aquella postura.

Tengo que gritar. ¡Decirles que PAREN!

De repente, como si el tiempo se hubiera detenido, un recuerdo cruzó por su cabeza. Una imagen fugaz de cuando él era un niño que regresaba del colegio con la inexorable certeza de que recibiría una paliza al llegar a su casa. Cada paso que daba le acercaba más a lo que más temía. Ni una sola vez se había dado la vuelta. Hay elecciones que, simplemente no son tales.

No.

Dejó de empujar el techo.

Al mismo tiempo, éste comenzó a ascender.

—Que dé comienzo la votación.

Paul estaba de pie, agarrado de nuevo al guía. Las pruebas habían terminado, pero aún no sabía si las había superado. Había caído como una piedra en la prueba de aire, en lugar de como le habían ordenado. Se había movido durante la prueba de agua, a pesar de que estaba prohibido. Y había hablado durante la prueba de tierra, la falta más grave de todas.

Comenzó a sonar un ruido, semejante al agitar de un bote con una piedra dentro.

En el libro había aprendido que en ese momento todos los miembros presentes de la logia estaban dirigiéndose al centro del Templo, donde habría una caja de madera. En ella echarían una bola de marfil —blanca si daban su conformidad, negra si le rechazaban—. El veredicto debía ser unánime. Bastaba una sola bola negra para que le condujesen de nuevo a la salida, con los ojos aún vendados.

El ruido de la votación terminó, y lo sustituyó un repiqueteo alborotado, que cesó casi al instante. Paul supuso que alguien había vertido los votos sobre un plato o una bandeja, y el resultado estaría allí, a la vista de todos menos de él mismo. Tal vez en ese momento había una solitaria bola negra que convertía todas las pruebas que había pasado en inútiles.

—Paul Reiner, el resultado de la votación es definitivo e inapelable —tronó de nuevo la voz de Keller.

Hubo un momento de silencio.

—Has sido admitido en los misterios de la Masonería. ¡Quitadle la venda!

Paul parpadeó cuando la luz volvió de nuevo a sus ojos. Un cúmulo de sensaciones se agolpó en sus retinas, mezclado con una euforia desatada. Intentó captarlo todo a la vez.

El lugar, una estancia enorme, con suelo de mármol ajedrezado, un altar y dos hileras de bancos pegadas a las paredes.

Los miembros de la logia, casi un centenar de hombres vestidos de etiqueta, portando elaborados mandiles y medallas, aplaudiéndole de pie con blancas manos enguantadas.

Los instrumentos de las pruebas, ridículamente inofensivos una vez recuperada la visión: una escalera de madera sobre una red, una bañera, un par de hombres sujetando antorchas, una caja grande con una tapa.

Sebastian Keller, en el centro junto a un altar adornado por una escuadra y un compás, ofreciéndole un libro cerrado para que jurase.

Y él mismo, poniendo su mano izquierda sobre el libro, levantando la derecha y jurando no revelar jamás los secretos de la masonería.

—... bajo pena de que me arranquen la lengua, rajen mi garganta y entierren mi cuerpo en las arenas del mar —concluyó Paul.

Paseó la mirada por el centenar de rostros anónimos que le rodeaban, y se preguntó cuántos de aquellos habían conocido a su padre.

Y si entre ellos estaba quien le había traicionado y asesinado.

31

Paul volvió a su vida normal después de la iniciación. Aquella noche había regresado a casa al alba, pues tras la ceremonia todos los hermanos masones habían disfrutado de un banquete en una sala adyacente que se había prolongado hasta altas horas. Sebastian Keller había presidido el ágape, porque, como supo Paul después con gran sorpresa, era el Gran Maestre, el cargo más elevado de la logia.

Pese a todos sus esfuerzos, Paul no había conseguido aún averiguar nada acerca de su padre, así que decidió dejar transcurrir un poco de tiempo para ganarse la confianza de los miembros de la logia antes de comenzar a hacer preguntas. En lugar de ello, dedicó todo su tiempo a Alys.

La muchacha había vuelto a hablar con él, e incluso comenzaban a salir juntos. Descubrieron que tenían poco en común, pero sorprendentemente esas diferencias parecían acercarles. Paul escuchó con interés el relato de cómo ella había escapado de casa para evitar el matrimonio concertado con su primo, y no pudo menos que admirar la valentía de Alys.

—¿Y a qué te dedicarás ahora? No seguirás haciendo fotos en el cabaret toda la vida.

—Me gusta la fotografía. Creo que intentaré trabajar para alguna agencia de prensa internacional..., pagan bien las fotos, aunque es complicado que te acepten alguna.

Él, por su parte, compartió con la joven la historia de sus últimos cuatro años, y cómo la búsqueda de la verdad sobre lo sucedido a Hans Reiner se había convertido en una obsesión para él.

—Menuda pareja que hacemos... —dijo Alys— Tú intentando recuperar la memoria de tu padre y yo rezando por no volver a ver al mío nunca.

El joven sonrió de oreja a oreja, aunque no por lo acertado de la comparación.

Ha dicho pareja, pensaba.

Para tristeza de Paul, Alys aún estaba dolida por la escenita con la fulana del cabaret. Cuando una noche había intentado besarla tras llevarla de vuelta a casa, ella le propinó un bofetón que le dejó las muelas temblando.

—Joder —dijo Paul sujetándose la mandíbula—. ¿Qué diablos te pasa?

—Ni se te ocurra intentarlo.

—No, si me vuelves a dar otra igual. Desde luego no pegas como una chica —dijo él.

Al escuchar aquello, Alys sonrió y, enganchándole por la pechera de la solapa, le besó. Un beso intenso, apasionado y fugaz. Con un empellón ella le apartó y desapareció escaleras arriba, dejando a Paul desconcertado, inmóvil, con los labios aún entreabiertos e intentando entender qué había ocurrido.

El joven tenía que conquistar cada pequeño acercamiento, incluso en temas que él consideraba básicos y sencillos, como cederle el paso en las puertas —algo que Alys no soportaba especialmente—, ofrecerse a llevar un paquete pesado o pagar la cuenta tras tomar una cerveza y unas croquetas.

Dos semanas después de la iniciación, Paul fue a buscarla al cabaret a eso de las tres de la madrugada. Caminando de vuelta a la pensión de Alys, que no estaba lejos, el joven le preguntó por qué demonios le molestaban aquellas muestras de galantería.

—Porque soy plenamente capaz de hacer esas cosas por mí misma. No necesito que nadie me ceda el paso o me escolte a mi casa.

—Bueno..., pero el miércoles pasado no vine a buscarte al cabaret porque me quedé dormido y te pusiste hecha una furia.

—¡Eres tan inteligente para unas cosas y tan estúpido para otras, Paul! —dijo ella, agitando los brazos—. ¡Maldita sea, me crispas los nervios!

—Pues ya somos dos.

—Entonces, ¿por qué no paras de correr detrás de mí?

—Porque tengo miedo de lo que harías en caso contrario.

Alys se detuvo y le miró en silencio. La luz de las farolas y el ala de su sombrero creaban sombras sobre su rostro, y Paul no fue capaz de decir cómo le había sentado aquel último comentario y temió lo peor. Cuando Alys se enfadaba por algo podían pasar días sin hablarse.

Llegaron a la puerta de la pensión de ella en Stahlstrasse sin cruzar ni media palabra. La ausencia de conversación quedó subrayada por el silencio tenso y caluroso que cubría la ciudad. Múnich despedía el septiembre más cálido desde hacía décadas, un pequeño respiro en un año de desgracias. La quietud de las calles, lo avanzado de la hora y la hosquedad de Alys atenazaron el corazón de Paul de una rara melancolía y presintió que la joven iba a dejarle.

—Estás muy callado —dijo ella, buscando las llaves en el bolso.

—Yo he sido el último en hablar.

—¿Crees que podrás seguir igual de silencioso escaleras arriba? Mi casera tiene reglas muy estrictas acerca de los hombres, y la muy zorra tiene un oído finísimo.

—¿Me estás invitando a subir? —preguntó Paul, boquiabierto.

—Puedes quedarte aquí, si quieres.

Paul casi perdió el sombrero al meterse corriendo en el portal.

El edificio no tenía ascensor, y tenían que subir tres pisos andando por unos escalones de madera que emitían quejidos a cada paso. Alys subía pegada a la pared, por donde menos ruido se hacía, pero aun así entre el segundo y el tercero escucharon pasos en uno de los apartamentos.

—¡Es la bruja! ¡Sube, corre!

Paul se escurrió detrás de Alys y alcanzó el rellano justo antes de que un rectángulo de luz encuadrase a Alys de pleno, recortando su esbelta figura contra la descascarillada pintura de la escalera.

—¿Quién va? —dijo una voz que hacía juego con el chirrido de los escalones.

—Hola, señora Kasyn.

—Señorita Tannenbaum. Qué horas tan intempestivas de volver a casa.

—Ya sabe, señora. El trabajo.

—No puedo decir que apruebe esa clase de comportamiento.

—Ni yo las goteras de mi cuarto de baño, pero el mundo no es perfecto, señora Kasyn.

En ese momento Paul se movió ligeramente y la madera crujió bajo sus pies.

—¿Hay alguien ahí arriba? —dijo la casera, escandalizada.

—¡Déjeme ver! —respondió Alys, subiendo a toda prisa el tramo de escaleras que le separaba de Paul y haciéndole señas de que se dirigiese a su apartamento. Introdujo la llave en la cerradura. Consiguió abrir la puerta y empujar a Paul dentro justo antes de que la vieja, que la había seguido renqueando, asomase la cabeza.

—Estoy seguro de que he oído a alguien. ¿Tiene a un hombre ahí?

—Ah, no se preocupe, señora Kasyn. Sólo es un gato —dijo Alys, cerrando la puerta en sus narices y echando el pestillo y la cadena.

—El truco del gato nunca falla contra los inoportunos, ¿eh? —susurró Paul, rodeándola con los brazos por la espalda y besándole en el largo cuello, justo debajo de las orejas. Su aliento ardía. Ella sufrió un escalofrío y la piel del brazo y de la pierna izquierdos se le puso de gallina.

—Creí que iban a volver a interrumpirnos, como aquel día en la bañera.

—Calla y bésame —dijo él, tomándola por los hombros y obligándola a darse la vuelta.

Alys le besó, restregándose contra Paul sin ningún pudor, y notando cómo el cuerpo de él le respondía. El joven casi se arrancó la chaqueta mientras intentaba no separarse de sus labios, y luego la emprendió con la ropa de ella.

Alys se dejó hacer, agradeciendo cada botón que él lograba desabrochar en su torpe trayecto hacia la cama como una pequeña victoria que acercaba la piel de ambos. Recobró un mínimo de su orgullo cuando cayeron sobre el colchón y su cuerpo quedó apresado bajo el de él.

—Para.

Paul se detuvo en el acto, y la miró con una sombra de decepción y extrañeza en el rostro. Alys se escurrió entre sus brazos y se colocó encima, imponiéndole su ritmo y tomando la iniciativa en la tediosa tarea de librarles a ambos del resto de la ropa. Cuando estuvieron los dos desnudos, ella recorrió de nuevo con los dedos su abdomen y volvió a cerrar las manos en torno a su pene, aunque esta vez no había doscientos litros de agua sucia entre sus ojos y lo que masajeaba fuerte con los dedos. Siguió haciéndolo hasta que Paul emitió un quejido suave.

—No puedo más, Alys.

—No te muevas.

Corrió hacia su mesilla de noche y sacó un pequeño estuche de un cajón. Extrajo un condón de su interior y lo encajó en su lugar con pulso tembloroso. Después se montó sobre él.

—¿Qué te ocurre?

—Nada —respondió ella.

—Estás llorando.

Alys dudó un momento. Contar la causa de sus lágrimas sería desnudarse del todo, y no se veía capaz, ni siquiera en un momento así.

—Es sólo que...

—¿Qué?

—Que me hubiera gustado ser la primera.

Paul sonrió con timidez. Su rostro quedaba en penumbra, pero ella supo al instante que se había ruborizado.

—No has de preocuparte por eso.

—Entonces, ¿aquellas fulanas del cabaret...?

Paul, incorporándose sobre los codos, secó con los labios sus lágrimas y la obligó a mirarle a los ojos.

—Eres la primera.

Con un gemido, ella le llevó por fin a su interior.

32

Cuando recibió el sobre de Sebastian Keller, Paul no pudo reprimir un estremecimiento.

Los meses transcurridos desde su ingreso en la masonería habían sido de lo más decepcionantes. Al principio, entrar casi a ciegas en la sociedad secreta había tenido algo de romántico, de emocionante aventura. Pero pasada la euforia inicial, Paul comenzaba a preguntarse la utilidad de todo aquello. Para empezar, tenía prohibido hablar en las tenidas —las reuniones de la logia— hasta que no cumpliese tres años como aprendiz. Pero no era eso lo peor, sino el desarrollo de los larguísimos rituales, que para el joven eran una pérdida de tiempo.

Despojadas de formulismos, las tenidas no eran más que una serie de conferencias y debates sobre simbolismo masónico y su aplicación práctica para mejorar la virtud de los hermanos masones.

La única parte que Paul encontraba algo más entretenida era aquella en que los miembros decidían en qué se emplearía el óbolo, el dinero que se recogía al final de cada tenida y que los masones destinaban a obras de caridad.

Las tenidas comenzaron a convertirse para Paul en una penosa obligación quincenal que soportaba con el fin de poder conocer a fondo a los miembros de la logia. Incluso ese objetivo le resultaba muy complicado, ya que los masones más antiguos, aquellos que con seguridad conocieron a su padre, se sentaban en mesas diferentes dentro del gran comedor. Había intentado acercarse en ocasiones a Keller, quería presionar al librero para que cumpliera su promesa de entregarle lo que su padre le había dejado en prenda, pero en la logia éste le trataba con cierto distanciamiento, y en la librería le daba educadas largas.

Lo que no había hecho nunca era escribirle, y Paul supo inmediatamente que lo que contenía el sobre marrón que le alargó la dueña de la pensión era lo que había estado esperando tanto tiempo, fuera lo que fuese.

Paul se sentó en el borde de su cama, con la respiración entrecortada. Estaba seguro de que sería una carta de su padre para él. No pudo contener las lágrimas cuando se imaginó lo acorralado que debía estar Hans Reiner para dedicarle una misiva a su hijo de pocos meses, un intento de congelar su voz en el tiempo durante dos décadas hasta que éste estuviese listo para comprender su contenido.

Sin atreverse a abrirlo intentó imaginar qué tendría su padre que decirle. Tal vez le daría sabios consejos. Tal vez le mandaría un abrazo a través del tiempo.

Tal vez me dé pistas sobre quién o quiénes iban a matarle, pensó apretando los dientes.

Con sumo cuidado rasgó la solapa e introdujo la mano. Dentro había otro sobre más pequeño, de color blanco, y una nota manuscrita al reverso de una de las tarjetas del librero.

Querido Paul:

Enhorabuena. Hans estaría orgulloso. Aquí tienes lo que tu padre me dejó para ti. Desconozco su contenido pero espero que te sirva de ayuda.

S. K.

Abrió el segundo sobre y una pequeña hoja blanca impresa en azul cayó al suelo. Paul quedó paralizado a medio camino entre la decepción y el asombro al recogerlo y ver lo que era.

33

La casa de empeños Metzger era un lugar frío, aún más que la calle en aquel principio de noviembre. Paul se sacudió los pies en la alfombrilla antes de entrar, pues afuera no paraba de llover. Dejó el paraguas en el paragüero y echó un vistazo curioso alrededor. Recordaba vagamente la mañana, hacía cuatro años ya, en la que su madre y él habían ido a una casa de empeños de Schwabing para empeñar el reloj de su padre. Era un lugar aséptico, con estanterías de cristal y empleados de corbata.

Metzger, sin embargo, era más parecido a un enorme cajón de sastre con olor a naftalina. Desde fuera el local parecía pequeño e insignificante, pero una vez cruzado el umbral se descubría una estancia enorme, llena a rebosar de muebles, radios de galena, figuras de cerámica e incluso una jaula para pájaros dorada. Por todas partes el polvo y la herrumbre se habían adueñado de los más variados objetos, que habían fondeado allí por última vez, sin posibilidad alguna de volver a ser usados jamás. Paul contempló asombrado un gato disecado en el acto de atrapar un gorrión al vuelo, también disecado. Entre la pata extendida del felino y el ala del pájaro se había formado una tela de araña.

—Esto no es un museo, muchacho.

Paul se dio la vuelta, sobresaltado. Junto a él se había materializado un viejo delgado y chupado, envuelto en un guardapolvo azul que le quedaba grande y acentuaba aún más su delgadez.

—¿Es usted Metzger?

—Sí, soy yo. Y si lo que me traes no es de oro, no lo quiero.

—En realidad no he venido a empeñar, sino a rescatar —respondió Paul, con dureza. Aquel hombre de ademanes traicioneros le desagradaba profundamente.

Por los ojillos minúsculos del viejo cruzó un relámpago de codicia. Era evidente que el negocio no iba demasiado bien en aquellos tiempos.

—Disculpa, muchacho..., cada día entran aquí una veintena de personas que creen que el viejo camafeo de cobre de su bisabuela merece unos cuantos miles de marcos. Pero veamos, veamos qué me traes.

Paul le tendió la papeleta azul y blanca que había encontrado en el sobre que le había mandado el librero. En la esquina superior izquierda venía el nombre y la dirección de Metzger, hacia la que Paul había salido disparado a toda velocidad en cuanto se recobró de la sorpresa de no encontrar una carta. En el centro venían anotadas a mano cuatro palabras.

Art. 91231
21 marcos

El viejo señaló la papeleta.

—Falta un pedazo. No admitimos papeletas en mal estado.

La esquina superior derecha, donde debería figurar el nombre de quien había hecho el depósito, había desaparecido. Tan sólo quedaba un rasgón de bordes irregulares.

—El número del artículo es perfectamente legible —dijo Paul.

—Pero no podemos entregar los objetos que depositan nuestros clientes al primero que llegue.

—Este artículo pertenecía a mi padre.

El viejo se rascó la barbilla, fingiendo estudiar la papeleta con interés.

—En cualquier caso el número es muy bajo, tiene que hacer muchos años que se pignoró el objeto. Seguramente haya salido a subasta.

—Ya veo. ¿Y cómo podríamos estar seguros?

—Supongo que si el cliente estuviese dispuesto a rescatar el artículo teniendo en cuenta la inflación...

Paul dio un respingo cuando el prestamista reveló por fin sus cartas y comprendió que sólo pretendía sacar el máximo beneficio. Estaba decidido a recuperar el objeto, fuera lo que fuese.

—Está bien.

—Espere aquí, entonces —dijo el otro, con una sonrisa de triunfo.

El viejo desapareció y volvió al cabo de medio minuto con una apolillada caja de cartón, marcada con una etiqueta amarillenta.

—Aquí la tienes, muchacho.

Paul adelantó la mano para cogerla, pero el viejo le agarró fuertemente por la muñeca para impedírselo. El tacto de su piel arrugada y fría era repugnante.

—¿Qué demonios hace?

—Primero el dinero.

—Enséñeme antes lo que hay dentro.

—De eso nada —dijo el viejo, moviendo la cabeza despacio—. Yo confío en que tú seas el legítimo propietario de esta caja y tú confías en que lo que hay dentro merezca la pena. Un doble acto de fe, por así decirlo.

Paul se debatió consigo mismo unos instantes, pero supo que no tenía más alternativa que ceder al chantaje del prestamista.

—Suélteme.

Metzger abrió los dedos, y Paul se llevó la mano al bolsillo interior del abrigo. Sacó la cartera.

—¿Cuánto?

—Cuarenta millones de marcos.

Aquello era el equivalente de diez dólares al cambio del día, suficiente para alimentar a una familia durante muchas semanas.

—Es mucho —dijo Paul, apretando los labios.

—Tómalo o déjalo, muchacho.

Paul suspiró. Llevaba encima el dinero justo, pues al día siguiente debía ir a hacer unos pagos para el banco. Tendría que cogerlo de su sueldo de los seis meses siguientes, o al menos del poco que conseguía cobrar tras dedicar todos los beneficios del negocio a la tienda de caridad del señor Ziegler. Para colmo, en los últimos tiempos las acciones tendían a estancarse o a hundirse, y con ellas todos sus inversores, lo que hacía las colas en los comedores de beneficencia cada día más y más largas sin que la crisis tuviese un final a la vista.

Sacó los enormes billetes, recién acuñados. En aquellos días el papel moneda no envejecía. De hecho los billetes del trimestre anterior, ya sin valor en éste, alimentaban las chimeneas de Múnich, pues salían más baratos que la leña.

El prestamista se los arrebató a Paul, sin darle tiempo a ofrecérselos. Los contó despacio, estudiando uno a uno a contraluz. Finalmente miró al joven y sonrió, enseñando varios huecos vacíos en la dentadura.

—¿Satisfecho? —preguntó Paul, con sarcasmo.

Metzger retiró la mano.

Paul abrió la caja con cuidado, levantando una nube de polvo que quedó flotando a su alrededor, bailando bajo la luz del foco. Extrajo de ella una caja cuadrada y plana, de madera de caoba lisa y oscura. No tenía adornos ni remates, tan sólo un cierre que se abría al presionar sobre él. El joven lo apretó, y la tapa de la caja se abrió despacio y en silencio, como si no hubiesen pasado diecinueve años desde la última vez.

Paul sintió un soplo helado de miedo sobre el corazón al contemplar el contenido de la caja.

—Será mejor que vayas con cuidado, muchacho —dijo el prestamista, de cuyas manos habían desaparecido los billetes como por arte de magia—. Puedes buscarte un lío enorme si te encuentran con ese juguete por la calle.

¿Qué querías decirme con esto, padre?

Sobre un fondo acolchado recubierto de terciopelo rojo reposaban una reluciente pistola y un cargador de diez balas.

34

—Será mejor que sea importante, Metzger. Estoy muy ocupado. Si es acerca de las cuotas, deberá volver otro día.

Otto von Schroeder esperaba sentado junto a la chimenea de su estudio, y no le ofreció asiento ni nada de beber. El prestamista, obligado a quedarse de pie y con el sombrero en la mano, contuvo su disgusto y fabricó una inclinación servil y una falsa sonrisa.

—En realidad, señor barón, se trata de un asunto distinto. El dinero que ha invertido todos estos años está a punto de dar sus frutos.

—¿Ha vuelto a Múnich? ¿Ha vuelto Nagel? —dijo el barón, poniéndose tenso.

—Es algo aún más complicado, señoría.

—Bien, no se haga de rogar. Dígame qué desea.

—En realidad, señoría, antes de comunicar esta importante información me gustaría recordarle que los objetos cuya venta paralicé durante todo este tiempo, con gran perjuicio económico para mi negocio...

—Abrevie, Metzger.

—... se han revalorizado mucho. Su señoría me prometió una cantidad anual para avisarle si Clovis Nagel retiraba alguno de ellos. Y con todo respeto, su señoría no ha pagado ni este año ni el anterior.

El barón bajó la voz, imprimiéndole un tono amenazador.

—Metzger, no se atreva a hacerme chantaje. Lo que he pagado durante dos décadas compensa de sobra la chatarra que tiene guardada en esa ratonera.

—¿Qué puedo decir? Su señoría dio su palabra, y su señoría no ha cumplido. En fin, consideremos zanjado el trato. Buenas tardes —dijo el viejo, colocándose el sombrero.

—Espere —dijo el barón alzando el brazo.

El prestamista se dio la vuelta, reprimiendo una sonrisa.

—¿Desea algo más, el señor barón?

—No tengo dinero, Metzger. Estoy en la ruina.

—¡Qué me dice, señoría!

—Tengo bonos del tesoro, que podrían valer algo si el gobierno pagase los dividendos o restableciese la economía. Mientras, es papel inútil.

El viejo miró a su alrededor, entrecerrando los ojos.

—Bien, señoría..., supongo que como pago por las cuotas atrasadas podría aceptar esa mesita baja de bronce y mármol que hay junto a su asiento.

—Eso vale mucho más que la cuota anual, Metzger.

El viejo se encogió de hombros y no dijo nada.

—Está bien. Hable.

—Claro que tendría que garantizar los pagos de años venideros, señoría. El juego de té de plata repujada que hay sobre la mesita podría servir, supongo.

—Es usted un canalla, Metzger —dijo el barón, con una mirada de odio indisimulado.

—Son sólo negocios, señor barón.

Otto se quedó callado unos instantes, pero no vio más salida que ceder al chantaje del viejo.

—Usted gana. Por su bien, espero que valga la pena —dijo por fin.

—Hoy ha venido alguien a retirar uno de los objetos que empeñó su amigo.

—¿Era Nagel?

—No, a no ser que haya encontrado un modo de rejuvenecer treinta años de golpe. Era un chico joven.

—¿Dijo su nombre?

—Era delgado, de ojos azules, pelo rubio oscuro.

—Paul...

—Ya se lo he dicho, no se identificó.

—¿Y qué es lo que rescató?

—Una caja de caoba negra con una pistola dentro.

El barón saltó de su sillón tan deprisa que éste se volcó y su respaldo chocó contra el pretil de la chimenea con estrépito.

—¿Qué ha dicho? —dijo agarrando al prestamista por el cuello.

—¡Me hace daño!

—Hable, por Dios, o le rompo el pescuezo aquí mismo.

—Una caja de caoba negra sin adornos —respondió el viejo, con un hilo de voz.

—¡La pistola! ¡Descríbala!

—Una Máuser C96 con mango de escoba. La madera de las cachas no era de roble, como en el modelo original, sino de caoba negra, a juego con la caja. Un arma excelente.

—Oh, cielos. ¿Cómo es posible? —dijo el barón.

Repentinamente sin fuerzas, soltó al prestamista y se dejó caer en el primer asiento que encontró.

El viejo Metzger se puso en pie, masajeándose el cuello.

—Loco. Se ha vuelto loco —dijo alejándose a toda prisa.

El barón no se dio cuenta de su marcha. Seguía sentado, la cabeza entre las manos, sumido en negros pensamientos.

35

Ilse estaba barriendo el pasillo cuando la luz de los apliques recortó la sombra del visitante contra el suelo. Supo quién era antes de alzar la cabeza, y se detuvo.

Dios bendito, ¿cómo nos habrá encontrado?

Cuando llegó a aquella pensión junto a su hijo, Ilse debía pagar con su trabajo parte de la estancia, pues el trabajo de Paul como carbonero no era suficiente. Más tarde, al convertir Paul el colmado de Ziegler en un banco, el joven había insistido en que buscasen un alojamiento mejor. Ilse se negó. Había habido demasiados cambios en su vida, y se aferraba a lo poco que le concedía seguridad.

Una de esas cosas era el palo de la escoba. Paul —y la dueña de la pensión, a quien Ilse le resultaba de escasa ayuda— habían insistido en que dejase de trabajar, pero ella no había hecho caso. Necesitaba sentirse útil de alguna manera. El mutismo distante en el que se había hundido tras la expulsión del palacete había sido al principio fruto de la tensión nerviosa, pero más tarde se había convertido en una manifestación voluntaria de su amor por Paul. Rehuía la conversación con él porque tenía miedo de sus preguntas. Cuando hablaba lo hacía de cosas sin importancia, a las que procuraba poner toda la ternura de la que era capaz. El resto del tiempo se limitaba a admirarle en silencio y a distancia, y a lamentarse por lo que le habían arrebatado.

Por eso su congoja fue enorme al encontrarse con una de las personas responsables de su pérdida.

—Buenos días, Ilse.

Ella dio un paso atrás, con cautela.

—¿Qué quieres, Otto?

El barón tamborileó en el suelo con la contera de su bastón. No estaba cómodo en aquel lugar, era obvio, como también que su visita traía un propósito siniestro.

—¿Podemos hablar en un sitio más privado?

—No quiero ir a ninguna parte contigo. Di lo que tengas que decir y márchate.

El barón soltó un bufido contrariado ante la negativa de ella. Luego señaló con desprecio a su alrededor. El papel pintado enmoheciéndose en las paredes, el suelo levantado en algunos puntos, las lámparas mortecinas que creaban más sombras que luces.

—Mírate, Ilse. Barriendo los pasillos de una pensión de tercera clase. Deberías avergonzarte.

—Barrer es barrer, da igual un palacete o una pensión. Y hay linóleos más honrados que mármoles.

—Ilse querida, ya sabes que cuando te acogimos estábamos en mala situación. Yo no hubiera querido...

—No sigas, Otto. Ya sé de quién fue la idea. Pero no creas que voy a aceptar esa comedia que representas de barón marioneta. Eres tú quien ha controlado a mi hermana desde el principio, haciéndole pagar con creces por el error que cometió. Y por lo que tú hiciste escudándote en el de ella.

Otto dio un paso atrás, asustado ante la ira que destilaban las palabras de Ilse. El monóculo le cayó del ojo, y quedó bailando sobre la pechera de su abrigo, como un condenado colgando de la horca.

—Me sorprendes, Ilse. Me habían dicho que estabas...

Ilse soltó una carcajada sin sombra de alegría.

—¿Ida? ¿Loca? No, Otto. Estoy muy cuerda. He elegido callar todo este tiempo porque tengo miedo de lo que mi hijo podría hacer si supiese la verdad.

—Entonces detenle. Porque está yendo demasiado lejos.

—Así que a eso has venido —dijo ella, sin poder contener su desprecio—. Tienes miedo de que te alcance el pasado.

El barón avanzó hacia Ilse. La madre de Paul se echó atrás, chocando con la pared, mientras Otto acercaba su rostro hasta que ella pudo sentir su respiración.

—Ilse, ahora escúchame bien. Tú eres el único vínculo que hay con aquella noche. Si no le detienes antes de que sea demasiado tarde, tendré que romper ese vínculo.

—Adelante, Otto —dijo Ilse fingiendo un valor que no sentía—. Mátame. Pero quiero que sepas que he escrito una carta en la que lo cuento todo. Todo. Si me ocurre algo, Paul la recibirá.

—Pero... no puedes hablar en serio. ¡No puedes poner eso por escrito! ¿Y si cayese en las manos equivocadas?

Ilse no respondió. Se limitó a mirarle fijamente, pues todo el atrevimiento del que había hecho gala para enfrentarse al barón se había agotado. Otto intentó aguantarle la mirada, un hombre alto, grueso y bien vestido frente a la mujer frágil de ropas descoloridas que se aferraba a la escoba para no caerse.

Finalmente, el hombre perdió.

—Esto no quedará así —dijo Otto, girándose y saliendo con pasos apresurados.

36

—¿Me has llamado, padre?

Otto dirigió a Jürgen una mirada recelosa. Llevaba varias semanas sin verle, y aún le costaba identificar como a su hijo a aquella figura uniformada que ocupaba el centro del comedor. De repente fue consciente de cómo los hombros de Jürgen llenaban la camisa parda, cómo el brazalete rojo con la cruz gamada enmarcaba un grueso bíceps, cómo las botas negras aumentaban la estatura del joven hasta hacer que tuviese que inclinar ligeramente la cabeza para no chocar con los marcos de las puertas. Sintió un asomo de orgullo, pero al instante fue ahogado por un ramalazo de lástima por sí mismo. No pudo evitar compararse con él y sentirse viejo y cansado a sus cincuenta y dos años.

—Hace mucho tiempo que no vienes a casa, Jürgen.

—Tengo ocupaciones importantes.

El barón no contestó. Aunque apreciaba los ideales de los nazis, jamás había creído demasiado en ellos. Como la gran mayoría de la sociedad de Múnich los consideraba un partido con pocas posibilidades, condenado a su propia extinción. Si habían llegado tan lejos, era sólo porque contaban a su favor con una situación social tan dramática que los desfavorecidos creían a pies juntillas a los extremistas que hacían promesas descabelladas. Pero en aquel momento él no tenía tiempo para hacer distingos, pues su propia situación era aún más dramática.

—¿Tanto como para desatender a tu madre? Ha estado preocupada por ti. ¿Se puede saber dónde duermes ahora?

—En los cuarteles de la SA.

—Deberías haber iniciado este curso tus estudios en la universidad, ¡con dos años de retraso! —dijo Otto, menando la cabeza—. Ya estamos en noviembre, y aún no te has presentado a una sola clase.

—Ocupo un puesto de responsabilidad.

Escuchándole hablar, Otto vio cómo los restos de la imagen que conservaba de aquel adolescente malcriado —que no hacía mucho arrojaba una taza contra el suelo de mármol porque el té estaba demasiado dulce para su gusto— se rompían en pedazos. Se preguntó cuál sería la mejor manera de abordarle. De que el joven cumpliese sus órdenes dependían muchas cosas.

Había pasado varias noches sin dormir, dando intranquilas vueltas en el colchón y meditando sobre el asunto antes de decidirse a llamar a su hijo.

—Un puesto de responsabilidad, dices.

—Protejo al hombre más importante de Alemania.

—El hombre más importante de Alemania —remedó su padre—. Tú, el futuro barón von Schroeder, como el rompecráneos de un oscuro cabo austríaco con ínfulas de grandeza. Estarás orgulloso.

Jürgen se estremeció como si acabase de recibir una bofetada. Por un instante su mirada osciló como una llama agitada por un viento fuerte. Su único ojo temblaba de furia.

—No comprendes...

—Basta. Quiero que hagas algo importante. No puedo confiar en nadie más que en ti para hacerlo.

El joven se quedó confuso ante aquel cambio de rumbo en la discusión. La réplica le murió en los labios y la sustituyó la curiosidad.

—¿Qué es?

—He encontrado a tu tía y a tu primo.

Jürgen no respondió. Se sentó junto a su padre, se quitó el parche del ojo, y dejó al descubierto el vacío antinatural que la piel arrugada de los párpados sólo disimulaba. Acarició despacio aquella zona.

—¿Dónde? —preguntó con voz fría, ausente.

—En una pensión de Schwabing. Pero te prohíbo que pienses en vengarte ni por un instante. Ahora hay algo mucho más importante de lo que ocuparnos. Quiero que vayas a la habitación de tu tía, la registres de arriba abajo y me traigas todos los papeles que encuentres. Sobre todo los escritos a mano. Cartas, notas, cualquier cosa.

—¿Por qué?

—No puedo decírtelo.

—¡No puedes decírmelo! Me llamas, me pides que te ayude después de haberte negado tú a perseguir a quien me hizo esto, al mismo que le dio una pistola a mi hermano enfermo para que se volase la cabeza. Me prohíbes que me cobre justa venganza, ¡y esperas que te obedezca sin una sola explicación! —dijo Jürgen elevando el tono de voz progresivamente hasta acabar gritando.

—¡Tú harás lo que yo te mande, si no quieres que te desherede!

—Hazlo, padre. Nunca me gustaron las deudas. Y lo único de valor que me queda no puedes quitármelo, es la ley. Así que heredaré tu título de barón te guste o no.

Jürgen traspasó la puerta del comedor, la cerró de un portazo y cruzó el vestíbulo. Iba a salir a la calle cuando una voz le detuvo.

—Espera, hijo.

Se dio la vuelta. Brunhilda descendía la escalera, acercándose.

—Madre —dijo el joven, tragando saliva.

Ella llegó junto a él y le besó en la mejilla. Tuvo que ponerse de puntillas para hacerlo. Le acomodó la corbata negra sobre la camisa, y extendió las puntas de los dedos para acariciarle el lugar que antes había ocupado su ojo derecho. Jürgen, al notar el contacto, se echó atrás y se colocó el parche de nuevo.

—Tienes que hacer lo que te ha pedido tu padre.

—Yo...

—Tienes que obedecer, Jürgen. Él se sentirá orgulloso de ti si lo haces. Y también yo.

Brunhilda siguió hablando durante un largo rato. La voz de su madre era dulce, más de lo que Jürgen había creído posible. Conjuraba imágenes y sensaciones que hacía mucho que no experimentaba. Él siempre había sido su favorito. Ella siempre le había tratado de manera diferente, nunca le había negado nada. Sintió deseos de acurrucarse en su regazo, como cuando era un niño y el verano era infinito.

—¿Cuándo?

—Mañana.

—Mañana es día 8 de noviembre, madre. No puedo...

—Tiene que ser mañana por la tarde. Tu padre ha estado vigilando la pensión, y Paul no está nunca a esa hora.

—¡Pero tengo un compromiso previo!

—¿Acaso hay algo más importante que tu propia familia, Jürgen?

Brunhilda se volvió a poner de puntillas y acercó las manos a su rostro. Esta vez Jürgen no rehuyó el contacto.

—Supongo que podría hacerlo, si me doy prisa.

—Buen chico. Y cuando tengas los papeles —dijo ella, bajando la voz hasta convertirla en un susurro—, tráemelos a mí primero. Sin decirle nada a tu padre.

37

Desde una esquina, Alys observó cómo Manfred descendía del tranvía. Como cada semana desde hacía dos años, se había apostado cerca de su antigua casa, confiando en ver unos instantes a su hermano. Ni una sola vez en todo aquel tiempo había sentido tan imperiosamente la necesidad de acercarse, hablarle, ceder por fin y regresar a su casa. Se preguntó qué haría su padre si la viese aparecer.

No puedo hacerlo, y menos en esta... situación. Sería como darle la razón definitivamente. Sería como morir.

Siguió con la mirada a Manfred, que estaba convirtiéndose en un adolescente apuesto. Un pelo rebelde le asomaba bajo la gorra, llevaba las manos en los bolsillos y bajo el brazo el cuaderno de partituras.

Seguro que sigue siendo malísimo al piano, pensó Alys con una mezcla de irritación y añoranza.

Manfred caminaba por la acera y antes de llegar al portal de su casa se detuvo en la confitería. Alys sonrió. Le había visto hacer eso por primera vez dos años atrás, desde que había descubierto por casualidad que los jueves su hermano regresaba de clases de piano usando el transporte público en lugar del Mercedes con chófer de su padre, que a esas horas estaba ocupado. Alys había entrado media hora después en la confitería y sobornado a una empleada para que la semana siguiente le diese a Manfred un paquete de caramelos con una nota dentro. Garabateada apresuradamente en el reverso del papel de envolver bombones, decía

> Soy yo. Ven cada jueves, te escribiré una nota. Pregunta siempre por Ingrid, dale a ella la respuesta.
>
> Te quiere,
>
> A.

Durante siete días había estado aguardando impaciente, temerosa de que su hermano no quisiera responderle o de que estuviese enfadado por la manera en la que ella se había marchado sin despedirse. Sin embargo la respuesta fue típica de Manfred. Como si la acabase de ver diez minutos antes, comenzaba con una anécdota graciosa sobre suizos e italianos, y terminaba contándole cosas del colegio y del tiempo que había transcurrido sin tener noticias de ella. Aunque volver a tener noticias de su hermano le llenó de felicidad, hubo una frase, la última, que vino a confirmar sus peores temores:

> Papá te sigue buscando.

Salió corriendo de la confitería, temiendo que alguien pudiese reconocerla. A pesar del peligro, volvió cada semana, pero siempre calándose un sombrero hasta las cejas y un abrigo o un pañuelo que le disimulase las facciones. Nunca alzaba la cara hacia la ventana de su padre, por si él estuviese mirando y la reconociese. Y cada semana, por terrible que fuera su situación, se sentía reconfortada por los sucesos cotidianos, las pequeñas victorias y grandes derrotas de la vida de Manfred. Cuando ganó una medalla de atletismo con doce años, lloró de felicidad. Cuando recibió una paliza en el patio del colegio porque se enfrentó a varios niños que le habían llamado «sucio judío», bramó de cólera. Por tenue que fuera, el hilo de aquellas cartas la sujetaba al recuerdo de un pasado feliz.

Aquel jueves ocho de noviembre, Alys esperó un poco menos de lo habitual, pues temía que si continuaba cerca de Prinzregentenplatz mucho tiempo, las dudas terminarían conquistando su alma y optaría por la solución más fácil y más equivocada. Entró al local, pidió un paquete de caramelos de menta como siempre y pagó el triple de su precio, como siempre. Normalmente esperaba a hallarse de nuevo en el tranvía, pero ese día buscó inmediatamente la nota metida en el celofán, y la abrió con disimulo. Sólo había cuatro palabras, pero fueron suficientes para que sus manos empezaran a temblar.

Me ha descubierto. Corre.

Tuvo que dominarse para no gritar.

Baja la cabeza, camina despacio, no mires a los lados. Tal vez no estén vigilando la tienda.

Abrió la puerta del local y puso un pie en la calle. No pudo contenerse y miró hacia atrás mientras se alejaba.

Dos hombres con gabardina y sombrero la seguían, a menos de cincuenta metros de distancia. Uno de ellos, al darse cuenta de que ella les había visto, le hizo una seña al otro y ambos apretaron el paso.

¡Mierda!

Alys intentaba andar lo más deprisa posible sin correr. Bastaría que la parase un policía para que la alcanzasen, y entonces estaría lista. Seguramente serían detectives contratados por su padre, que inventarían cualquier historia con tal de retenerla o llevarla al domicilio familiar. Legalmente no era mayor de edad —aún le faltaban once meses para cumplir los veintiún años—, así que estaría por completo a merced de su padre si eso ocurría.

Cruzó la calle sin detenerse a mirar. Una bicicleta le pasó rozando y le alborotó la falda. El chico que la pilotaba perdió el control y cayó al suelo, frenando a los perseguidores de Alys que se vieron obligados a rodear la bicicleta caída.

—¿Está loca o qué? —gritó el muchacho desde el suelo, agarrándose las rodillas doloridas.

Alys miró atrás de nuevo, y vio que los dos hombres habían logrado cruzar, aprovechando un hueco en el tráfico. Ahora estaban a menos de diez metros, y acortaban la distancia rápidamente.

Una manzana hasta el tranvía. Sólo una.

Maldijo sus zapatos, que tenían suela de madera y resbalaban ligeramente en la acera empapada de aquella tarde lluviosa. El bolso de cuero y cartón donde guardaba la cámara le golpeaba las caderas, y ella se aferró a la correa, que llevaba en bandolera.

Estaba claro que no lo iba a conseguir si no se esforzaba en pensar algo. Podía sentir ya las pisadas de sus perseguidores. Si uno de ellos extendía el brazo podría sujetarla en cualquier momento.

No puede ser. No tan cerca de conseguirlo.

En aquel momento dobló la esquina frente a ella un grupo de colegiales de uniforme, encabezados por un maestro que acompañaba a los niños hasta la parada. Los chicos, unos veinte en perfecta formación, se interponían entre ella y la calle. Ahora no quedaba más remedio que darse por vencida.

A no ser...

Hundió la mano izquierda en los bolsillos del abrigo hasta palpar el paquete de caramelos que acababa de comprar en la confitería y rasgó el celofán con las uñas. Sacó un buen puñado y les enseñó las formas redondeadas y verdes a los niños que le bloqueaban el paso.

—Eh, chicos, ¿quién quiere caramelos?

Todos levantaron a la vez los brazos y se pusieron a dar gritos. Alys arrojó hacia arriba el puñado y se introdujo entre los chavales aprovechando la confusión y la rotura de sus líneas. Cuando estaba en medio de ellos, sacó otro puñado y lo volvió a lanzar hacia arriba. Los chicos se peleaban por coger los caramelos, y Alys consiguió cruzar al otro lado justo a tiempo. El tranvía rodaba sobre sus vías, haciendo sonar la campana mientras se acercaba. El maestro intentaba elevar la voz por encima del griterío de los muchachos, que estaban disfrutando como nunca con aquella inusual alteración del orden.

Alys, extendiendo la mano, se agarró a la barra del tranvía y apoyó el pie en el escalón. El conductor aminoró levemente la marcha para que ella pudiese subir, y en cuanto estuvo segura sobre el atestado vehículo, Alys se dio la vuelta para mirar hacia la calle.

Sus perseguidores no aparecían por ninguna parte.

Dando un suspiro de alivio, Alys pagó y se aferró a la barra con manos temblorosas, ajena por completo a las dos figuras con sombrero y gabardina que en ese momento abordaban el tranvía por la parte trasera.

Paul estaba esperándola en Rosenheimerstrasse, cerca del Ludwigsbrücke. Cuando la vio bajar del tranvía fue a besarla, pero se detuvo al ver su rostro de preocupación y la abrazó.

—¿Qué sucede?

Alys cerró los ojos y se dejó envolver por los fuertes brazos de Paul. En tan confortable refugio, no fue consciente de cómo los que la perseguían descendían del tranvía y se metían en una cafetería cercana. Paul, pendiente de las palabras de Alys, no les prestó la más mínima atención a los que para él eran tan sólo dos transeúntes más.

—He ido a recoger la carta de mi hermano, como cada jueves, pero parece que alguien me ha seguido. Ya no podré volver a usar ese método.

—Eso es terrible. ¿Estás bien?

Alys dudó antes de contestar. ¿Debía contárselo todo?

Sería tan fácil decírselo. Simplemente abrir la boca y dejar que saliesen esas dos palabras. Tan fácil y tan imposible.

—Sí, supongo. Les di esquinazo antes de subir al tranvía.

—Bueno..., pero creo que deberías cancelar entonces lo de esta noche —dijo Paul pensativo.

—No puedo hacerlo, Paul. Es mi primer encargo.

Tras meses de insistir, por fin había conseguido la atención de alguien en el *Munchen Allgemeine*, un diario de tirada mediana cuyo jefe de fotografía le había mandado ir aquella tarde a la Burgerbräukeller. En esa cervecería, que estaba a menos de treinta pasos de donde se encontraban, el comisario de Baviera Gustav von Kahr daría un discurso al cabo de media hora. Para Alys, dejar de estar esclavizada a las noches en el cabaret y vivir de lo que más le gustaba, la fotografía, significaba un sueño.

—Pero después de lo que ha pasado... podríamos ir a tu piso, acurrucarnos bajo las mantas y yo te consolaría —le susurró Paul al oído con voz seductora.

—¿Eso es en lo único en lo que puedes pensar? —dijo Alys, separándole de ella de un empujón.

—Yo sólo...

—¡Tú nada! ¿Eres consciente de lo importante que es para mí lo de esta noche? ¡Llevo meses esperando una oportunidad así!

—Tranquilízate, Alys. Estás montando una escena.

—¡No me digas que me tranquilice, imbécil! ¡Eres tú quien necesita una ducha fría! ¿O crees que no lo he notado cuando me abrazabas?

—Alys, por favor. Estás exagerándolo todo —dijo Paul sin comprender nada.

—Exagerándolo todo. Lo que me faltaba por oír —bufó la joven, dándose la vuelta y caminando hacia la cervecería.

—¡Espera! ¿No íbamos a tomar un café?

—Tómatelo tú.

—¿Quieres al menos que te acompañe? Esas reuniones políticas suelen ser peligrosas, la gente bebe y a veces hay altercados.

Según estas palabras salieron de su boca, Paul fue consciente de que acababa de meter la pata hasta el fondo. Deseó poder atraparlas al vuelo, masticarlas y volvérselas a tragar, pero ya era demasiado tarde.

—No necesito tu protección, Paul, muchas gracias —respondió Alys con la voz helada.

—Lo siento, Alys. En realidad no quería...

—Buenas tardes, Paul —dijo ella, dejándole con la disculpa en los labios y uniéndose a la riada de personas que entraban en el local.

Paul, solo en mitad de una calle abarrotada, sintió ganas de estrangular a alguien, chillar, dar patadas al suelo y llorar, todo al mismo tiempo.

Eran las siete de la tarde.

38

Lo más difícil había sido colarse en la pensión.

La patrona daba vueltas por el portal como un sabueso con moño y escoba. Jürgen tuvo que aguardar un par de horas, paseando por el vecindario y mirando de reojo la entrada de la finca al pasar. No podía arriesgarse a hacerlo con descaro, ya que debía evitar que le reconociesen después. En la ajetreada calle, era difícil que alguien se fijase en aquel hombre de abrigo y sombrero negros que caminaba con un periódico bajo el brazo.

En el diario doblado había ocultado su porra. Por miedo a que se le cayese, la apretaba tan fuerte contra la axila que al día siguiente tendría un moratón considerable. Bajo sus ropas de civil vestía el uniforme marrón de las SA, que hubiera llamado demasiado la atención en un barrio lleno de judíos como aquél. Llevaba la gorra en un bolsillo, y había dejado las botas en el cuartel, escogiendo en su lugar unos zapatos fuertes.

Finalmente, tras muchas pasadas, consiguió encontrar un hueco en la defensa. La patrona dejó la escoba apoyada en la pared y se perdió por una puertecita interior, quién sabe si para preparar la cena. Jürgen aprovechó para escabullirse dentro de la casa y trotar escaleras arriba hasta el último piso. Tras pasar por varios rellanos y pasillos, siguiendo indicaciones de ajados carteles de madera con aspecto de llevar allí más de un siglo, se encontró delante de la puerta de Ilse Reiner.

Llamó con los nudillos.

Tal vez si ella no estuviera todo sería más fácil, pensó Jürgen, ansioso por acabar cuanto antes aquella tarea y cruzar a la orilla este del Isar, donde habían citado a los miembros de la *Stosstrupp* hacía dos horas. Aquél era un día trascendental, histórico, y él estaba perdiendo el tiempo en intrigas que le importaban bien poco.

Si al menos hubiese podido lidiar con Paul... eso habría sido diferente.

Una sonrisa le cruzó por el rostro. En ese mismo instante, su tía abrió la puerta y le miró directamente a los ojos. Tal vez leyera en ellos la traición y el asesinato, tal vez sintiese miedo de la presencia de Jürgen allí. Fuera lo que fuese, reaccionó intentando cerrar la puerta de golpe.

Jürgen fue más rápido. Consiguió meter la mano izquierda justo a tiempo. El quicio de la puerta le golpeó los nudillos con fuerza y el joven contuvo un grito de dolor, pero el daño ya estaba hecho. Por más que Ilse presionó para que se cerrara, su pequeño y frágil cuerpo no tuvo nada que hacer contra la brutalidad que Jürgen desplegó. Apoyó su gran peso sobre la puerta, y tanto la cadena que la protegía como su tía salieron despedidas hacia el suelo.

—Si gritas te mato, vieja —dijo Jürgen en voz baja y grave.

—Ten más respeto. Soy más joven que tu madre —dijo Ilse desde el suelo, a caballo entre el miedo y el orgullo herido.

Jürgen no contestó. Los nudillos le sangraban, el golpe había sido más fuerte de lo que parecía. Dejó el periódico con la porra en el suelo y se acercó a la cama, pulcramente hecha. Rasgó un pedazo de sábana. Estaba atándoselo en torno a la mano cuando Ilse, creyéndole distraído, se puso en pie. Abrió la puerta pero justo cuando iba a echar a correr Jürgen tiró con fuerza de su vestido, haciéndola caer de nuevo.

—Buen intento. ¿Podemos hablar ya?

—Tú no has venido aquí a hablar.

—Eso es verdad.

Tirándole fuertemente del pelo, la obligó a levantarse y mirarle directamente.

—¿Dónde guardas los papeles, tía?

—Qué típico del barón —bufó Ilse—. Mandarte a ti a hacer lo que él no se atreve. ¿Sabes qué es lo que te ha mandado a buscar?

—Vosotros y vuestros secretos. No, mi padre no me ha dicho nada, sólo me ha pedido todos tus papeles. Por suerte mi madre ha sido más específica. Tengo que buscar una carta tuya llena de mentiras, y otra de tu marido. Y las quiero ya.

—No pienso darte nada.

—Pareces no comprender lo que estoy dispuesto a hacer, tía.

Se quitó el abrigo y lo dejó sobre una silla. Se llevó la mano a la espalda y sacó un cuchillo de caza de mango rojo. El filo desprendió un tímido destello plateado a la luz del quinqué, que se reflejó en los ojos temblorosos de su tía.

—No te atreverás.

—Oh, ya lo creo que sí.

Pese a sus bravatas, le fue más difícil de lo que había imaginado. Aquello no era igual que una pelea en una taberna, en la que dejaba a los instintos y la adrenalina tomar el control, mientras su cabeza pilotaba una máquina salvaje y brutal.

Cuando tomó el brazo derecho de la mujer y lo sujetó con fuerza contra la mesa camilla no sintió apenas emoción alguna. Sólo una tristeza de agudos dientes en forma de sierra. Le raspó el fondo del estómago, con la misma piedad con la que él aplicó el cuchillo contra los dedos y le seccionó el índice de dos cortes no demasiado limpios.

Ilse chilló de dolor, pero Jürgen estaba preparado y le tapó la boca con su manaza. Se preguntó dónde estaba la emoción de la violencia, esa que le había llevado a las SA.

¿Será la ausencia de desafío? Este viejo cuervo asustado no supone ninguno, desde luego.

Poco a poco el chillido ahogado bajo la palma de Jürgen se fue convirtiendo en un sollozo inaudible. El joven clavó los ojos en los párpados lagrimeantes de la mujer, intentando obtener el mismo placer de la situación que el que había sentido rompiendo los dientes del joven comunista un par de semanas atrás, pero fue en vano. Dio un suspiro resignado.

—¿Vas a colaborar ya? Esto no es agradable para nadie.

Ilse asintió con fuerza.

—Me alegro. Dame entonces lo que te he pedido —dijo soltándola.

Ella se separó de Jürgen y con paso vacilante caminó hasta su armario. La mano mutilada apretada contra el pecho dejaba una creciente mancha en el vestido de color crema. Sin despegarla, buscó entre su ropa hasta encontrar un pequeño sobre blanco.

—Es mi carta —dijo tendiéndosela a Jürgen.

El joven tomó el sobre, en cuya superficie había quedado un restregón sangriento. En el anverso aparecía el nombre de su primo. Desgarró un lateral del sobre y extrajo cinco cuartillas escritas a mano con letra apretada y redonda. Apenas había tachones ni borrones.

Jürgen echó un vistazo por encima a las primeras líneas, pero enseguida se quedó atrapado por lo que leyó en ellas y continuó. Hacia la mitad del texto los ojos se le desencajaron y comenzó a respirar agitadamente. Dedicó a Ilse una mirada sospechosa y trastornada, sin poder creer lo que tenía frente a él.

—¡Esto es mentira! ¡Una asquerosa mentira! —dijo avanzando hasta su tía y colocándole el cuchillo en la garganta.

—No lo es, Jürgen. Siento que lo hayas sabido así —dijo ella.

—¿Lo sientes? ¿Tú te compadeces de mí? ¡Acabo de cortarte el dedo, vieja! ¿Qué me va a impedir rajarte la garganta ahora? ¡Di que es mentira! —dijo Jürgen, bajando la voz hasta el nivel de un susurro frío que puso a Ilse los pelos de punta.

—He sido víctima de esa verdad durante muchos años. En parte te ha convertido en el monstruo que eres ahora.

—¿Lo sabe él?

Aquella última pregunta fue demasiado para Ilse. Se tambaleó, mareada por las emociones y la pérdida de sangre y Jürgen tuvo que sostenerla para que no cayera.

—¡No te desmayes ahora, vieja insignificante!

Había un lavamanos con agua cerca. Jürgen echó a su tía en la cama y luego vertió el líquido encima de su cara. Ilse se despejó un poco.

—Basta ya —dijo débilmente.

—Respóndeme. ¿Lo sabe Paul?

—No.

Jürgen la dejó recuperarse durante unos instantes. Por fin había hallado la emoción, aunque no de la forma que él esperaba. Una marea de sentimientos encontrados le cruzaban por la cabeza mientras releía la carta, esta vez hasta el final.

Cuando acabó, volvió a doblar cuidadosamente las páginas y se las guardó en un bolsillo. Ahora comprendía por qué su padre le había encargado con tanta insistencia que obtuviese aquel papel, y por qué su madre pretendía que se lo llevase a ella primero.

Han querido utilizarme. Creen que soy imbécil. Pero nadie

tendrá esta carta salvo yo... y la usaré en el momento preciso. Ah, sí. Cuando menos lo esperen.

Pero aún había algo más que debía obtener. Caminó despacio hasta la cama y se inclinó sobre el colchón.

—Quiero la carta de Hans.

—No la tengo. Lo juro por Dios. Tu padre la ha buscado siempre, pero yo no la tengo, ni siquiera estoy segura de que exista —dijo Ilse, que volvía a sollozar, agarrándose la mano mutilada.

—No te creo —mintió Jürgen. Ilse no parecía ser capaz de ocultar nada en el estado en el que se encontraba, pero aun así quiso saber qué reacción provocaba en ella su incredulidad. Exhibió de nuevo el cuchillo ante su rostro.

Ilse intentó apartarle la mano casi sin fuerzas, pero era como si un niño empujase una tonelada de granito.

—Déjame. Por Dios, ¿no me has hecho bastante?

Jürgen echó un vistazo a su alrededor. Apartándose de la cama, tomó el candil encendido en la mesa cercana y lo arrojó contra el fondo del armario. El cristal se hizo pedazos, derramando queroseno ardiente sobre la ropa y los zapatos.

Volvió junto a la cama y miró a Ilse fijamente a los ojos, dispuesto a no perder detalle de aquel momento. Apoyó la punta del cuchillo en el vientre de ella. Tomó aire.

Después hundió la hoja hasta la empuñadura.

—Ahora sí.

39

Tras la desagradable discusión con Alys, Paul estaba de pésimo humor. Optó por no hacer caso al frío y volver a casa caminando, en el que sería el error que más lamentaría de su vida.

A lo largo de los siete kilómetros que separaban la cervecería de la pensión, que le llevaron casi una hora, Paul apenas prestó atención a lo que le rodeaba. Su cabeza estaba perdida en la conversación con ella, imaginando posibles frases que hubieran arrojado un resultado distinto. Un minuto deseaba haber sido conciliador a tiempo, y al siguiente deseaba haberle lanzado una réplica que le causase daño auténtico, para que ella compartiese el que le había causado a él. Perdido en la espiral interminable del amor, no se dio cuenta de lo que estaba sucediendo hasta que estuvo a pocos pasos del portal.

Entonces olió el humo y vio a la gente corriendo y el carro de bomberos frente al edificio.

—¿Dónde va, insensato?

Paul levantó la vista. Había un incendio en el tercer piso.

—Oh, Dios santo. ¡Mamá!

Al otro lado de la calle había una multitud creciente, compuesta a medias de curiosos y huéspedes de la pensión. Paul corrió hacia ellos, buscando caras conocidas y llamando a gritos a Ilse. Finalmente dio con la patrona, sentada en un bordillo, con la cara tiznada de hollín en el que las lágrimas formaban surcos. Paul la tomó por los hombros.

—¡Mi madre! ¿Dónde está?

Incapaz de mirarle a los ojos, la patrona comenzó a llorar de nuevo.

—No ha salido nadie del cuarto piso. ¡Ay, si mi padre que en paz descanse viera cómo está quedando su edificio!

—¿Y los bomberos?

—Aún no han subido, pero no pueden hacer nada. El fuego bloquea las escaleras.

—¿Y desde la otra azotea? ¿La del número 22?

—Podría ser —dijo la patrona retorciéndose de angustia las callosas manos—. Se puede saltar desde allí arriba. A veces los chiquillos de la portera vienen a cazar gatos a nuestra azotea...

Paul no escuchó el final de sus palabras, pues ya corría hacia el portal vecino. Había un policía en la puerta con cara de pocos amigos, interrogando a una de las inquilinas de la pensión. Frunció el ceño al ver a Paul correr hacia donde él se encontraba.

—¿Dónde se cree que va, caballero? Estamos desaloj... ¡Eh!

El joven le apartó de un empujón que envió al policía al suelo.

Aquel inmueble tenía cinco plantas, una más que la pensión. Todas ellas eran casas particulares, aunque debían de hallarse vacías en aquel momento. Los pasos de Paul resonaban como redobles de tambor mientras ascendía casi a tientas, pues la portera debía de haber cortado la electricidad del edificio.

En el último piso tuvo que detenerse porque no veía por ninguna parte el acceso a la azotea, hasta que comprendió que para subir tenía que alcanzar una trampilla que se hallaba en mitad del pasillo. Saltó intentando alcanzar la manija que servía para hacerla descender, pero le faltaban aún sesenta centímetros para alcanzarla. Buscó desesperado algo a lo que auparse, pero no había nada que le sirviera.

No me queda más remedio que forzar la puerta de algún piso.

Cargó contra la más cercana. Intentó golpearla con el hombro, tal y como había leído en las novelas de Sax Rohmer, pero no obtuvo más resultado que un dolor agudo que se le extendió por el brazo, agarrotándoselo durante varios minutos.

Comenzó a patear la puerta a la altura de la cerradura, y ésta se abrió por fin tras media docena de golpes. Tomó lo primero que encontró a mano del oscuro recibidor, que resultó ser una silla. Subido a ella logró alcanzar la manija y hacer bajar una escalera de madera, por la que ascendió a la azotea.

Allí el aire era irrespirable. El viento estaba arrojando todo el humo contra aquella zona, y Paul tuvo que cubrirse la boca con el pañuelo para poder seguir avanzando. Estuvo a punto de caer por la separación entre los dos edificios —un hueco de poco más de un metro—. Apenas veía la azotea vecina.

¿Dónde diablos salto?

Sacó del bolsillo su manojo de llaves y lo lanzó frente a él trazando un arco. Hizo un ruido que Paul identificó con piedra o madera, y saltó en esa dirección.

Durante un breve instante sintió como si su cuerpo flotase en mitad del humo. Luego cayó sobre las manos y las rodillas, lastimándose las palmas y rodando hacia un lado. Por fin estaba en el edificio de la pensión.

Aguanta, mamá. Ya estoy aquí.

Tuvo que caminar con las manos extendidas hasta conseguir salir de la zona humeante, que era la más cercana a la calle. Incluso a través de los zapatos notaba el intenso calor que desprendía el techo. Hacia el interior había un hueco donde el humo clareaba. Al fondo había un tendal, una vieja mecedora sin patas y lo que Paul había estado buscando desesperadamente.

¡El acceso al piso inferior!

Corrió hacia él, temiendo encontrárselo cerrado con llave. Las fuerzas empezaban a fallarle, y sentía las piernas tan pesadas como si aquella azotea estuviese recubierta de melaza. Cuando llegó a la puerta tuvo que parar unos instantes para recuperar el aliento.

Dios, por favor, que el fuego no se haya extendido hasta su habitación. Por favor. Mamá, dime que has sido lo bastante lista como para abrir el grifo del lavabo y tapar las rendijas de la puerta con algo mojado.

La puerta de la escalera estaba entreabierta, y en el hueco de la escalera había humo, aunque era soportable. Bajó a toda prisa, y en el penúltimo escalón tropezó con un bulto en el que apenas se fijó. Siguió adelante, creyendo reconocer el lugar en el que se encontraba por el dibujo de una desgastada y sucia alfombra que había a sus pies. Tendría que recorrer aquel pasillo hasta el final y luego doblar a la derecha, y ya estaría frente a la habitación de su madre.

Intentó avanzar, pero era imposible. Allí el humo había cobrado un color anaranjado y sucio. No había aire, y a pesar de estar cubierto por el abrigo y unos guantes, su piel notaba el calor del fuego tan fuerte que no fue capaz de dar un paso más.

—¡Mamá! —dijo queriendo gritar, pero lo único que salió de su garganta fue un gemido seco, ahogado y lastimero.

El papel pintado comenzó a arder a su lado, y el joven se dio cuenta de que el fuego le rodearía si no se daba prisa en salir de allí. Volvió sobre sus pasos, y entonces las llamas, que no habían estado presentes cuando descendió, iluminaron el hueco de la escalera. Paul comprendió entonces con qué había tropezado y qué eran aquellas manchas oscuras que había sobre la alfombra.

En el suelo, tendida junto al primer escalón, estaba su madre. Y estaba herida.

—¡No! ¡Mamá!

Se agachó junto a ella, buscándole el pulso. Ilse pareció reaccionar y acertó a mirarle.

—Paul —dijo con un hilo de voz.

—¡Tienes que aguantar, mamá! ¡Te sacaré de aquí!

El joven alzó del suelo el frágil cuerpecillo y corrió escaleras arriba. Al salir se alejó tanto de la escalera como pudo, pero aun así se dio cuenta enseguida de que la zona libre de humo era cada vez más reducida.

Paul se detuvo, completamente bloqueado. No podía cruzar la cortina de humo denso con su madre en aquel estado, y mucho menos saltar el hueco entre los edificios a ciegas y con ella en brazos. Y tampoco podían quedarse allí. Delante de él, secciones enteras del techo se habían desplomado, y en los bordes del agujero bailaban unas afiladas lanzas rojizas. Las llamas hundirían el tejado en cuestión de minutos.

—Tienes que aguantar, mamá. Te sacaré de aquí. Te llevaré a un hospital y te pondrás bien. Te lo juro. Pero tienes que aguantar.

—El suelo... —dijo Ilse, tosiendo débilmente—. Bájame...

Paul se arrodilló y apoyó las piernas de ella en el suelo, para que estuviera más cómoda. Pudo pararse a ver por primera vez el estado en el que se encontraba su madre. El vestido lleno de sangre. El dedo seccionado en la mano derecha.

—¿Quién te ha hecho esto? —dijo con una mueca de rabia.

La mujer apenas podía hablar. Su rostro estaba lívido, y los labios le temblaban. Se había arrastrado fuera de la habitación, huyendo de las llamas en la dirección correcta por pura casualidad, dejando un reguero rojo tras ella. La herida, que le había obligado a avanzar a gatas, le había paradójicamente conservado con vida durante más tiempo, ya que en aquella postura sus pulmones habían absorbido menos humo. Pero éste había acabado llenando incluso la parte trasera del edificio, y en el cuerpo de Ilse Reiner apenas quedaba un soplo de vida.

—¿Quién, mamá? —repitió Paul—. ¿Ha sido Jürgen?

Ilse abrió los ojos. Estaban tan enrojecidos que a Paul le costó darse cuenta de que lo había hecho.

—No...

—¿Entonces quién? ¿Le has reconocido?

Ilse alzó una mano vacilante hasta el rostro de su hijo, acariciándolo débilmente. Las puntas de sus dedos estaban frías, pero le quemaron la piel del alma como si formasen parte del incendio que rugía debajo de ellos. Paul supo, lleno de dolor, que aquella era la última vez que su madre le tocaría, y sintió miedo.

—No ha sido...

—¿Quién?

—No ha sido Jürgen.

—Dímelo, mamá. Dime quién. Le mataré.

—No debes...

Un nuevo ataque de tos cortó en seco sus palabras. Los brazos de Ilse cayeron inertes a los costados. Su hijo intentó abanicarla con la mano, pero el aire estaba tan caliente que el patético gesto no tuvo efecto alguno.

—No debes hacer daño a Jürgen, Paul.

—¿Por qué, mamá?

Su madre peleaba por cada respiración, pero también consigo misma. Paul pudo ver el dolor y la lucha en sus ojos. Tuvo que hacer un enorme esfuerzo para reunir aire en sus pulmones. Pero aún más para sacar del corazón sus tres últimas palabras.

—Es tu hermano.

40

Hermano.

Sentado en el borde de la acera, cerca del lugar donde apenas una hora antes estaba la patrona de la pensión, Paul meditaba sobre aquella palabra. En menos de treinta minutos su mundo se había puesto boca abajo dos veces, con la muerte de su madre y la revelación que ésta le había hecho con su último aliento.

Cuando murió Ilse, el joven la abrazó y tuvo la tentación de dejarse morir. Simplemente quedarse quieto hasta que las llamas le comiesen el suelo bajo los pies.

Eso es la vida. Correr sobre una azotea que está condenada a hundirse, pensó Paul, llevado por un dolor amargo, negro y espeso como el petróleo.

¿Fue miedo lo que le retuvo en aquella azotea durante los instantes que siguieron a la muerte de su madre? Es posible que temiese a volver a un mundo en el que estaría solo. Tal vez si sus últimas palabras hubiesen sido «Te quiero mucho», Paul se habría dejado morir. Pero la afirmación de Ilse acerca de Jürgen le daba un sentido completamente distinto a las preguntas que habían atormentado a Paul durante toda su existencia.

¿Fue el odio, la sed de venganza o la necesidad de saber lo que le hizo reaccionar? Quizás una mezcla de las tres. Lo cierto es que Paul le dio un último beso a su madre en la frente y corrió hacia el extremo contrario de la azotea.

A punto estuvo de resbalar y caer por el borde, pero consiguió frenar a tiempo. Se preguntó qué usarían los niños que venían a jugar a aquel edificio para cruzar de vuelta, y dedujo que probablemente un tablón. Sin tiempo para buscarlo entre el humo, Paul se quitó el abrigo y la chaqueta, aligerándose de peso para dar el salto. Si fallaba o si la parte del tejado contrario a la que se aferrase se desprendía, Paul caería los cinco pisos de aquel abismo en miniatura, pero mortal. Tomó carrerilla y saltó sin pensarlo demasiado, con una confianza ciega y absurda que había resultado bien.

Ya en la calle, la cabeza de Paul intentaba poner orden en aquel puzle del que Jürgen

mi hermano

se había convertido en la pieza más compleja imaginable. ¿Podía ser Jürgen hijo de Ilse? Paul no lo creía posible, pues ambos no se llevaban más que ocho meses. Físicamente era posible, pero el joven se sentía más inclinado a pensar que Jürgen era más bien hijo de Hans y Brunhilda. El difunto Eduard no se parecía en nada a Jürgen, ni en su complexión ni en su tez más oscura y redondeada. Jürgen sin embargo guardaba un ligero parecido con Paul. Ambos tenían los ojos azules y los pómulos marcados, aunque Jürgen tenía el pelo oscuro.

¿Cómo pudo acostarse mi padre con Brunhilda? ¿Y por qué mi madre me lo ha ocultado todo este tiempo? Siempre supe que quería protegerme de lo que le sucedió a mi padre, pero ¿por qué no

contarme esto? Y lo más importante, ¿cómo voy a averiguar algo ahora sin acudir a los von Schroeder?

En aquel momento la patrona se acercó a Paul, aún sollozando.

—Señor Reiner, los bomberos dicen que el incendio está controlado, pero que habrá que demoler el edificio porque ya no es seguro. Me han pedido que les diga a los inquilinos de los dos primeros pisos que pueden entrar por turnos a por algo de ropa para pasar la noche en otro lugar. Ellos se encargarán del resto.

Como un autómata, Paul se unió a la docena de personas que iban a buscar parte de sus cosas. Pasó por encima de las mangueras que aún seguían bombeando agua en arco, pisó los embarrados pasillos y escaleras acompañado de uno de los bomberos, y finalmente se encontró en su habitación metiendo prendas al azar en una bolsa de mano.

—Ya es suficiente —le apremió el bombero, que se había quedado en la puerta, intranquilo—. Tenemos que irnos.

Aún trastornado, el joven le siguió sin oponer resistencia.

Pero unos metros después, en el barullo de su cerebro brilló el ligero destello de una idea, como el borde de una moneda de oro en un cubo de arena. Se dio la vuelta corriendo.

—¡Oiga, señor! ¡Tenemos que salir!

Paul no le hizo caso. Entró a la carrera en su habitación y se sumergió bajo la cama. En el estrecho espacio, pugnó por apartar una pila de libros que había puesto como camuflaje.

—¡Le he dicho que salga! Esto no es seguro, señor —dijo el bombero, tirando con rudeza de las piernas del joven hasta que todo su cuerpo estuvo fuera.

A Paul no le importó. Tenía lo que había venido a buscar.

Una caja de caoba negra, lisa y sin adornos.

Eran las nueve y media de la noche.

Paul tomó su bolsa de mano y corrió a través de la ciudad.

De no haberse hallado en el estado en el que se encontraba, seguramente se habría dado cuenta de que algo estaba sucediendo en Múnich, algo que trascendía incluso su enorme tragedia. Había más gente de lo habitual para aquella hora de la noche. Los bares y tabernas estaban abarrotados, y surgían voces airadas desde el interior. Hombres preocupados hacían corros en las esquinas, y no había un solo policía a la vista.

Pero el joven no prestó atención a nada de lo que le rodeaba, se limitó a salvar las quince manzanas que le separaban de su objetivo en el menor tiempo posible. Ahora mismo era la única pista de la que disponía. Se maldecía cruelmente por no haber sido capaz de verlo, de no haber llegado a esta conclusión antes.

La casa de empeños de Metzger estaba cerrada. Las puertas eran gruesas y sólidas, y Paul no perdió el tiempo golpeándolas. Tampoco en llamar, aunque supuso —correctamente— que un viejo avaro y mezquino como el prestamista viviría allí mismo, tal vez en un camastro en la parte de atrás.

Dejó el bolso de mano junto a la puerta y buscó a su alrededor algo sólido. No había adoquines sueltos en la calle, pero encontró la tapa de un colector, del tamaño de una bandeja pequeña. La levantó con gran esfuerzo y la arrojó contra el escaparate, que se rompió en mil pedazos. El corazón le golpeaba desbocado en el pecho y en los oídos, pero Paul tampoco prestaba atención a aquello. Si alguien llamaba a la policía, puede que ésta viniera antes de que él consiguiese su objetivo y puede que no.

Será mejor que no, pensó Paul. *De lo contrario, el siguiente lugar donde buscaré respuestas será en el palacete von Schroeder. Aunque los amigos de mi tío me manden a la cárcel para el resto de mi vida.*

De un salto, Paul se encaramó al interior. Sus zapatos crujieron al aplastar una informe masa de cristales. Los vidrios rotos del escaparate se habían mezclado con una vajilla de cristal de Bohemia, también arrasada por el proyectil del joven.

La tienda estaba completamente a oscuras. La única luz salía de la parte trasera, de donde provenían unos fuertes gritos.

—¿Quién anda ahí? ¡Voy a llamar a la policía!

—¡Hágalo! —respondió Paul, también gritando.

Un rectángulo de luz apareció en el suelo, arrojando las formas fantasmales de los objetos de la casa de empeños contra las paredes, convertidas en monstruos amenazadores. Paul se irguió allí en medio de ellos, esperando a que Metzger diese señales de vida.

—¡Lárguense, malditos nazis! —dijo el prestamista, asomando a la tienda, bizqueando y con los ojos entrecerrados aún por el sueño.

—No soy nazi, señor Metzger.

—¿Quién diablos eres, muchacho? —Emergió de su cuarto y encendió la luz, al comprobar que sólo había una persona en la tienda—. ¡Aquí no hay nada de valor!

—Tal vez, pero sí algo que yo necesito.

En ese momento la vista se le aclaró al viejo lo bastante como para reconocer a Paul.

—¿De qué estás...? Oh.

—Veo que me recuerda.

—Estuviste aquí hace poco —dijo Metzger. La excusa era tan evidente como el temor y la incomodidad que le embargaban.

—¿Siempre recuerda a todos sus clientes?

—¿Qué demonios quieres? ¡Esa ventana de cristal me la vas a pagar!

—No intente cambiar de tema. Quiero saber quién fue la persona que empeñó la pistola que rescaté.

—No lo recuerdo.

Paul no respondió. Se limitó a sacar el arma del bolsillo del pantalón y encañonar al viejo con ella. Ésta, al verla, retrocedió, poniendo las manos delante de su cuerpo a modo de escudo.

—¡No dispares! ¡Te juro que no lo recuerdo! ¡Hace casi dos décadas de eso, muchacho!

—Supongamos que le creo. ¿Qué hay de sus registros?

—Baja esa arma, por favor... No puedo enseñarte los registros, esa información es confidencial. Muchacho, por favor, sé razonable...

Paul dio seis pasos hacia él y levantó la pistola en ángulo recto con respecto a su hombro. El cañón quedó a dos centímetros de distancia de la frente del prestamista, que estaba empapada en sudor. El viejo echaba la cabeza hacia atrás como si quisiera convertirse en uno más del medio centenar de relojes de cuco que adornaban la pared con la que había chocado en su huida.

—Señor Metzger, permítame explicarle. O me enseña sus registros o disparo. La elección es sencilla.

—¡Está bien! ¡Está bien!

Con las manos levantadas, el viejo encabezó la marcha hasta la trastienda. Atravesaron un gran almacén aún más polvoriento y lleno de telarañas que la propia tienda. Había cajas de cartón desde el suelo hasta el techo en herrumbrosas estanterías metálicas. El hedor a moho y humedad era insoportable. Había algo más por debajo, indefinible y podrido.

—¿Cómo aguanta este olor, Metzger?

—¿Olor? Yo no noto ningún olor —dijo el viejo sin volverse.

Paul supuso que el prestamista había terminado acostumbrándose a ello después de innumerables años pasados en torno a los objetos perdidos de las demás personas.

Nunca había disfrutado de una vida propia y no pudo evitar

compadecerle. Tuvo que esforzarse en apartar de su mente aquellos pensamientos para poder seguir empuñando la pistola de su padre con la misma entereza.

Al final del almacén había una puerta metálica. Metzger sacó unas llaves del bolsillo y abrió la puerta. Le hizo un ademán para que pasase.

—Usted primero —dijo Paul.

El viejo le miró de manera extraña, las pupilas fijas y contraídas. A la mente de Paul vino la imagen de un dragón defendiendo su cueva del tesoro, y se dijo que tenía que procurar estar más atento que nunca. En aquella situación el avaro sería como una peligrosa rata acorralada, y podía revolverse y morder.

—Júrame que no vas a robarme nada.

—¿Le valdría de algo? Recuerde que soy yo quien sostiene el arma.

—Júramelo —insistió el otro.

—Le juro que no voy a robarle nada, Metzger. Dígame lo que quiero saber y le dejaré tranquilo.

Las palabras de Paul no trajeron ni un atisbo de tranquilidad al viejo, pero al menos se avino a entrar a la pequeña habitación.

A la derecha había una estantería de madera repleta de libros de pasta negra. A la izquierda, una enorme caja fuerte. El prestamista se colocó al instante delante de ella, protegiéndola con su cuerpo.

—Ahí lo tiene —dijo señalándole a Paul la estantería.

—Búsquelo usted.

—No —respondió el viejo, con voz tensa. No estaba dispuesto a moverse de aquella esquina.

Se está envalentonando. Si le presiono más puede que me salte encima. Maldita sea, ¿por qué habré cargado la pistola? No me hu-

biera hecho falta para reducirle, y ahora no puedo ni quiero seguir apuntándole ni puedo bajarla.

—Dígame al menos cuál es el volumen que busco.

—En la estantería a la altura de su cabeza, el cuarto por la izquierda.

Paul buscó el libro al tacto, sin dejar de mirar a Metzger. Lo extrajo con cuidado y se lo alargó al prestamista.

—Localice la referencia.

—No recuerdo el número.

—91231. Dese prisa.

El viejo alargó el brazo a regañadientes y pasó las páginas con cuidado. Paul echaba miradas de reojo hacia el almacén, temiendo que en cualquier momento apareciese un grupo de policías para detenerlo. Ya había pasado allí demasiado tiempo.

—Aquí lo tiene —dijo el viejo devolviéndole el libro, abierto por una de las primeras páginas.

Paul consultó el libro sosteniéndolo con la mano izquierda, y sin dejar de echarle ojeadas rápidas a Metzger cada pocos segundos. No venía consignada la fecha, tan sólo un escueto «1905/Semana 16». Al final de la página localizó el número.

—Tan sólo viene un nombre. Clovis Nagel. El apartado dirección aparece vacío.

—El cliente prefirió no dar más detalles.

—¿Es eso legal, Metzger?

—La ley es un poco confusa al respecto.

Aquélla no era la única entrada en la que aparecía el nombre de Nagel. Había otras diez en las que se le citaba en la columna «empeñador».

—Quiero ver el resto de objetos que empeñó.

Aliviado por alejar al intruso de su caja fuerte, el prestamista no opuso resistencia y condujo a Paul hasta una de las estanterías del almacén exterior. Sacó una de las cajas de cartón y le mostró su contenido a Paul.

—Aquí están.

Un par de relojes de baja calidad, un anillo de oro, una pulsera de plata... Paul examinó aquellas baratijas sin comprender qué relación guardaban entre sí los objetos de Nagel. Comenzaba a desesperarse, pues después de todo aquel esfuerzo tenía aún más preguntas que antes.

¿Una sola persona empeñando tantos objetos el mismo día? Este hombre huía de alguien, probablemente de mi padre. Pero para saber más tendría que encontrarlo y un nombre solo no ayuda mucho.

—Quiero saber dónde encontrar a Nagel.

—Ya lo has visto, muchacho. No hay dirección ni...

Paul levantó la izquierda y golpeó al viejo con todas sus fuerzas. Metzger cayó al suelo y se llevó las manos a la cara. Un hilo de sangre se le escapó entre los dedos.

—¡No! ¡No, por favor, no me pegues más!

Con la mano aún en alto, Paul tuvo que contenerse para no volver a golpear. Todo su cuerpo se había llenado de una energía malsana, un odio indefinido y acumulado durante años que por fin encontraba un blanco en aquella patética figura sangrante que suplicaba a sus pies.

¿Qué estoy haciendo?

De repente se vio a sí mismo desde fuera, y sintió náuseas de lo que acababa de hacer. Aquello tenía que acabar cuanto antes.

—Hable, Metzger. Sé que me está ocultando algo.

El viejo levantó las manos a modo de escudo, y la palma estaba teñida de rojo.

—No lo recuerdo muy bien. Era un militar, lo supe por su forma de hablar. Tal vez un marino. Dijo que regresaba a

África del Suroeste, y que allí todas estas cosas no le harían ninguna falta.

—¿Cómo era?

—Más bien bajo, de rostro fino. No lo recuerdo bien, por favor, ¡no me pegues más!

Bajo, de rostro fino. Eduard describió al hombre que se hallaba en la habitación con mi padre y mi tío como bajo y de rasgos delicados, como los de una chica. Podría ser Clovis Nagel. ¿Y si mi padre le descubrió robando en el barco? Tal vez era un espía. ¿O fue mi padre quien le pidió que empeñase la pistola en su nombre? Desde luego él sabía que estaba en peligro.

Con la cabeza a punto de estallar, Paul abandonó el almacén y dejó a Metzger lloriqueando en el suelo. Subió de un salto al escaparate, pero de pronto recordó que había dejado abandonada su bolsa de mano junto a la puerta, y deseó que nadie se la hubiese robado. Aún seguía allí, por suerte.

Era todo lo demás lo que había cambiado.

Decenas de personas llenaban la calle pese a lo avanzado de la hora. Formaban corrillos tanto en la acera como en la calzada. Algunas personas iban de un corrillo a otro, transmitiendo información como abejas polinizando flores. Paul se acercó al grupo más cercano.

—Dicen que los nazis han incendiado un edificio en Schwabing...

—No, han sido los comunistas...

—Han tomado las comisarías...

—Están formando controles en las calles...

Desconcertado, Paul tomó por el brazo a uno de los hombres y le obligó a darse la vuelta.

—¿Qué ocurre?

El hombre se retiró un cigarro de la boca y le dedicó una sonrisa torcida y amarillenta. Estaba encantado de encontrar alguien a quien transmitirle las malas noticias.

—¿No se ha enterado, amigo? Hitler y sus nazis están dando un golpe de estado. Es la hora de la revolución. Por fin veremos cambios.

—¿Un golpe de estado, dice? ¿Cómo?

—Han entrado por la fuerza en la Burgerbräukeller con cientos de hombres. Mantienen dentro a todo el mundo secuestrado, empezando por el comisario de Baviera.

A Paul le dio un vuelco el corazón.

—¡Alys!

41

Hasta que empezaron los disparos, Alys sentía que aquélla era su noche.

Tras la discusión con Paul, un regusto amargo se le había instalado en la garganta. Comprendía que estaba ciegamente enamorada de él, ahora lo veía claro. Precisamente por eso tenía más miedo que nunca.

Decidió centrarse en lo que tenía entre manos. Accedió al gran salón de la cervecería, que ya estaba lleno en más de tres cuartas partes. Más de mil personas se apelotonaban en las mesas, y pronto habría otras quinientas, pues no paraba de entrar gente. Banderas de Alemania colgaban de las altas paredes, casi invisibles por el humo del tabaco. Hacía un calor húmedo y asfixiante, por lo que los asistentes traían en jaque a decenas de camareras. Éstas se afanaban entre la gente sosteniendo sobre sus cabezas bandejas con media docena de jarras sin derramar una gota.

Eso sí que es un trabajo duro, pensó Alys, agradeciendo aún más la oportunidad que tenía aquel día al alcance de su mano.

Abriéndose paso a codazos, consiguió un lugar al pie del podio de oradores. Había tres o cuatro fotógrafos más, y uno de ellos se quedó mirándola extrañado y le dio un codazo a sus compañeros.

—¡Ten cuidado, guapa! ¡Acuérdate de quitar el dedo del objetivo!

—Y tú acuérdate de sacarte el tuyo del culo, imbécil. Tienes las uñas negras.

El fotógrafo se miró al instante las puntas de los dedos y se puso rojo como un tomate. Los otros aplaudieron la respuesta de Alys.

—¡Te está bien empleado, Fritz!

Sonriendo interiormente, Alys se colocó en un lugar desde el que pudiese ver bien. Comprobó la luz e hizo varios cálculos rápidos. Podría obtener una buena instantánea desde allí con un poco de suerte. Comenzaba a animarse. Poner en su sitio a aquel idiota le había servido como revulsivo. Y además, a partir de aquel día las cosas iban a cambiar para mejor. Hablaría con Paul, encararían juntos sus problemas. Y con un trabajo nuevo y estable, en el que se sintiera realizada de verdad, todo podría salir bien.

Siguió inmersa en su agradable ensoñación cuando Gustav von Kahr, comisario de Baviera, subió al escenario. Tomó varias fotos, incluso una que creía que sería bastante interesante, en la que Von Kahr gesticulaba de una forma curiosa.

De repente hubo una conmoción en la parte de atrás del local. Alys estiró el cuello para averiguar lo que sucedía, pero entre las fuertes luces que rodeaban el podio y la muralla de gente que había frente a ella, no consiguió ver nada. El rugido de la multitud, unido al estruendo de mesas y sillas cayendo y decenas de jarras estrellándose contra el suelo era ensordecedor.

Alguien surgió de la multitud junto a Alys, un hombrecillo sudoroso y con el impermeable arrugado. Apartó a un hombre sentado en la mesa más cercana al podio, se subió a la silla que éste ocupaba y de ahí a la mesa.

En ese momento Alys giró la cámara hacia él, captando en un instante la mirada alucinada, el ligero temblor de la mano izquierda, las ropas de tercera clase, el peinado de proxeneta aplastado en la frente, el bigotito cruel, el brazo en alto con la pistola apuntando al techo.

No tuvo miedo, ni dudas. Tan sólo resonaron en el fondo de su cabeza unas palabras que le había dicho August Muntz hacía años: *Hay momentos en la vida de un fotógrafo en los que pasará ante ti una foto, una sola foto, que puede cambiar tu vida y las de quienes te rodean. Ése es el instante decisivo, Alys. Lo verás antes de que ocurra. Cuando eso pase, si es que te ocurre, dispara. No pienses, dispara.*

Apretó el botón al mismo tiempo que el otro apretaba el gatillo.

—¡La revolución nacional ha comenzado! —gritó con voz potente y desagradable el hombrecillo—. ¡Seiscientos hombres armados rodean el local! Nadie saldrá de aquí. Y si no hay silencio inmediato, ordenaré que se coloque una ametralladora en la balconada.

La multitud se calló pero Alys no apreció el silencio, ni se alarmó por los camisas pardas que estaban surgiendo por todas partes.

—¡Declaro depuesto el gobierno de Bavaria! La policía y el ejército se han unido a nuestra bandera, la esvástica, ¡que cuelga ya de cada barracón y comisaría de policía!

Un nuevo griterío enfervorecido resonó por el local. Hubo aplausos tachonados de abucheos y gritos de ¡México, México! y ¡Sudamérica! Tampoco a esto prestó Alys la más mínima atención. Sus oídos aún escuchaban el tiro, sus pupilas aún retenían la imagen del hombrecillo disparando, su mente se había quedado atascada en tres palabras.

El instante decisivo.

Lo he conseguido, pensó.

Apretando la cámara contra el pecho, Alys se sumergió en la multitud. Ahora mismo su única prioridad era salir de allí y llegar a una sala de revelado. No era capaz de recordar exactamente el nombre del que había disparado, aunque su rostro le sonaba mucho... era uno de tantos antisemitas energúmenos que vociferaban en las tabernas.

Ziegler. No, Hitler. Eso es, Hitler. El austríaco chalado.

Alys no creía que un golpe como aquel tuviese la más mínima posibilidad. ¿Quién iba a seguir a un tarado que proclamaba que borraría a los judíos de la faz de la tierra? En las sinagogas se hacían chistes sobre idiotas como Hitler. Y aquella imagen que ella había captado con el sudor goteándole por la frente y la mirada frenética pondría a aquel tipo en su lugar.

Que es en un manicomio.

Apenas podía avanzar entre el mar de cuerpos. La gente había vuelto a hablar a voz en grito, algunos de ellos se peleaban entre sí. Un hombre estrelló una jarra de cerveza en la cabeza de otro, y los restos del líquido empaparon la chaqueta de Alys. Le costó casi veinte minutos alcanzar el extremo contrario del salón, pero entonces descubrió que un muro de camisas pardas armados con rifles y pistolas tapaban la salida. Intentó dialogar con ellos, pero los SA se negaron a cederle el paso.

Hitler y los dignatarios a quienes había interrumpido habían desaparecido por una puerta lateral. Un nuevo orador le había sustituido, y en la sala la temperatura seguía subiendo.

Con gesto hosco, Alys se colocó en un lugar donde recibiese los menos empujones posibles e intentó pensar en cómo salir de allí.

Tres horas después su ánimo rayaba en la desesperación. Hitler y sus acólitos habían dado ya varios discursos, y la banda de música instalada en la balconada había interpretado más de una docena de veces el *Deutschland über alles*. Alys había intentado moverse discretamente hacia aquella zona, en busca de una ventana por la que poder descolgarse, pero los SA también bloqueaban el camino. Ni siquiera permitían a nadie ir al cuarto de baño, lo cual en un lugar tan rebosante de gente y con las camareras sirviendo cerveza tras cerveza no tardaría en ser un problema. Ya había visto a más de uno aliviándose contra la pared del fondo.

Espera un momento. ¡Las camareras!

Asaltada por una repentina inspiración, se acercó a una mesa auxiliar. Tomó una bandeja vacía, se quitó la chaqueta, envolvió la cámara en ella y la colocó sobre la bandeja. Luego retiró un par de jarras de cerveza vacías de alguna de las otras mesas y se dirigió a la cocina.

Tal vez no se den cuenta. Llevo una camisa blanca y falda negra, como las camareras. Quizá no noten que no llevo delantal.

¡Mientras no se fijen en la chaqueta sobre la bandeja...!

Alzándola sobre su cabeza al pasar entre la gente, Alys tuvo que morderse los labios para no insultar a un par de parroquianos cuando éstos le tocaron el culo al pasar. No quería llamar la atención sobre sí misma. Se colocó detrás de otra camarera al llegar junto a las puertas batientes, y pasó junto a los SA que la custodiaban sin que por suerte estos le dirigiesen una segunda mirada.

La cocina era alargada y enorme. Allí reinaba el mismo ambiente de tensión que fuera, solo que sin tabaco y sin banderas. Un par de camareros llenaban jarras de cerveza sin parar, mientras que los pinches y cocineros hablaban entre ellos junto a los fogones apagados, bajo la atenta mirada de un par de camisas pardas que obstruían la salida. Ambos llevaban fusiles y pistolas.

Mierda.

Sin saber muy bien qué hacer, Alys se dio cuenta de que no

podía quedarse parada en mitad del pasillo. Sin duda alguien se daría cuenta enseguida de que no formaba parte del personal y la echaría de allí. Dejó las jarras en el inmenso fregadero metálico donde las estaban dejando el resto de camareras y tomó un trapo sucio que encontró por allí. Lo puso bajo el grifo, lo empapó, lo escurrió y simuló limpiar mientras intentaba discurrir un plan, sosteniendo en la mano derecha el trapo y en la izquierda la chaqueta hecha un ovillo con la cámara en su interior. Se acercaba a la puerta poco a poco, mirando discretamente alrededor, hasta que se le ocurrió una idea.

Levantándose, se acercó a uno de los cubos de basura junto al fregadero. Estaba lleno casi a rebosar de restos de comida. Colocó la chaqueta dentro, pegada al borde, puso la tapa y lo alzó. Con todo descaro, comenzó a andar directa a la puerta.

—No puede pasar, señorita —le dijo uno de los camisas pardas.

—Tengo que sacar la basura.

—Déjela ahí.

—Pero los cubos están llenos. No se pueden tener cubos llenos dentro de una cocina, va contra la ley.

—No se preocupe, señorita, ahora la ley somos nosotros. Vuelva a dejar el cubo donde estaba.

Alys, jugándose el todo por el todo, dejó el cubo en el suelo y se cruzó de brazos.

—Muévalo usted si quiere.

—Saque esto de aquí, le digo.

La joven siguió mirándole de frente. El personal de la cocina al completo se había dado cuenta de lo ocurrido y miraba en su dirección, con cara de pocos amigos. Como Alys estaba de espaldas, no podían darse cuenta de que no era uno de ellos.

—Venga, hombre, déjala pasar —intervino el otro SA—. Bastante malo es tener que estar en la cocina, no te digo ya con esta peste. Tendremos que estar toda la noche con esta misma ropa. Se me va a pegar el olor a la camisa.

El que había hablado primero se encogió de hombros y se hizo a un lado.

—Tú mismo. Acompáñala al contenedor y volved cuanto antes.

Maldiciendo para sus adentros, Alys encabezó la marcha al exterior. Una estrecha puerta daba a un callejón aún más estrecho. La única luz provenía de una solitaria bombilla en el extremo contrario del callejón, el que estaba más cerca de la calle. El contenedor de basura estaba allí, rodeado de escuálidos gatos. Eran malos tiempos para los felinos callejeros en Alemania.

—Y... ¿hace mucho que trabaja aquí, señorita? —dijo el camisa parda, con voz algo cortada.

No puedo creerlo. Estamos caminando por un callejón, yo llevando un cubo de basura y él una ametralladora, y ¡el muy idiota pretende intimar conmigo!

—Podría decirse que soy nueva —respondió Alys, con fingida amabilidad—. Y usted, ¿hace mucho que da golpes de Estado?

—No, éste es el primero —dijo el otro muy serio, sin captar la ironía.

Llegaron junto al contenedor.

—Bueno, ya puede volverse. Yo me quedaré aquí a vaciar el cubo.

—Oh, no, señorita. Usted vacíe el cubo, luego he de acompañarla dentro.

—No quisiera que tuviese que esperar por mí.

—Yo esperaría por usted donde usted quisiese. Es usted tan hermosa...

Acercando el rostro, trató de besarla. Alys intentó retroceder, pero estaba atrapada entre el contenedor y el camisa parda.

—Por favor, no —dijo Alys.

—Vamos, señorita...

—No, por favor.

El camisa parda se echó atrás, compungido.

—Perdone si la he ofendido. Supuse que...

—No se preocupe. Es que ya estoy comprometida.

—Lo siento. Él es muy afortunado.

¿Lo es?

—No se preocupe —repitió Alys, azorada.

—Permítame que le ayude con el cubo.

—¡No!

Alys se lanzó a sujetar la mano del camisa parda, quien, confundido, soltó el cubo. Éste se desplomó y rodó por el suelo. Parte de los restos de comida se esparcieron haciendo un semicírculo, en cuyo principio estaba la chaqueta de Alys.

—¿Qué diablos es esto?

El paquete se había abierto ligeramente, dejando ver la cámara de fotos. El soldado miró a Alys, quien llevaba la culpabilidad escrita en el rostro. No hizo falta mayor confesión.

—¡Maldita zorra! ¡Eres una espía comunista! —dijo el camisa parda, llevándose las manos al cinturón, en busca de la porra.

Sin darle tiempo a alcanzarla, Alys recogió la tapa metálica del cubo de basura y trató de alcanzar al SA en la cabeza. El otro, al ver venir la acometida, levantó el brazo derecho y la tapa le golpeó en la muñeca con un ruido sordo.

—¡Aaargh! ¡Me has hecho daño, zorra!

Con la mano izquierda le arrebató la tapa, arrojándola lejos. Alys intentó correr hacia un lado, pero el callejón era demasiado estrecho. El nazi le agarró por la camisa y tiró fuertemente. El cuerpo de Alys giró, y la camisa quedó desgarrada por un lado, dejando entrever uno de sus pechos, cubierto por el sujetador. El nazi, que ya había alzado un brazo para golpearla, quedó paralizado durante un instante al ver aquello, entre la furia y la excitación. Aquella mirada cubrió de miedo el corazón de la joven.

—¡Alys!

Ella miró hacia la entrada del callejón.

Paul estaba allí, en un estado lamentable, pero era él. A pesar del frío no llevaba más que un jersey. Respiraba agitadamente y se apretaba el costado, que le dolía por la carrera a través de la ciudad. Media hora antes pretendía entrar a la Burgerbräukeller por la puerta delantera, pero ni siquiera había conseguido pasar del Ludwigsbrücke, ya que los nazis habían cortado la calle con una barricada y un puesto de ametralladoras.

Tuvo que dar un largo rodeo intentando localizar una forma de entrar. Buscó policías, ejército, alguien que estuviese dando una respuesta a lo que estaba pasando en la cervecería, pero todo lo que encontró fueron ciudadanos que aplaudían o abucheaban a los golpistas desde una distancia prudencial.

Tras cruzar a la otra orilla por el Maximiliansbrücke, comenzó a preguntar a la gente que encontraba por la calle. Finalmente alguien le habló del callejón que daba a las cocinas, y Paul corrió hacia él, rezando por llegar antes de que fuese demasiado tarde.

Su sorpresa fue tan grande cuando vio a Alys en el exterior, forcejeando con aquel hombre, que en lugar de atacarle por sorpresa anunció su llegada como un idiota. Cuando el otro sacó la pistola, a Paul no le quedó otro remedio que lanzarse hacia delante. Impactó con el hombro en el estómago del nazi, derribándolo.

Ambos rodaron por el suelo, forcejeando por el arma. El otro era más fuerte que Paul, que por añadidura estaba absolutamente rendido por los acontecimientos de las últimas horas. La desigual pelea duró menos de cinco segundos, al cabo de los cuales el otro empujó a Paul, se puso de rodillas y le apuntó con la pistola.

En ese momento Alys, que había agarrado de nuevo la tapa metálica del cubo, aprovechó la oportunidad y, sosteniendo la tapa con ambas manos, le golpeó con rabia. El impacto resonó por el callejón como el chasquido de los platillos de una orquesta, y el nazi puso los ojos en blanco, pero no cayó. Alys volvió a golpearle hasta que finalmente se desplomó hacia delante y aterrizó sobre la cara.

Paul se levantó y corrió a abrazarla, pero ella le apartó y se acuclilló en el suelo.

—¿Qué diablos te pasa? ¿Estás bien?

Alys se levantó, enfurecida. Tenía en las manos los restos de la cámara, completamente destrozada. Durante su forcejeo con el nazi la habían aplastado.

—Mira.

—Está rota. No te preocupes, compraremos una mejor.

—¡No lo entiendes! ¡Había hecho fotos ahí dentro!

—Alys, ahora no hay tiempo para eso. Tenemos que irnos antes de que sus amigos vengan a buscarle.

Intentó coger a la joven de la mano, pero ésta la retiró y corrió delante de él hacia el norte.

42

No miraron hacia atrás hasta estar suficientemente lejos de laBurgerbräukeller. No había nadie a la vista. Se detuvieron finalmente al pie de la iglesia de Saint Johannes, cuyo impresionante pináculo apuntaba al cielo nocturno como un dedo acusador. Paul condujo a Alys hasta el arco sobre la puerta principal para que pudiera resguardarse del frío.

—Dios santo, Alys, no sabes el miedo que he pasado —dijo, besándola en la boca. Ella le devolvió el beso sin demasiado empeño.

—¿Qué sucede?

—Nada.

—No lo parece —dijo Paul, irritado.

—Te he dicho que no es nada.

Paul apartó la vista y decidió no continuar. Cuando Alys estaba de ese humor, intentar sacarla de él era como salir de arenas movedizas: cuanto más te esforzabas más te hundías.

—¿Estás bien? ¿Te han herido o... algo?

Ella negó con la cabeza. Fue entonces cuando se fijó por primera vez en cómo estaba Paul. Su camisa manchada de sangre, su rostro lleno de hollín, sus ojos enrojecidos.

—¿Qué te ha pasado, Paul?

—Mi madre ha muerto —respondió él, bajando la cabeza.

Mientras Paul le iba relatando los sucesos de aquella noche, Alys fue sintiendo lástima por él y vergüenza por la dureza con la que le había tratado. En más de una ocasión abrió la boca para pedirle perdón, pero ella no había creído nunca en el significado de esa palabra. Un descreimiento alimentado por su poderoso orgullo.

Cuando él mencionó las palabras finales de su madre, Alys quedó atónita. No comprendía cómo el brutal y vicioso Jürgen podía ser hermano de Paul, aunque al mismo tiempo no le sorprendía. Había un lado oscuro en Paul que flameaba en determinadas ocasiones tras sus ojos, como un repentino viento de otoño que sacudiese las cortinas de una casa bien caldeada. Del mismo modo, y aunque hubiera muerto antes de confesarlo en voz alta, el día que le conoció en la fiesta había percibido algo en la fogosidad animal de Jürgen que había agitado los sueños de la joven, no precisamente con el asco que le producía a su mente racional.

Cuando Paul describió el allanamiento de la casa de empeños y cómo tuvo que golpear a Metzger para que hablara, Alys comenzó a sentir un gran miedo por él. Todo lo que rodeaba a aquel asunto se le antojaba insoportable, y quería alejarle cuanto antes de ello antes de que acabase devorándole por completo.

Paul concluyó el relato con la posterior carrera a la cervecería.

—Y eso es todo.

—Supongo que es más que suficiente.

—¿Qué quieres decir?

—No pensarás seriamente seguir escarbando en este tema, ¿verdad? Está claro que ahí fuera hay alguien que está dispuesto a todo para silenciar la verdad.

—En realidad eso es una razón muy buena para seguir. Es una prueba de que hay alguien tras el asesinato de mi padre.

Hizo una breve pausa.

—De mis padres.

Paul no lloró. Después de lo acontecido, su cuerpo le pedía llorar, su alma lo necesitaba y su corazón rebosaba de lágrimas. El joven se las guardó dentro, formando una pequeña coraza alrededor, tal vez por un ridículo sentido de la hombría que no le permitía mostrar sus sentimientos delante de la mujer que amaba. Ése tal vez fue el detonante de lo que sucedió instantes después.

—Paul, debes abandonar —dijo Alys, cada vez más asustada.

—No pienso hacerlo.

—Pero no tienes ninguna prueba. Ninguna pista.

—Tengo un nombre, Clovis Nagel. Tengo un lugar, África del Suroeste.

—África del Suroeste es muy grande.

—Empezaré por Windhoek. Allí un blanco no debe de ser muy difícil de encontrar.

—África del Suroeste es muy grande... y está muy lejos —repitió Alys, con una entonación bien distinta.

—Tengo que hacerlo. Me marcharé en el primer barco.

—¡Así, sin más!

—Sí, Alys. ¿No has escuchado nada de lo que te he contado desde que nos conocemos? ¿Lo importante que es para mí saber lo que sucedió hace diecinueve años? Y ahora... ahora esto.

Por un momento, Alys se planteó retenerle. Explicarle cuánto le iba a echar de menos, cuánto le necesitaba. Cuánto se había enamorado de él. Pero el orgullo le lastraba la lengua. Igual que le impedía contarle a Paul la verdad de su extraño comportamiento de los últimos días.

—Pues entonces vete, Paul. Haz lo que tengas que hacer.

El joven la miró desconcertado. El gélido tono de su voz le hizo sentir por un momento que le arrancaban el corazón y lo enterraban en la nieve.

—Alys...

—Pero vete ahora mismo. Márchate ya.

—Alys, ¡por favor!

—Que te marches, te digo.

Paul parecía a punto de llorar, y ella rezó por que lo hiciese, por que quebrase su decisión y le dijese que la amaba y que su amor le importaba más que una búsqueda que no le había traído más que dolor y muerte. Puede que el joven estuviese esperando algo similar, o puede que sólo intentase grabar en su memoria el rostro de Alys. Durante largos y amargos años ella iba a maldecirse por la soberbia que se apoderó de ella, igual que Paul se culparía por no haber regresado en tranvía a la pensión mientras su madre era apuñalada.

O por haberse dado la vuelta y echar a andar calle abajo.

—¿Sabes qué? Me alegro. Así no volverás a irrumpir en mis sueños pisoteándolo todo —dijo Alys, arrojando a sus pies los pedazos destrozados de la cámara, a los que se había aferrado hasta aquel instante—. Desde que te conozco sólo me han pasado cosas malas. Te quiero fuera de mi vida, Paul.

Paul se detuvo un instante, y sin volverse dijo:

—Así será.

Y luego siguió caminando.

Alys se quedó en la puerta de la iglesia durante varios minutos, en los que mantuvo una batalla silenciosa contra las lágrimas que acabó perdiendo, como era inevitable. De pronto de la oscuridad de la calle surgió una figura, por el mismo sitio por el que se había marchado Paul. Alys intentó recobrarse y poner una sonrisa en su cara.

Vuelve. Se ha dado cuenta, y vuelve, pensó, dando un paso hacia la figura.

Cuando estuvo más cerca, las farolas revelaron que quien se acercaba era un hombre vestido con gabardina y sombrero grises. Demasiado tarde, Alys se dio cuenta de que era uno de los hombres que la había seguido aquella tarde y a los que creía haber dado esquinazo en el tranvía.

Se volvió para echar a correr, pero al hacerlo vio a su compañero, que había rodeado la esquina y estaba a menos de tres metros de ella. Trató de escapar, pero ambos se echaron encima y la sujetaron por la cintura.

—Su padre la está buscando, señorita Tannenbaum.

Alys forcejeó en vano. No tenía nada que hacer.

Un coche surgió de una calle cercana y uno de los gorilas de su padre abrió la puerta. El otro la obligó a acercarse e intentó forzarle a que agachase la cabeza.

—Será mejor que me tratéis con cuidado, imbéciles —dijo Alys, mirándole con desprecio—. Estoy embarazada.

43

Elizabeth Bay,
28 de agosto de 1933

Querida Alys:

He perdido ya la cuenta de las veces que te he escrito. A razón de una al mes, deben de ser ya más de cien, todas sin respuesta.

Desconozco si te llegan y has decidido olvidarme. O tal vez te has mudado sin dejar dirección. Ésta irá dirigida a casa de tu padre, a donde escribo de vez en cuando, incluso a sabiendas de que es una tarea inútil. Tengo la esperanza de que alguna de ellas esquive la censura de tu padre. De todas maneras, seguiré escribiéndote. Estas cartas se han convertido en el único contacto con mi vida anterior.

Quiero empezar, como siempre, pidiéndote perdón por la manera en la que me marché. He rememorado aquella noche de hace diez años muchas veces, y sé que no debí haber actuado como lo hice. Siento haber roto tus sueños en pedazos. Cada día he rezado para que pudieses cumplir tu sueño de ser reportera y espero que en estos años lo hayas conseguido.

La vida en las colonias no es sencilla. Desde que Alemania perdió el control sobre estas tierras, Sudáfrica ejerce un mandato sobre el antiguo territorio alemán. No somos bienvenidos en esta tierra, aunque se nos tolera.

No hay muchos empleos. Yo trabajo en granjas y en las minas de diamantes durante varias semanas para poder ganarme la vida. Cuando ahorro algo de dinero recorro el país en busca de Clovis Nagel. No es una tarea fácil. He encontrado huellas de su paso en los pueblos de la cuenca del Orange. En una ocasión estuve en una prospección minera que él acababa de abandonar. Le perdí por unos minutos.

También seguí un indicio que me condujo hacia el norte, a la península de Waterberg. Allí conocí una tribu extraña y orgullosa, llamada herero. Pasé unos meses con ellos, y me enseñaron a cazar y recolectar en el desierto. Caí enfermo de fiebres, y estuve débil mucho tiempo, pero ellos me cuidaron. He aprendido mucho de esta gente, más allá de las habilidades físicas. Son un pueblo excepcional. Viven al borde de la muerte cada día, en una lucha constante por encontrar agua y adaptar su vida ante el empuje de los blancos.

Se termina el papel, el último de esta remesa que compré a un vendedor ambulante en el camino de Swakopsmund. Mañana parto de nuevo hacia allí, en busca de nuevas pistas. Voy a pie, pues se me acabó el dinero, con lo que la búsqueda tendrá que ser breve. Lo más duro de esta tierra, aparte de la falta de noticias tuyas, es el tiempo que tengo que emplear en ganarme la vida. He estado a punto de claudicar muchas veces. Sin embargo, no pienso rendirme. Antes o después le encontraré.

Pienso en ti, en lo que habrá sucedido en estos diez años. Ojalá estés bien y seas feliz. Si te decides a escribirme, hazlo a la oficina de correos de Windhoek. La dirección está en el sobre.

Una vez más, perdóname.

Te quiere,

PAUL

Compañero

1934

En el que el iniciado comprende
que el camino no puede ser solitario

El apretón de manos secreto del grado de compañero comienza presionando con fuerza el nudillo del dedo corazón y termina cuando el hermano masón devuelve idéntico saludo. El nombre secreto de este apretón es JACHIN, como el de la columna que representa al sol en el Templo de Salomón. De nuevo hay una trampa escondida en su deletreo, que ha de realizarse así: A-J-C-H-I-N.

44

Jürgen se miró al espejo con admiración.

Pegó un ligero tirón a las solapas, adornadas con la calavera y la insignia de las SS. No se cansaba de verse con el nuevo uniforme.

El diseño de Walter Heck y la excelente confección del sastre Hugo Boss, muy celebrados por los periódicos del partido, imponían un respeto reverencial a la gente. Cuando Jürgen caminaba por la calle, muchos niños se cuadraban y saludaban brazo en alto. La semana anterior, un par de ancianitas le habían detenido y le habían dicho lo hermoso que era ver a los jóvenes sanos y fuertes, llevando a Alemania de nuevo por el buen camino. Le preguntaron si había perdido el ojo luchando contra los comunistas. Jürgen, complacido, les había ayudado a llevar las bolsas de la compra hasta un portal cercano.

En ese momento llamaron a la puerta.

—Adelante.

—Luces muy bien —dijo su madre entrando en el amplio dormitorio.

—Lo sé.

—¿Vendrás a comer hoy?

—No lo creo, mamá. Me han llamado para una reunión en el Servicio de Seguridad.

—Seguro que quieren proponerte para un ascenso. Ya has sido *untersturmführer* demasiado tiempo.

Jürgen asintió, complaciente, y tomó su gorra para salir.

—El coche está esperándote en la puerta. Le diré a la cocinera que prepare algo para ti por si vienes pronto.

—Gracias, mamá —dijo Jürgen, besando a Brunhilda en la frente. Salió al pasillo. Sus botas negras resonaban con fuerza en los escalones de mármol. Una criada le esperaba en el vestíbulo con su abrigo en la mano. Desde que Otto y su baraja habían salido de sus vidas hacía once años, su situación económica fue mejorando paulatinamente. De nuevo un escuadrón de sirvientes cuidaba a diario del palacete, aunque ahora el señor de la casa era él.

—¿Vendrá el amo a comer?

Jürgen encogió un poco el estómago al escuchar el apelativo. Siempre le ocurría cuando estaba nervioso e intranquilo, como aquella mañana. Los detalles más nimios rompían su gélida cobertura y dejaban ver el océano de conflictos que se agitaba debajo.

—La baronesa le dará instrucciones.

Dentro de poco se dirigirán a mí con el título que me corresponde, pensó mientras salía a la calle. Las manos le temblaban ligeramente. Por suerte llevaba el abrigo doblado sobre el antebrazo, de modo que el chófer no se percató cuando le abrió la puerta.

En el pasado Jürgen había canalizado sus pulsiones con la violencia, pero tras la victoria en las elecciones del Partido Nazi el año anterior, los indeseables se mostraban más cautos. A Jürgen cada día le costaba más mantener su propio control. Intentó respirar despacio en el trayecto. No quería llegar agitado y nervioso.

Y menos si voy a recibir un ascenso, como dice mamá.

—Francamente, mi querido von Schroeder, usted me provoca muchísimas dudas.

—¿Dudas, señor?

—Acerca de su lealtad.

Jürgen notó como la mano volvía a temblarle y tuvo que apretar con fuerza los nudillos para controlarse.

La sala de reuniones estaba completamente vacía a excepción de Reinhard Heydrich y él. El jefe del Servicio de Seguridad, el órgano de inteligencia del Partido Nazi, era un hombre alto y de frente despejada, tan sólo un par de meses mayor que Jürgen. A pesar de su juventud se había convertido en uno de los hombres más poderosos de Alemania. Su organización se encargaba de encontrar amenazas, reales o imaginarias, contra el partido. Jürgen había oído que el día que le entrevistó para el cargo, Himmler le pidió que le describiera cómo organizaría una agencia de inteligencia nazi y que Heydrich le había respondido con un refrito de todas las novelas de espías que había leído. Proviniese de la ficción barata o de un talento innato, el Servicio de Seguridad era ya temido en toda Alemania.

—¿Por qué dice eso, señor?

Heydrich echó mano de una carpeta que tenía ante él, con el nombre de Jürgen escrito en la solapa.

—Usted comenzó en las SA en los primeros días del movimiento. Eso está bien, es interesante. Sorprende, no obstante, que alguien de su... alcurnia pidiese específicamente un puesto en un batallón de las SA. Y después están los constantes episodios de violencia reseñados por sus superiores. He consultado a un psicólogo acerca de usted...

¡Ha consultado a un psicólogo acerca de mí!

—... y me indica que puede tener un grave trastorno de personalidad. En fin, eso por sí mismo no es un delito aunque podría

—remarcó el «podría» con una media sonrisa y un alzamiento de cejas— ser un incapacitador. Pero ahora llegamos a la parte que más me preocupa. Usted había sido convocado como el resto del *Stosstrupp* para el evento especial en la Burgerbräukeller el día 8 de noviembre de 1923. Sin embargo... no se presentó.

Heydrich hizo una pausa, dejando que las últimas palabras flotasen en el aire como una siniestra acusación. Jürgen comenzó a sudar. Tras la victoria en las elecciones, había comenzado una lenta pero sistemática venganza de los nazis contra todos aquellos que impidieron el alzamiento de 1923, retrasando una década la ascensión al poder de Hitler. Jürgen vivía con el miedo de que alguien le señalase con el dedo desde hacía meses.

Cuando Heydrich continuó, su voz había adquirido un tono más oscuro.

—Su superior informó que usted no se presentó en el lugar de la cita como era su obligación. Sin embargo parece que, y cito «el SA Jürgen von Schroeder se encontró con un escuadrón de la 10ª compañía en la noche del 23 de noviembre. Su camisa estaba empapada de sangre y dijo haber sido atacado por varios comunistas y que la sangre pertenecía a uno de ellos al que había acuchillado. Solicitó unirse al escuadrón, que mantuvo bajo control una comisaría de policía del distrito de Schwabing hasta que el golpe finalizó». ¿Es esa versión cierta?

—Hasta la última coma, señor.

—Ya. Eso debió de pensar la comisión de revisión de los hechos, ya que le concedieron la insignia de oro del partido y la medalla de la Orden de la Sangre —dijo Heydrich señalando al pecho de Jürgen.

La insignia de oro del partido era una de las condecoraciones más deseadas de Alemania. Consistía en una bandera nazi de forma circular, rodeada por una corona de laurel de oro. Distinguía a los miembros del partido que se habían inscrito antes de la victoria de Hitler en 1933. Hasta ese día, los nazis tenían que solicitar que la gente se apuntase a sus filas. Desde aquel día, las colas para solicitar la admisión eran interminables en las sedes del partido. Y no se le concedía a todo el mundo.

En cuanto a la Orden de la Sangre, era la más valiosa de las medallas del Reich. Sólo la ostentaban quienes habían participado en el golpe de estado de 1923, que se había saldado trágicamente con la muerte de dieciséis nazis cuando la policía llevó a término la aventura. El propio Heydrich no tenía esa condecoración.

—Me pregunto —continuó el jefe del Servicio de Seguridad, dándose pequeños golpecitos con el borde de la carpeta en los gruesos labios— si no habría que abrir una comisión de investigación acerca de usted, amigo mío.

—No creo que eso sea necesario, señor —dijo Jürgen, con un hilo de voz, sabedor de lo breves y concluyentes que solían ser las comisiones de investigación en aquellos días.

—¿No? Los últimos informes sobre usted dicen que ha estado un poco «frío en el cumplimiento del deber», «falto de implicación»... ¿Quiere que siga?

—¡Eso es porque me han apartado de las calles, señor!

—Es posible que esté usted despertando inquietud en más gente, ¿no le parece?

—Le aseguro que mi compromiso es total, señor.

—Bueno, hay una forma de que usted se gane de nuevo la confianza de esta oficina.

Jürgen por fin cayó en la cuenta. Heydrich le había llamado con un propósito. Quería obtener algo de él, y por eso le había estado presionando con fuerza desde el principio. Probablemente no supiese nada de lo que Jürgen había estado haciendo en realidad aquella noche de 1923, pero lo que supiese o dejase de saber Heydrich no importaba en absoluto. Su palabra era la ley.

—Haré lo que sea, señor —dijo, ya algo más tranquilo.

—Verá, Jürgen. Puedo llamarle Jürgen, ¿verdad?

—Claro, señor —dijo Jürgen, tragándose la rabia al ver que el otro no le devolvía la cortesía.

—¿Ha oído hablar de la masonería, Jürgen?

—Por supuesto. Mi padre fue miembro de una logia en su juventud. Creo que luego se cansó.

Heydrich asintió. Aquello no le sorprendía, y Jürgen dedujo que ya lo sabía.

—Algo muy apropiado.

—¿A qué se refiere, señor?

—Desde que estamos en el poder los masones han sido... fuertemente desmotivados.

—Lo sé, señor —dijo Jürgen, sonriendo ante el eufemismo. En *Mein Kampf*, un libro que cada alemán había leído (y que tenía en casa bien a la vista si sabía lo que le convenía) Hitler ya había proclamado su odio visceral a la masonería.

—Una buena parte de las logias se disolvieron voluntariamente o se reconvirtieron. Esas logias eran poco importantes para nosotros. Todas ellas eran logias prusianas, con miembros arios y de tendencia nacionalista. Al disolverse voluntariamente y entregar las listas de sus miembros no se tomarán medidas contra ellos... por ahora.

—¿Deduzco que hay unas logias preocupantes, señor?

—Nos consta que hay una buena cantidad de logias que aún continúan en activo. Son las autodenominadas logias humanitarias. El grueso de sus miembros son gente de ideología liberal, judíos y ralea de ese tipo.

—¿Por qué no prohibirlas simplemente, señor?

—Jürgen, Jürgen —dijo Heydrich, condescendiente—. Eso sólo impediría su actividad, en el mejor de los casos. Mientras conserven una pizca de esperanza, seguirán reuniéndose y hablando de sus compases y sus escuadras y toda esa mierda judaica. Yo quiero los nombres de cada uno de ellos en una tarjetita de catorce por siete.

En el partido eran famosas las fichas de Heydrich. Una gigantesca habitación junto a su despacho en Berlín guardaba información sobre aquellos a los que el partido consideraba «indeseables»: comunistas, homosexuales, judíos, masones y en general cualquiera al que se le ocurriese comentar que el *Führer* parecía cansado en su discurso de hoy. Siempre que alguien estuviese dispuesto a denunciar a otro alguien, una nueva ficha se uniría a otras decenas de miles. El destino de los que aparecían en una de esas tarjetas era aún desconocido, pero desde luego nada tranquilizador.

—Si se prohibiese la masonería se esconderían como ratas.

—¡Exacto! —dijo Heydrich dando una palmada en la mesa. Se inclinó hacia Jürgen e imprimió a su voz un tono confidencial—. Y dígame, ¿sabe por qué quiero los nombres de esa gentuza?

—Porque la masonería es una marioneta de la conspiración judía internacional. Es bien sabido que los banqueros como Rotschild y...

Una enorme carcajada de Heydrich interrumpió el apasionado discurso de Jürgen. Al ver la cara del hijo del barón, el jefe del Servicio de Seguridad se contuvo.

—Caray, Jürgen, no me repita los editoriales del *Volkischer Beobachter*. Yo mismo ayudo a escribirlos.

—Pero señor, el *Führer* dice...

—Me pregunto cuánto penetró realmente la navaja que le sacó el ojo, amigo mío —dijo Heydrich mirándole especulativamente.

—No hay ninguna necesidad de ser ofensivo, señor —dijo Jürgen, confundido y furioso.

Heydrich retrocedió un poco ante aquel estallido de Jürgen, pero luego sonrió sibilinamente.

—Está usted lleno de energía, Jürgen. Pero esa pasión tiene que ser razonada. No se convierta en una de las ovejas que balan en las manifestaciones, hágame el favor. Permítame que le dé una pequeña lección de historia —dijo poniéndose en pie y comenzando a pasear alrededor de la gran mesa—. En 1917, los bolcheviques disolvieron todas las logias en Rusia. En 1919, Bela Kun acabó con todos los masones de Hungría. En 1925 Primo de Rivera prohibió las logias en España. Ese mismo año Mussolini hizo lo mismo en Italia. Sus camisas negras sacaban a los masones de la cama en plena noche y los mataban a palos en las calles. Un ejemplo instructivo, ¿no le parece?

Jürgen asintió con la cabeza, sorprendido. Desconocía todo aquello por completo.

—Como verá —continuó Heydrich—, lo primero que hace un gobierno fuerte y con vocación de permanencia es eliminar, entre muchos otros, a los masones. No porque éstos estén a las órdenes de una hipotética conspiración judía. Lo hace porque los que piensan por sí mismos molestan mucho.

—¿Qué es exactamente lo que quiere de mí, señor?

—Quiero que se infiltre en la masonería. Le daré los contactos adecuados. Usted es noble y su padre perteneció a una logia hace años, le aceptarán sin demasiados reparos. Después su objetivo será conseguir las listas de sus miembros. Quiero los nombres de cada masón de Baviera.

—¿Tendré carta blanca, señor?

—Hasta nuevo aviso, sí. Aguarde un momento.

Heydrich se dirigió a la puerta, la abrió y ladró un par de instrucciones a un asistente sentado en un banco del pasillo. El asistente dio un taconazo y volvió al cabo de unos instantes con otro joven vestido de calle.

—Pase, pase, Adolf. Querido Jürgen, permítame presentarle a Adolf Eichmann. Es un joven muy prometedor que trabaja en nuestro campo de concentración de Dachau.

—Encantado —dijo Jürgen dándole la mano.

—Lo mismo digo.

—Adolf ha pedido incorporarse a mi oficina, y estoy dispuesto a facilitarle el traslado, pero antes quiero que colabore con usted unos meses. Toda la información que consiga se la suministrará a él, y él se encargará de ponerla en claro. Y cuando hayan terminado este trabajo creo que les podré encargar en Berlín uno de mayor envergadura.

45

Le he visto. Estoy seguro, pensó Clovis abriéndose camino a codazos fuera de la taberna.

Llevaba la camisa empapada en sudor. La noche de julio, especialmente calurosa, no le supuso gran alivio. Pero a él el calor le tenía sin cuidado. Lo había superado en el desierto, cuando supo que Reiner le iba siguiendo por primera vez. Tuvo que abandonar una prospección de diamantes en la cuenca del Orange que parecía prometedora y perderse en Sudáfrica. Había dejado atrás hasta el último de sus materiales de excavación, tan sólo se había llevado lo imprescindible. En lo alto de una loma, con el rifle en la mano, había observado el rostro de Paul por primera vez y puso el dedo en el gatillo.

Tuvo miedo de fallar y se escurrió por la otra cara de la colina, como una serpiente entre las hierbas altas.

Después lo había perdido durante muchos meses, hasta que volvió a tener que huir precipitadamente de una casa de putas en Johannesburgo. Aquella vez tuvo más suerte, ya que Reiner le vio a él primero, pero al otro extremo del local. Cuando cruzaron sus miradas, Clovis fue tan estúpido como para poner cara de susto.

Supo al instante que el duro y frío brillo de reconocimiento que se producía en los ojos de Reiner era el del cazador memorizando el contorno de su presa por primera vez. Consiguió escapar por una puerta secreta de la parte trasera, y aún dispuso del tiempo suficiente para volver al hotelucho de mala muerte donde se alojaba y meter toda su ropa a presión en una maleta.

Pasaron tres años antes de que Clovis Nagel se cansase de sentir el aliento de Reiner en la nuca. No podía dormir por las noches sin un arma bajo la almohada. No podía caminar durante mucho rato sin volverse a ver si le seguían. Y no permanecía más de unas pocas semanas en ningún lugar por miedo a despertarse una noche con el brillo acerado de aquellos ojos azules mirándole desde el otro extremo del cañón de un revólver.

Finalmente se había rendido. Sin dinero no podría huir indefinidamente, y el que le había dado el barón se había acabado hacía mucho tiempo. Comenzó a escribirle, pero ninguna de sus cartas obtuvo respuesta alguna, y Clovis subió a un barco con destino a Hamburgo. De nuevo en Alemania, camino de Múnich, se había sentido momentáneamente aliviado. Durante los tres primeros días estuvo convencido de que le había dado esquinazo. Hasta que una noche entró a una taberna cercana a la estación de tren y vio el rostro de Paul aparecer entre la masa de parroquianos.

A Clovis se le formó un nudo en el estómago y huyó.

Mientras corría con toda la velocidad que le permitían sus cortas piernas, se dio cuenta del error terrible que había cometido. Había viajado a Alemania sin armas de fuego, pues éstas no estaban permitidas y tenía miedo de que le parasen en la aduana. Aún no había tenido tiempo de hacerse con ninguna, y todo lo que podía usar para defenderse era una navaja automática.

La sacó con cuidado del bolsillo mientras corría calle abajo. Entraba y salía de los conos de luz que formaban las farolas, corriendo de uno a otro como pequeños islotes de salvación, hasta que comprendió que si Reiner le seguía le estaba facilitando demasiado las cosas. Dobló a su derecha por una callejuela peor iluminada que discurría paralela a las vías del tren. Uno de ellos se acercaba traqueteando camino de la estación. Clovis no lo vio, pero pudo oler el humo de la chimenea y sentir la vibración en el suelo.

Hubo un ruido metálico en la otra punta de la callejuela y el exmarino dio un brinco y se mordió la lengua. Volvió a correr, con el corazón a punto de salírsele por la boca. Notaba en la lengua el sabor de la sangre, un funesto presagio de lo que sabía que ocurriría si el otro le alcanzaba.

Dio con un callejón sin salida. Incapaz de seguir, se camufló junto a una pila de cajas de madera con olor a pescado podrido. Las moscas revoloteaban a su alrededor y se le posaron en el rostro y en las manos. Intentó ahuyentarlas, pero un nuevo ruido y una sombra a la entrada del callejón le hicieron quedarse quieto, luchando por reducir al mínimo su respiración.

La sombra se hizo más pequeña y dibujó claramente la silueta de un hombre. Clovis no podía distinguir su rostro, pero no era necesario. Sabía perfectamente quién era.

Sin poder resistirlo más, se lanzó hacia el final del callejón, arrojando al suelo la pila de cajas de madera. Un par de ratas corrieron despavoridas entre sus piernas, lanzando agudos chillidos. Clovis las siguió a ciegas, y vio cómo éstas desaparecían por una puerta entreabierta que le habría pasado desapercibida en la oscuridad de no haberse fijado en los roedores. Encontró un pasillo oscuro y sacó su mechero para orientarse. Se permitió un par de segundos de luz antes de volver a apagarlo y lanzarse a recorrer el camino que había fijado en su memoria. Al final del pasillo tropezó y cayó, lastimándose las manos con unos húmedos escalones de cemento. Sin atreverse a encender el mechero, subió los desgastados escalones con forzada calma, siempre atento al más mínimo ruido a su espalda.

Ascendió durante lo que le pareció una eternidad. Había perdido por completo la noción del tiempo. No había más que tramos de escalones que no parecían conducir a ninguna parte y paredes vacías que no ofrecían ningún refugio.

Finalmente sus pies encontraron un trecho de terreno llano y se atrevió a encender el mechero de nuevo. La temblorosa y amarillenta luz le reveló que se encontraba de nuevo en un pasillo, y al final de éste había una puerta. La empujó hacia dentro con la mano. No estaba cerrada, y entró cautelosamente.

Por fin le he despistado. Esto parece un almacén abandonado. Pasaré aquí un par de horas, hasta que esté seguro de que no me sigue, pensó, respirando de nuevo con normalidad.

—Buenas noches, Clovis —dijo una voz a su espalda.

Clovis se giró, apretando el botón de la navaja automática. La hoja saltó con un clic apenas audible, y el exmarino se lanzó con el brazo extendido hacia la figura que le esperaba junto a la puerta. Fue como intentar alcanzar un rayo de luna. La figura se hizo a un lado, y la punta del acero falló por casi medio metro, yendo a clavarse en la pared. Clovis forcejeó con el mango de la navaja para intentar desprenderla, pero apenas consiguió remover el yeso mugriento antes de que un golpe le enviase al suelo.

—Procura ponerte cómodo. Estaremos aquí un rato.

La voz provenía de la oscuridad. Clovis había perdido el mechero al caer, y éste se había apagado. Intentó levantarse, pero una mano le empujó hacia abajo y volvió a caer. De repente un rayo blanco partió en dos las tinieblas. Su perseguidor había encendido una linterna. Se apuntó con ella a la cara.

—¿Te suena este rostro?

Clovis miró a Paul Reiner detenidamente.

—No te pareces a él —dijo el exmarino. Su voz tenía un matiz duro y cansado.

La linterna volvió a apuntar hacia Clovis. Éste puso la mano izquierda delante de los ojos, intentando que no le deslumbrase.

—¡Apunta para otro lado!

—Haré lo que quiera. Ahora jugamos con mis reglas. El haz de luz se desvió de la cara de Clovis y apuntó hacia la mano derecha de Paul. Empuñaba el Máuser C96 de su padre.

—Está bien, Reiner. Tú mandas.

—Me alegro que estemos de acuerdo.

Clovis se echó la mano al bolsillo. Paul dio un paso amenazador hacia él, pero el exmarino sacó un paquete de tabaco y lo levantó a la luz. También extrajo unas cerillas del bolsillo, por si se le acababa la gasolina al mechero. Al sobrecito le quedaban sólo dos.

—Me has hecho la vida imposible, Reiner —dijo, encendiéndose un cigarrillo sin filtro.

—De vidas destrozadas sé un rato, hijo de puta. Tú me jodiste la mía.

Clovis soltó una carcajada, un sonido cloqueante y desquiciado, tan fuera de lugar en aquella situación como un cura en un burdel. Los ecos de las carcajadas resonaron por el almacén vacío, haciéndose más fantasmales con cada rebote en las distantes paredes.

—¿Encuentras gracioso el estar a punto de morir, Clovis? —dijo Paul.

La risa se le atragantó a Clovis en la garganta. Si aquella pregunta hubiese sido hecha con rabia o gritando, no se habría asustado tanto. Pero había sido hecha en un tono coloquial, tranquilo. El exmarino estaba seguro de que había una sonrisa al otro lado del haz de luz.

—Tranquilo, chico. Vamos a ver...

—No vamos a ver nada. Quiero que me digas cómo mataste a mi padre y por qué.

—Yo no le maté.

—No, por supuesto. Por eso llevas veintinueve años huyendo.

—¡Yo no fui, lo juro!

—¿Quién, entonces?

Clovis meditó unos instantes. Tenía miedo de que si le daba la respuesta, el joven se limitase a disparar. El nombre era su única carta, e intentó jugarla.

—Te lo diré si prometes dejarme ir.

El sonido de un percutor amartillándose resonó en la oscuridad por toda respuesta.

—¡No, no, Reiner! —chilló Clovis—. Escucha, no es sólo quién mató a tu padre. ¿De qué te serviría saberlo? Lo importante es lo que pasó antes. El porqué.

Hubo unos instantes de silencio.

—Adelante. Te escucho.

46

—Todo comenzó el 11 de agosto de 1904. Hasta aquel día habíamos estado pasando un par de semanas maravillosas en Swakopsmund. La cerveza era aceptable para ser africana, se estaba fresco y las chicas eran complacientes. Acabábamos de regresar de Hamburgo y el capitán Reiner me había nombrado asistente suyo. Nuestro barco tenía que estar unos meses haciendo de niñera en la costa de las colonias, para meter miedo en el cuerpo a los malditos ingleses.

—Pero los ingleses no eran el problema, ¿verdad?

—No, chico... Los nativos se habían rebelado unos meses antes. Había llegado un general nuevo para comandar los ejércitos de la colonia. Era el mayor hijo de puta, sádico y malvado que me he echado a la cara. Se llamaba Lothar von Trotta. Comenzó a presionar a los negros. Él tenía órdenes de Berlín de llegar a un acuerdo político con ellos, pero aquello no le importó ni lo más mínimo. Decía que los negros eran subhumanos, monos caídos de los árboles que habían aprendido a usar rifles por imitación. Les acosó hasta que los otros le plantaron cara en Waterberg, y allí estábamos todos los de Swakopmund y Windhoek, con un arma en la mano y maldiciendo nuestra perra suerte.

—Ganasteis.

—Ellos eran tres veces más que nosotros, pero no sabían pelear como un ejército. Cayeron más de tres mil, y nosotros nos hicimos con todo su ganado y sus armas. Y después...

El exmarino encendió otro cigarro con la colilla del anterior antes de continuar. A la luz de la linterna, su rostro se había quedado sin expresión y su voz sin matices ni color.

—Von Trotta os mandó avanzar —dijo Paul para incitarle a seguir.

—Seguro que te han contado esta historia, chico, pero nadie que no estuviese allí sabe lo que fue aquello. Les empujamos al desierto. Sin agua, sin comida. Les dijimos que no regresasen. Envenenamos todos los pozos en un radio de cientos de kilómetros, sin poner avisos. Los que se habían escondido o los que se dieron la vuelta para buscar agua fueron el primer aviso. Los otros... más de veinticinco mil, sobre todo mujeres, niños y ancianos, se metieron en el Omaheke. No quiero imaginar qué fue de ellos.

—Murieron todos, Clovis. Nadie cruza el Omaheke sin agua. Sólo sobrevivieron unas pocas tribus herero al norte.

—Recibimos un permiso. Tu padre y yo quisimos alejarnos de Windhoek todo lo posible. Robamos unos caballos y fuimos hacia el sur. No recuerdo exactamente la ruta que seguimos porque los primeros días estábamos tan borrachos que apenas sabíamos ni cómo nos llamábamos. Recuerdo que pasamos por Kolmanskop, y que allí había un telegrama de Von Trotta aguardando a tu padre, decía que su permiso se había acabado y que le ordenaba regresar a Windhoek. Tu padre rompió en pedazos el telegrama y dijo que no pensaba regresar nunca. Todo aquello le había afectado demasiado.

—¿Estaba afectado realmente? —dijo Paul. Clovis pudo leer la ansiedad en su voz, y supo que había encontrado una grieta en la armadura de su adversario.

—Los dos lo estábamos. Seguimos emborrachándonos y cabalgando, alejándonos del horror sin saber hacia dónde. Una mañana llegamos a una granja aislada en la cuenca del Orange. Había una familia de colonos alemanes, y que el diablo me lleve si el padre no era el ser más estúpido que vi jamás. Tenían un riachuelo en la finca, y las niñas se quejaban de que estaba lleno de piedrecitas y que cuando se bañaban se hacían daño en los pies. El padre sacó las piedras una a una y las amontonó en la parte de atrás de la casa, «para hacer un caminito empedrado», decía. Sólo que no eran piedras.

—Eran diamantes —dijo Paul, que tras años trabajando en las minas sabía que este error había ocurrido más de una vez. Sin tallar y pulir, el aspecto de algunas variedades de diamante era tan basto que mucha gente inculta los confundía con piedras translúcidas.

—Los había gordos como huevos de paloma, chico. Otros muchos pequeños y blancos, e incluso uno rosáceo, de este tamaño —dijo levantando el puño cerrado hasta el haz de luz—. Aquéllos eran los tiempos en los que en el Orange se podían encontrar sin demasiado esfuerzo, aunque te arriesgabas a que los inspectores del gobierno te pegasen un tiro si merodeabas cerca de las prospecciones, y nunca faltaban cadáveres secándose al sol en los cruces de los caminos bajo el cartel de «ladrón de diamantes». Pues bien, en el Orange había muchos, pero nunca vi una concentración como la de aquel granjero. Nunca.

—¿Qué dijo el hombre al saberlo?

—Aquel hombre era un estúpido, ya te lo he dicho. Sólo se preocupaba de su Biblia y de sus cultivos, y nunca dejaba que nadie de su familia bajase a la ciudad, ni tenían visitas pues vivían lejos de todo. Y menos mal, porque cualquiera con dos dedos de frente que hubiese pasado por allí antes que nosotros hubiera sabido de inmediato lo que eran aquellas piedras. Tu padre vio la pila de diamantes mientras nos enseñaban la propiedad y me hundió el codo en las costillas. Justo a tiempo, porque yo estaba a punto de hablar como un idiota, que me cuelguen si no. La familia nos acogió sin reparos, y durante la cena tu padre estuvo de un humor pésimo. Dijo que quería irse pronto a dormir, que estaba cansado, y cuando el granjero y su mujer nos ofrecieron su habitación tu padre insistió en dormir en el salón, sobre unas mantas.

—Para poder levantarse a medianoche.

—¡Y bien que lo hicimos! Había un baúl de cuero y madera junto a la chimenea, donde la familia guardaba sus baratijas. Lo vaciamos todo en el suelo, con cuidado de no hacer ruido. Fuimos a la parte de atrás y metimos todas las piedras en el baúl, y créeme, aunque era grande las piedras llenaban las tres cuartas partes. Pusimos una manta encima, y luego subimos el baúl al pequeño carromato que el padre usaba para ir a por suministros a la ciudad. Todo hubiera ido bien de no ser por el maldito perro que dormía debajo. Cuando enjaezamos nuestros propios caballos al carromato y lo hicimos avanzar, le aplastamos la cola con las ruedas sin darnos cuenta. ¡Maldita sea mi estampa, cómo aulló el puto animal! El granjero se levantó escopeta en mano. Aunque era bastante estúpido no lo era del todo, de nada le sirvieron nuestras peregrinas explicaciones inventadas sobre la marcha, porque se olió el pastel. Tu padre tuvo que sacar esa pistola, la misma con la que me apuntas ahora, y volarle la cabeza de un tiro.

—Estás mintiendo —dijo Paul. El haz de luz tembló ligeramente.

—No, chico, que me parta un rayo ahora mismo si no digo la verdad. Le mató y le mató bien, y yo tuve que azuzar los caballos porque la madre y las dos hijas salieron al porche y se pusieron a chillar. Salimos de allí como alma que lleva el diablo. No habríamos recorrido ni diez millas cuando tu padre me mandó parar y bajarme del carro. Yo le dije que estaba loco, y creo que no me equivocaba. La suma de tanta violencia y tanto alcohol ya le habían convertido en una sombra de lo que era. Matar al granjero fue el empujón final. Daba igual, porque él tenía su pistola y yo la mía la había perdido en una noche de borrachera, así que al infierno con todo, dije, y me bajé.

—¿Qué hubieras hecho si hubieras tenido una pistola, Clovis?

—Le hubiera pegado un tiro —respondió el exmarino, sin pensárselo dos veces. En aquel momento ya había descubierto cómo podía cambiar las tornas de aquella situación a su favor.

Sólo necesito llevarle al punto adecuado.

—Sigue —dijo Paul. En su voz había menos confianza que antes.

—Sin saber qué hacer, yo seguí por aquel camino de tierra que nos devolvería al pueblo. Tu padre se largó de madrugada. Pasaba del mediodía cuando volvió, y esta vez no traía el carruaje sino tan sólo nuestros caballos. Me dijo que había enterrado el baúl en un lugar que sólo él conocía, y que regresaríamos a buscarlo cuando se calmasen las cosas.

—No confiaba en ti.

—Pues claro que no. Y hacía bien. Dejamos el camino, pues teníamos miedo de que la mujer y las hijas del colono muerto alertasen a alguien de alguna manera, y no entramos en la ciudad. Enfilamos hacia el norte, durmiendo al raso y mal, pues tu padre hablaba en sueños y gritaba mucho. No se le quitaba aquel granjero de la cabeza. Y así siguió hasta que volvimos a Swakopsmund, y nos enteramos de que a ambos nos buscaban por deserción y que tu padre había perdido el mando del barco. De no haber mediado el asunto de los diamantes, tu padre probablemente se habría presentado, pero teníamos miedo de que nos relacionasen con lo que había pasado en el Orange, así que nos largamos. Huimos de la policía militar por un pelo subiendo a un barco con destino a Alemania como polizones, y mal que bien conseguimos llegar vivos.

—¿Fue entonces cuando acudisteis al barón?

—Hans estaba obsesionado con regresar al Orange a por aquel baúl, y yo también. Pasamos unos días en el palacete, escondidos. Tu padre le contó todo al barón, y éste se volvió loco, igual que tu padre, igual que todos. Quiso que le revelase la localización exacta, pero Hans se negó. El barón estaba arruinado y no disponía del dinero necesario para cumplir sus condiciones, así que Hans le firmó unos papeles en los que le transfería la casa en la que vivías con tu madre, y un pequeño negocio que los dos poseían. Se suponía que el barón los vendería para financiar los gastos de recuperar el baúl. Ninguno de los dos nos podíamos encargar de ello ya que para esa fecha también nos buscaban en Alemania.

—La noche de su muerte. ¿Qué sucedió?

—Hubo una discusión fuerte. Mucho dinero, cuatro personas furiosas gritando. Tu padre paró una bala con las tripas.

—¿Cómo pasó?

Con parsimonia, Clovis sacó el paquete de tabaco y el sobrecito de cerillas. Cortó la última y la prendió cuidadosamente. Luego se encendió un cigarro y exhaló el humo hacia el haz de la linterna.

—¿Por qué te interesa tanto, Paul? ¿Por qué te importa tanto la vida de un asesino?

—¡No llames eso a mi padre!

Vamos... acércate.

—Ah, ¿no? ¿Cómo llamas a lo que hicimos en Waterberg, chico? ¿Cómo llamas a lo que le hizo al granjero? Le voló la cabeza, le dio justo aquí —dijo tocándose la frente.

—¡Que te calles, te digo!

Dando un grito de rabia, Paul se acercó y levantó el brazo derecho para golpear a Clovis. El cañón de la pistola dejó de apuntar al exmarinero por un segundo, y Paul se colocó lo suficientemente cerca como para que Clovis viese su cara. Con un hábil movimiento le arrojó el cigarrillo encendido a los ojos. El joven apartó la cara, y dio un paso atrás, protegiéndose instintivamente. El cigarro no le hizo daño, pero le compró a Clovis tiempo suficiente como para darse la vuelta y escapar corriendo, jugándose su última carta a la desesperada.

No me disparará por detrás.

—¡Detente, cabrón!

Y mucho menos sin saber quién fue.

Paul echó a correr tras él. La espalda de Clovis entraba y salía del haz de la linterna, mientras el exmarinero corría hacia la zona trasera del almacén, tratando de salir por el lugar por el que su perseguidor había entrado. Pudo distinguir al final una puerta junto a una ventana cuyos cristales estaban pintados de negro. Apretó aún más el paso, y ya estaba a punto de alcanzar la puerta cuando los pies se le enredaron en algo de basura que los antiguos ocupantes del lugar habían dejado tras de sí.

Cayó de bruces. Estaba intentando levantarse cuando Paul le alcanzó y le agarró por la chaqueta. El exmarinero intentó ponerse en pie y golpear al mismo tiempo al joven, pero falló y trastabilló peligrosamente hacia la ventana.

—¡No! —gritó Paul, tratando de agarrarle.

Clovis, luchando por mantener el equilibrio, tendió los brazos hacia Paul. Sus dedos rozaron los del joven por un instante antes de perder por completo la verticalidad y estrellarse contra la ventana. Los viejos cristales cedieron como si fueran de papel, y el cuerpo del exmarinero pasó a través de la abertura y desapareció en la oscuridad.

Hubo un chillido breve y un golpe seco.

Paul se asomó a la ventana y apuntó con su linterna hacia el suelo. Diez metros por debajo, el cadáver de Clovis yacía en mitad de una mancha creciente de sangre que empapaba la basura del callejón.

47

Jürgen arrugó la nariz al entrar en el asilo. El lugar apestaba a meados y a suciedad, mal camuflados por un olor a desinfectante.

Tuvo que preguntar a una enfermera el camino, pues era la primera vez que iba a visitar a Otto desde que le metieron allí, once años atrás. La mujer, parapetada tras un escritorio, leía una revista con cara de aburrimiento y los pies fuera de los blancos zuecos. Al ver al flamante *obersturmführer* que se erguía ante él, la enfermera se puso en pie con el brazo en alto tan deprisa que le cayó de la boca el cigarro que estaba fumando. Insistió en acompañarle personalmente.

—¿No tiene miedo de que se le escape alguno? —preguntó Jürgen mientras caminaban por los pasillos, señalando a los ancianos que deambulaban sin rumbo cerca de la entrada.

—A veces ocurre, sobre todo cuando voy al baño. No pasa nada, el hombre del quiosco de la esquina los suele traer de vuelta.

La enfermera le dejó en la puerta de la habitación del barón.

—Aquí está divinamente, señor. Incluso tiene una ventana. *¡Heil Hitler!* —dijo antes de irse.

Jürgen devolvió el saludo con desgana, contento de que aquella mujer desapareciese. Quería aquel momento sólo para él.

La puerta de la habitación estaba abierta, y Otto yacía en una silla de ruedas junto a la ventana, dormido. Un hilo de baba le goteaba sobre el pecho, oscureciéndole la bata y ensuciando su viejo monóculo con filo de oro, cuyo cristal aparecía ahora roto. El joven recordó lo distinta que era su estampa el día después del golpe de Estado. Lo enfurecido que estaba porque había fracasado, aunque él personalmente no hubiese contribuido en absoluto.

Jürgen había sido momentáneamente detenido e interrogado, aunque mucho antes de que todo acabase había tenido el buen sentido de sustituir su camisa parda empapada de sangre por otra limpia, y no llevaba ningún arma de fuego. No hubo consecuencias para él, como para casi nadie. El propio Hitler pasó sólo nueve meses en la cárcel. Jürgen regresó a casa, pues los cuarteles de las SA habían sido clausurados y la organización disuelta. Pasó varios días encerrado en su habitación, sin hacer caso de los intentos de su madre por averiguar qué había pasado con Ilse Reiner y discurriendo cómo utilizar la carta que había robado a la madre de Paul.

A la madre de mi hermano, se repitió, confuso.

Finalmente mandó realizar copias fotostáticas de la carta y le presentó una a su madre y otra a su padre, una mañana después del desayuno.

—¿Qué diablos es esto? —dijo el barón, tomando las hojas. No había alcanzado la mitad cuando se puso en pie, arrojando la silla al suelo.

—Lo sabes demasiado bien, Otto.

—¡Jürgen! ¡Más respeto! —dijo su madre horrorizada.

—Después de lo que he leído aquí, no tengo por qué.

—¿Dónde está el original? —preguntó Otto con voz ronca.

—En un lugar seguro.

—¡Tráelo!

—No pienso hacerlo. Esto son sólo unas pocas copias. El resto las he mandado a los periódicos y a la jefatura de policía.

—¡Qué has hecho! —gritó Otto, rodeando la mesa. Trató de alzar el puño para golpearle, pero el movimiento le salió a cámara lenta y se interrumpió a la mitad. Jürgen y su madre se quedaron mirando boquiabiertos cómo el barón bajaba de nuevo el brazo e intentaba levantarlo sin conseguirlo.

—No veo. ¿Por qué no veo? —preguntó Otto.

Se desplomó hacia delante, arrastrando el mantel del desayuno en su caída. Varios platos, tazas y cubiertos le cayeron encima, desparramando su contenido, pero el barón no pareció darse cuenta y quedó inmóvil en el suelo. Lo único que se oía en el comedor eran los chillidos de la criada, aún con una bandeja de tostadas recién hechas en la mano.

De pie en la entrada de la habitación, Jürgen no pudo evitar una mueca de amargura al recordar su ingenuidad de entonces. El médico dijo que había sufrido una apoplejía que le había privado por completo del habla y del movimiento de las piernas.

—Con los excesos que ha cometido este hombre en su vida, no me extraña. No creo que dure más de seis meses —dijo el galeno, mientras guardaba los instrumentos en su maletín de cuero. Fue una suerte, porque así se ahorró la sonrisa cruel que pasó por el rostro de Jürgen al escuchar el diagnóstico.

Y aquí estás, once años después.

Entró sin hacer ruido y, tomando una silla, se sentó frente al enfermo. La luz que entraba por la ventana podía parecer la de unos idílicos rayos de sol, pero no era más que el reflejo de éste en el muro blanco y desnudo del edificio de enfrente, que era toda la vista que tenía el barón.

Jürgen, harto de esperar a que despertara, carraspeó varias veces. El barón parpadeó y finalmente enderezó la cabeza. Se quedó mirando fijamente al joven, pero si hubo sorpresa o miedo sus ojos no lo reflejaron. Jürgen reprimió su decepción.

—¿Sabes, Otto? Durante mucho tiempo me esforcé muchísimo por ganar tu aprobación. Claro que a ti eso no te importaba lo más mínimo. Tú no tenías ojos más que para Eduard.

Hizo una breve pausa, esperando una reacción, un movimiento, algo. Pero sólo obtuvo la misma mirada de antes, atenta pero gélida.

—Fue un enorme alivio enterarme de que no eras mi padre. De repente fui libre para odiar al cerdo cornudo y repugnante que me había ignorado durante todo aquel tiempo.

Tampoco los insultos produjeron el más mínimo efecto.

—Luego tuviste el ataque, y nos dejaste a mi madre y a mí por fin en paz. Pero como todo lo que has hecho en tu vida, quedó a medias. Te he dado demasiado margen para corregir ese error, y hace tiempo que meditaba cómo quitarte de en medio. Mira tú por dónde... hay alguien que podría ahorrarme la molestia.

Tomó el periódico que traía bajo el brazo. Lo sostuvo frente a la cara del viejo, a una distancia suficiente como para que pudiera leerlo. Mientras, él iba recitando de memoria el contenido del artículo. Lo había leído una y otra vez durante la noche, anticipando el momento en el que el viejo lo leyese.

IDENTIFICADO CADÁVER MISTERIOSO

Múnich (Redacción). El cadáver desconocido hallado la semana pasada en un callejón cerca de Hauptbahnhof ha podido ser identificado al fin por la policía. Se trata del antiguo teniente de marina Clovis Nagel, quien tenía desde 1904 una cita pendiente con un consejo de guerra tras desertar de su puesto durante una misión en África del Suroeste. Aunque había regresado al país con nombre falso, las autoridades pudieron identificarlo gracias al gran número de tatuajes que cubrían su torso. Por el momento no se conocen más detalles sobre las circunstancias que rodearon su muerte, que como recordarán nuestros lectores, se produjo al caer desde una gran altura, probablemente empujado. La policía ha recordado que cualquier persona que tuviese contacto con Nagel es sospechosa, por lo que ruegan que quien posea información lo ponga en conocimiento de las autoridades de inmediato.

—Paul ha vuelto. ¿Verdad que es genial?

Por la mirada del viejo barón cruzó un destello de miedo. Duró apenas unos segundos, pero Jürgen lo saboreó como si fuera la gran humillación que en su mente retorcida había imaginado.

Se levantó y fue hasta el cuarto de baño. Tomó un vaso y lo llenó hasta la mitad bajo el grifo. Luego volvió a sentarse junto al barón.

—Sabes que ahora vendrá a por ti. Y supongo que no querrás ver tu nombre en los titulares, ¿verdad, Otto?

Jürgen sacó del bolsillo una cajita metálica, no más grande que un sello de correos. La abrió y extrajo de ella una pequeña píldora de color verde, que dejó sobre la mesa.

—Hay un nuevo departamento de las SS que está experimentando con estas preciosidades. Tenemos agentes por el mundo, gente que en un momento dado tiene que desaparecer sin ruido y sin dolor —dijo el joven, omitiendo el hecho de que la segunda parte aún no se había conseguido—. Evítanos la vergüenza, Otto.

Tomó su gorra y se la caló de nuevo. Caminó hasta la puerta y al llegar se dio la vuelta. Vio a Otto adelantar su mano izquierda hasta la pastilla y sostenerla entre los dedos, con un rostro tan inexpresivo como el que le había dedicado a Jürgen. Después la mano ascendió hasta la boca en un viaje tan lento que el movimiento era inapreciable.

Jürgen se marchó. Por un instante el joven estuvo fuertemente tentado de quedarse a ver el espectáculo, pero era mejor ceñirse al plan para evitar potenciales problemas.

A partir de mañana, el servicio se dirigirá a mí como barón von Schroeder. Y cuando mi hermano venga a buscar respuestas, tendrá que pedírmelas a mí.

48

Dos semanas después de la muerte de Nagel, Paul se atrevió por fin a salir a la calle de nuevo, deseoso de despejar sus pensamientos.

El ruido del cuerpo del exmarino impactando contra el suelo del callejón había rebotado por su cabeza como un eco oscuro durante el tiempo que había pasado encerrado en la habitación que había alquilado en una pensión de Schwabing. Había ido al antiguo edificio que compartía con su madre, pero éste era ahora un bloque de pisos.

No era lo único que había cambiado en Múnich en su ausencia. Las calles estaban más limpias y ya no había parados en las esquinas. Habían desaparecido las colas frente a las iglesias y las oficinas de empleo. La gente ya no iba a comprar el pan cargada con dos maletas de billetes pequeños. No había sangrientas batallas de taberna. Las enormes columnas de avisos, que se podían encontrar en las calles principales, tenían otras cosas que contar. Antes rebosaban avisos de mítines, encendidas proclamas y decenas de carteles de «Se busca por robo». Ahora mostraban pacíficas reuniones de clubes de horticultura.

En lugar de aquellos presagios funestos, Paul se había encontrado con la profecía cumplida. Grupos de niños con brazaletes rojos paseaban la esvástica por doquier. A su paso todos los transeúntes debían alzar el brazo y gritar *«Heil Hitler»*, si no querían arriesgarse a que un par de agentes de paisano les tocasen en el hombro y les conminasen a acompañarles. Algunos, los menos, se escabullían en un portal para huir del saludo, pero esta solución no siempre era posible, y al final todos acababan levantando el brazo antes o después.

Por doquier la gente caminaba con la bandera de la araña negra bien visible, ya fuera en forma de alfiler de corbata, de brazalete o de pañuelo para el cuello. En las paradas de los tranvías y en los quioscos las vendían junto con el billete y el periódico. Aquella furia patriótica se había desatado desde que a finales de junio decenas de líderes de las SA fueran asesinados en plena noche por «traición a la patria». Hitler había mandado con ello el doble mensaje de que nadie estaba a salvo y de que en Alemania sólo mandaba él. El miedo era patente en cada rostro, por lo mucho que todos se esforzaban en disimularlo.

El paseo por la ciudad le alivió durante un buen rato, aunque fuera a costa de la preocupación que sentía por el rumbo que estaba tomando Alemania.

—¿Quiere un alfiler de corbata, señor? —le ofreció un mozalbete, después de escrutarle de arriba abajo. Llevaba una larga tira de cuero con varios modelos prendidos, desde el águila sosteniendo el escudo nazi hasta la simple cruz gamada.

Paul negó con la cabeza y siguió caminando.

—Es recomendable llevar uno puesto, señor. Una excelente señal de apoyo a nuestro glorioso *Führer* —insistió el chico, corriendo unos metros detrás de él. Al ver que Paul no cedía, le sacó la lengua y buscó nuevos blancos.

Moriré antes de llevar ese símbolo, pensó Paul.

Por desgracia su cabeza volvió a sumirse enseguida en el estado febril y nervioso en el que había estado desde la muerte de Nagel. La historia del que fuera asistente de su padre le había dejado inmerso en las dudas, no sólo acerca de cómo continuar su investigación, sino sobre la naturaleza de la misma. Si creía a Nagel, Hans Reiner había llevado una vida compleja y torcida, y había cometido un crimen por dinero.

El repugnante exteniente no era desde luego el más fiable de los informadores. A pesar de ello la canción que había cantado no desentonaba con la nota oscura que siempre había resonado en el corazón de Paul cuando pensaba en el padre al que jamás había conocido.

Viendo la pesadilla tranquila, luminosa y recta en la que se sumía Alemania con entusiasmo, el joven se preguntó si él no se estaría despertando de la suya propia.

La semana pasada cumplí treinta años, pensó con amargura paseando junto a la orilla del Isar, donde las parejas de enamorados se acumulaban en los bancos, *y he desperdiciado más de un tercio de mi vida buscando a un padre que tal vez no merecía el esfuerzo. Dejé a la persona que amaba, sin obtener a cambio más que sacrificios y tristeza.*

Tal vez por eso idealizaba a Hans cada vez que soñaba despierto: por la necesidad de compensar la realidad oscura que se atrevía a intuir en los silencios de Ilse.

Cuando quiso darse cuenta, comprendió que se estaba despidiendo de Múnich una vez más. Por su cabeza sólo cruzaba el deseo de abandonar, marcharse de Alemania y regresar a África, el lugar donde, sin ser feliz, al menos había podido encontrar una parte de su alma.

Pero he llegado tan lejos... ¿cómo permitirme renunciar ahora?

El problema era que tampoco sabía cómo continuar. La desaparición de Nagel se había llevado por delante no sólo sus esperanzas sino la última pista sólida que le quedaba. Deseó fervientemente que su madre hubiera confiado más en él, pues tal vez entonces ella seguiría viva.

Podría ir a buscar a Jürgen... hablarle de lo que mi madre me contó antes de morir. Tal vez él sepa algo.

Al cabo de un rato desechó también aquella idea. Había tenido suficiente contacto en su vida con los von Schroeder, y lo más probable era que Jürgen continuase odiándole por lo sucedido en la cochera del carbonero y la pérdida de su ojo. Dudaba que el tiempo hubiese servido para aplacar una personalidad como la suya. Y si le decía, sin aportar prueba alguna, que tenía razones para pensar que ellos dos podían ser hermanos, su reacción sería terrible. Y ni el barón ni Brunhilda serían tampoco interlocutores demasiado amables. No, había topado con un callejón sin salida.

Se acabó. Me marcho.

Sus pasos erráticos le llevaron hasta Marienplatz. Decidió ir a hacer una última visita a Sebastian Keller antes de abandonar la ciudad para siempre. Camino de la librería se preguntó si aún seguiría en pie o si por el contrario su dueño habría sucumbido a las crisis de los años veinte como tantos y tantos otros negocios habían hecho.

Sus temores resultaron infundados. El local aparecía como siempre, pulcro y ordenado, con sus amplios escaparates, en los que se ofrecía una cuidada selección de poesía clásica alemana. Entró sin entretenerse demasiado, y enseguida Keller asomó desde la parte de atrás, igual que el día que le conoció en 1923.

—¡Paul! ¡Dios santo, qué sorpresa!

El librero se adelantó y le estrechó la mano con una cálida sonrisa en el rostro. Apenas había pasado el tiempo por él. Seguía tiñéndose el pelo de blanco, y ahora lucía unas gafas nuevas con montura de oro y alguna que otra arruga en torno a los ojos, pero por lo demás mantenía el mismo aire de tranquila sabiduría.

—Buenas tardes, señor Keller.

—Pero qué alegría, Paul. ¿Dónde te has metido todo este tiempo? Te dábamos por desaparecido... Leí en los periódicos acerca del incendio en la pensión y temí que tú también hubieras muerto. ¡Podrías haber escrito!

Algo avergonzado, Paul se disculpó por no haber dado señales de vida durante todos aquellos años. Keller, contra su costumbre, cerró la librería y llevó al joven a la trastienda, donde tomaron té y hablaron durante un par de horas sobre los viejos tiempos. Paul le narró sus viajes por África, los diversos trabajos que había desempeñado y sus experiencias con culturas extrañas y diferentes.

—Has vivido verdaderas aventuras..., ya quisiera tu admirado Karl May haber estado en tu piel.

—Supongo que sí..., aunque en las novelas las cosas son muy distintas —dijo Paul, con una sonrisa amarga, pensando en el trágico final de Nagel.

—¿Y qué hay de la masonería, Paul? ¿Has continuado en contacto con alguna logia durante todo este tiempo?

—No, señor.

—Bueno, al fin y al cabo el orden es la esencia de nuestra Hermandad. Por suerte esta noche hay una tenida. Tienes que venir, y no acepto un no por respuesta. Podrás retomar tus trabajos donde los dejaste —dijo Keller, dándole una palmada en el hombro.

Paul, incapaz de zafarse del compromiso, aceptó.

49

Aquella noche, de nuevo en el templo, Paul volvió a sentir la sensación de artificiosidad impuesta y aburrimiento que le inundó años atrás cuando acudió por primera vez a una tenida masónica. El lugar estaba lleno a rebosar con más de un centenar de personas.

En un momento dado Keller, que seguía siendo el Gran Maestre de la Logia del Sol Naciente, se levantó y presentó a Paul a los hermanos masones. Muchos le conocían, pero al menos una decena de nuevos miembros le saludaron por primera vez.

Salvo cuando Keller se refirió a él directamente, Paul estuvo ausente durante gran parte de la tenida. Tan sólo al final, uno de los hermanos más antiguos —alguien llamado Furst— se levantó para proponer un tema que no estaba en el orden del día.

—Venerable Gran Maestre, un grupo de hermanos y yo hemos estado hablando acerca de la situación actual.

—¿A qué te refieres, hermano Furst?

—A la preocupante sombra del nazismo sobre la masonería.

—Hermano, ya conoces las normas. Nada de política en el templo.

—Pero el Gran Maestre convendrá conmigo en que las noticias que llegan desde Berlín y desde Hamburgo son preocupantes. Allí muchas de las logias se han disuelto por voluntad propia. Aquí en Baviera no queda ninguna de las prusianas.

—¿Estás proponiendo por tanto la disolución de esta logia, hermano Furst?

—En absoluto. Pero creo que podría ser conveniente que adoptásemos medidas que han adoptado otras para asegurar su permanencia.

—¿Y cuáles son?

—La primera, cortar lazos con hermandades de fuera de Alemania.

Varios murmullos siguieron a esa afirmación. La masonería era por tradición una sociedad internacional, y las logias eran más respetadas cuanto más vínculos mantuviesen con otras que las reconociesen.

—Silencio, por favor. Cuando el hermano termine, los demás podrán dar su opinión sobre el tema.

—La segunda es renombrar nuestra sociedad. Otras logias en Berlín han cambiado su denominación a «Orden de los Caballeros Teutónicos».

Aquello desató una nueva oleada de murmullos. ¡Cambiar el nombre de la orden era inaceptable!

—Y por último, creo que deberíamos dispensar de la logia, con todos los honores, a los hermanos cuya condición ponga en peligro nuestra supervivencia.

—¿Y qué hermanos son estos?

Furst carraspeó antes de continuar, visiblemente incómodo.

—Los hermanos judíos, por supuesto.

Paul saltó de su asiento, sorprendido. Intentó pedir la palabra, pero el interior del templo se había convertido en un pandemonio de gritos y de imprecaciones. El barullo se prolongó durante minutos, en los que todos intentaron hablar sin conseguirlo. Keller dio varios golpes en su atril con el mazo que le servía para moderar las tenidas, y que rara vez usaba.

—¡Orden, orden! ¡Intentemos hablar de uno en uno o tendré que disolver la tenida!

Los ánimos se atemperaron un poco, y los oradores tomaron la palabra para apoyar o rechazar la medida. Paul fue contando el número de intervenciones, y quedó muy sorprendido al ver que había un empate entre las dos posturas. Intentó pensar en algo que aportar que tuviese sentido y coherencia. No se le ocurría nada, y sin embargo tenía la urgente necesidad de transmitir lo injusto que era lo que estaba escuchando.

Finalmente Keller le señaló con el mazo. Paul se levantó y dijo:

—Hermanos, es la primera vez que hablo en esta logia. Muy posiblemente, también será la última. He asistido atónito al debate que ha suscitado la propuesta del hermano Furst, y lo que me asombra no es escuchar vuestras opiniones, sino el mero hecho de que nos hayamos detenido por un instante a debatirlas.

Hubo murmullos de aprobación.

—Yo no soy judío. Por mis venas corre sangre aria, o al menos eso creo. En realidad no estoy muy seguro de lo que soy o de quién soy. Llegué a esta noble institución tras los pasos de mi padre, sin otra pretensión que indagar sobre mí mismo. Circunstancias de la vida me han alejado de vosotros durante largo tiempo, pero al volver no me imaginaba que las cosas iban a ser tan distintas. Entre estos muros perseguimos supuestamente la iluminación. ¿Podéis explicarme, hermanos, desde cuándo esta institución discrimina a los hombres por otra cosa que no sean sus actos, justos o injustos?

Hubo nuevos murmullos de asentimiento, y Paul vio cómo Furst se levantaba de su asiento.

—¡Hermano, has pasado mucho tiempo fuera y no sabes lo que sucede en Alemania!

—Es cierto. Vivimos un tiempo oscuro. Pero es en estos momentos cuando hay que agarrarse con mayor firmeza a nuestras creencias.

—¡Lo que está en juego es la supervivencia de la logia!

—Sí, pero ¿a costa de que la logia deje de ser lo que es ahora?

—Si es preciso...

—Hermano Furst, si cruzando el desierto notases que el sol arrecia y que se te vacía la cantimplora ¿mearías dentro para evitar que se terminase el líquido?

El techo del templo vibró ante la carcajada general. Furst hervía de furia, pues estaba perdiendo la partida.

—¡Y pensar que así habla el descastado hijo de un desertor! —exclamó rabioso.

Paul encajó el golpe como pudo. Apretó con fuerza el respaldo del asiento que estaba frente a él. Sus nudillos se pusieron blancos por el esfuerzo.

Tengo que controlarme o de lo contrario ganará él.

—Venerable Gran Maestre, ¿vais a permitir que el hermano Furst convierta mi exposición en un fuego cruzado?

—El hermano Reiner tiene razón. Ateneos a la regla del debate.

Furst asintió con una amplia sonrisa que puso a Paul en guardia.

—Con sumo gusto. En ese caso os ruego que retiréis la palabra al hermano Reiner.

—¿Cómo? ¿Con qué argumentos? —dijo Paul, tratando de no gritar.

—¿Vas a negar que sólo asististe a las tenidas de la logia durante unos meses antes de desaparecer?

Paul se azoró.

—No, pero...

—Por tanto no has alcanzado aún el grado de Compañero, y no tienes derecho a intervenir en las tenidas —le interrumpió Furst

—Hace más de once años que soy aprendiz. El grado de Compañero se alcanza a los tres años automáticamente.

—Sí, pero sólo cuando asistes regularmente a los trabajos. En caso contrario tiene que ser aprobado antes por una mayoría de los hermanos. Por tanto no puedes hablar en este debate —dijo Furst, sin poder ocultar su satisfacción.

Paul miró alrededor en busca de apoyos. Todos los rostros le contemplaban en silencio. Incluso Keller, que parecía deseoso de ayudarle hacía unos instantes, ahora callaba.

—Muy bien. Si éste es el espíritu que ha de prevalecer, entonces renuncio a pertenecer a la logia.

Poniéndose en pie salió de la bancada y caminó hasta el atril que ocupaba Keller. Se quitó el mandil y los guantes, y los arrojó a sus pies.

—Ya no estoy orgulloso de estos símbolos.

—¡Y yo tampoco!

Uno de los asistentes, alguien llamado Joachim Hirsch, se levantó. Hirsch era judío, recordó Paul. Él también arrojó sus símbolos a los pies del atril.

—No aguardaré a que se pronuncie una votación sobre si debo ser expulsado de esta logia a la que he pertenecido durante veinte años. Antes me marcharé —dijo poniéndose al lado de Paul.

Al oír aquello, muchos otros se levantaron. La mayoría eran judíos, aunque unos pocos, observó Paul con alegría, se mostraban igualmente indignados sin serlo. En un minuto más de treinta mandiles se apilaron sobre el mármol ajedrezado, entre el caos y el bochorno del resto de los asistentes.

—¡Basta! —gritó Keller, dando golpes con el mazo, tratando de hacerse oír sin conseguirlo—. Si no me obligase mi puesto, yo también arrojaría ese mandil. Respetemos a quienes han tomado esta decisión.

El grupo de disidentes comenzó a abandonar el templo. Paul fue de los últimos en salir, y lo hizo con la cabeza alta pero aun así lleno de pesadumbre. Aunque no se hubiera encontrado nunca a gusto entre los masones, le dolía ver cómo un grupo de personas inteligentes y cultas como aquél quedaba escindido por culpa del miedo y la intolerancia.

Caminó en silencio hasta el recibidor. Algunos de los disidentes habían formado un pequeño corro, aunque la mayoría habían tomado sus sombreros y estaban ya saliendo a la calle por turnos, en grupos de dos o tres para no llamar la atención. Paul cogió el suyo y se disponía a hacer lo propio cuando alguien le tocó la espalda.

—Permítame estrecharle la mano —era Hirsch, el que había tirado al suelo su mandil tras hacerlo Paul—. Muchas gracias por darnos ejemplo, pues sin usted yo no me habría atrevido.

—No hay por qué. Tan sólo reaccioné ante una injusticia, eso es todo.

—Ojalá más personas hicieran como usted, Reiner. De este modo Alemania no estaría así. Esperemos que sea sólo un viento pasajero.

—La gente tiene miedo —dijo Paul encogiéndose de hombros.

—No me extraña. Desde hace tres o cuatro semanas la Gestapo tiene autoridad para actuar extrajudicialmente.

—¿A qué se refiere?

—En la práctica pueden detener a quien quieran sólo por «caminar sospechosamente».

—¡Pero eso es absurdo! —dijo Paul, atónito.

—No lo es —dijo otro de los que aún aguardaban su turno para salir—. Al cabo de unos días la familia recibe un aviso.

—O les llaman para identificar el cadáver —intervino un tercero con tono lúgubre—. Ya le ha pasado a algún conocido mío, y la lista va en aumento. Krickstein, Cohen, Tannenbaum...

Al oír aquel último nombre, a Paul le dio un vuelco el corazón.

—¡Espere un momento! ¿Ha dicho Tannenbaum? ¿Qué Tannenbaum?

—Josef Tannenbaum, el industrial. ¿Le conoce?

—Más o menos. Podría decirse que soy... amigo de la familia.

—Entonces me entristece comunicarle que Josef Tannembaum ha muerto. El entierro tendrá lugar mañana por la mañana.

50

—Debería ser obligatorio que lloviese en los entierros —dijo Manfred.

Alys no respondió. Se limitó a tomarle de la mano con fuerza.

Tiene razón, pensó mirando alrededor. Las blancas lápidas refulgían bajo el sol de la mañana, creando un ambiente de serenidad que no casaba con su estado de ánimo.

Alys, que tan poco conocía sus emociones y que tan frecuentemente era víctima de ese desconocimiento, no era capaz de identificar cómo se sentía. Había odiado a su padre con toda su alma de manera ininterrumpida desde que les obligó a volver de Ohio quince años atrás. Su odio había ido adquiriendo distintas tonalidades. Primero lo tiñó de un matiz enrabietado de adolescente despechada a la que le llevan la contraria. De ahí pasó al desprecio cuando vio a su padre en toda su dimensión egoísta y codiciosa, la del empresario dispuesto a todo para medrar. Le siguió el odio esquivo y asustadizo de la mujer que tiene miedo a convertirse en un accesorio.

Desde que los esbirros de su padre la habían capturado aquella fatídica noche de 1923, el odio hacia su padre se había convertido en la forma más fría de animadversión posible. Alys, sentimentalmente agotada tras su ruptura con Paul, había despojado de pasión la relación con su padre, enfocándola desde un punto de vista racional. *Él* —era mejor referirse a aquella persona como *él*, pues dolía menos— estaba enfermo. *Él* no comprendía que ella debía ser libre para vivir su propia vida. *Él* quería casarla con alguien a quien despreciaba.

Él pretendía matar al niño que ella llevaba en su vientre.

Alys había tenido que luchar con todas sus fuerzas para evitarlo. Su padre la había abofeteado, llamado sucia zorra y cosas aún peores.

—¡No lo tendrás! ¡El barón no aceptará a una puta preñada como novia de su hijo!

Tanto mejor, había pensado Alys. Se replegó en sí misma, se negó rotundamente a abortar y comunicó a los escandalizados criados que estaba embarazada.

—Tengo testigos. Si lo pierdo por tu culpa te denunciaré, cabrón —le dijo con un aplomo y una seguridad que nunca había sentido.

—Doy gracias al cielo de que tu madre esté muerta y no tenga que ver a su hija así.

—¿Así cómo? ¿Vendida al mejor postor por su propio padre?

Josef, atado de pies y manos, se vio obligado a acudir al palacete de los von Schroeder y confesarle al barón la verdad. Éste, con un rostro de pesadumbre pobremente fingida, le comunicó que lógicamente en aquellas condiciones el trato debía anularse.

Alys nunca volvió a hablar con Josef después de la fatídica tarde en que el empresario regresó de su encuentro con su fallido consuegro envuelto en una manta de rabia y humillación. Una hora después de su vuelta, Doris, el ama de llaves, le comunicó que debía marcharse inmediatamente.

—El señor le autoriza a llevarse una maleta de ropa si la precisa —le dijo ella con un deje en la voz que indicaba claramente lo que pensaba al respecto.

—Dígale al señor que muchas gracias pero que no necesito nada de él —dijo Alys.

Se encaminó hacia la puerta, pero antes de salir se volvió hacia el ama de llaves.

—Por cierto, Doris... procure no robar usted la maleta y decir que me la llevé, como hizo con el dinero que mi padre dejó sobre el lavabo.

Aquellas palabras pincharon por completo la engañosa fachada de superioridad moral del ama de llaves. Se puso colorada y empezó a resoplar.

—¡Oiga, le puedo asegurar que yo...!

La joven se marchó, ahogando de un portazo el final de la frase.

A pesar de estar sola, a pesar de todo lo que acaba de ocurrirle, a pesar de la gigantesca responsabilidad que minuto a minuto crecía en su interior, la expresión de desconcierto de la mujer había sido capaz de arrancarle una sonrisa. La primera sonrisa desde que Paul la abandonó.

¿O acaso fui yo quien le obligó a que me dejase?

Pasó los siguientes once años intentando responder a esa pregunta.

Cuando Paul apareció por el camino arbolado del cementerio, la pregunta se contestó sola. Alys le vio acercarse y quedarse a un lado mientras el sacerdote pronunciaba el responso.

Alys olvidó por completo a la veintena de personas que rodeaban el ataúd, una caja de madera vacía a excepción de una urna con las cenizas de Josef. Olvidó que había recibido las cenizas por correo, junto a una nota de la Gestapo que decía que su padre había sido arrestado por sedición y que había muerto «tratando de escapar». Olvidó que lo enterraba bajo una cruz y no bajo una estrella, pues había muerto como católico en un país de católicos que votaban a Hitler. Olvidó su propia confusión y su miedo, pues en mitad de éste había una certeza que se aparecía ante sus ojos como un faro en mitad de una tormenta.

Fue culpa mía. Fui yo quien te apartó, Paul. Quien te ocultó la verdad y no dejó que escogieras libremente. Y, maldito seas, sigo tan enamorada de ti como la primera vez que te vi hace quince años con aquel ridículo mandil de camarero.

Quiso correr hacia él, pero creyó que si lo hacía podría perderle para siempre. Y, aunque había madurado mucho desde que era madre, la cadena dorada del orgullo seguía aún atándole los pies bien corto.

Tengo que aproximarme a él despacio. Saber dónde ha estado, qué ha hecho. Si aún siente algo.

El funeral terminó. Manfred y ella recibieron el pésame de los asistentes. El último era Paul, que se acercó con una mirada cautelosa.

—Buenos días. Gracias por venir —le dijo Manfred, tendiéndole la mano, sin reconocerle.

—Le acompaño en el sentimiento —respondió Paul, adelantándose a estrecharla.

—¿Conocía usted a mi padre?

—Un poco. Me llamo Paul Reiner.

Manfred soltó la mano de Paul como si quemase y se encaró con el joven. Aunque era bastante más bajo y delgado que Paul, consiguió que éste diera un paso atrás, sorprendido.

—¿Qué haces aquí? ¿Crees que puedes aparecer otra vez en su vida, como si tal cosa? ¿Después de once años sin dar señales de vida?

—Escribí decenas de cartas, pero ninguna obtuvo respuesta —se defendió Paul, azorado.

—Eso no cambia lo que hiciste.

¡No lo digas!, gritó Alys en su interior.

—Está bien, Manfred —intervino poniéndole una mano en el hombro—. Ve yendo a casa.

—¿Estás segura? —dijo él, mirando de reojo a Paul.

—Sí —mintió ella.

—De acuerdo. Iré a casa a ver a...

—Muy bien —le interrumpió antes de que pronunciase el nombre—. Yo iré luego.

Manfred, echando un último vistazo rencoroso a Paul, se caló el sombrero y se marchó. Alys comenzó a andar por el paseo central del cementerio en silencio, con Paul a su lado. El contacto de sus ojos había sido muy breve pero intenso y doloroso. Ella no estaba dispuesta a volver a repetirlo, así que prefirió caminar para no tener que cruzar su mirada con él.

—Así que has vuelto.

—Regresé la semana pasada, siguiendo una pista que salió mal. Ayer me encontré con un conocido de tu padre que me contó lo que había ocurrido. Espero que en estos años pudieseis acercaros.

—Hay veces en que lo mejor es la distancia.

—Comprendo.

¿Por qué habré dicho eso? Ahora se va a creer que lo he dicho por él. Pero tampoco le puedo sacar del error. ¿Qué digo ahora?

—¿Qué hay de tus viajes, Paul? ¿Encontraste lo que deseabas?

—No.

Di que te equivocaste al marcharte, maldito seas. Di que te equivocaste y yo admitiré mis errores y los tuyos, hasta el último de ellos y caeré de nuevo en tus brazos. ¡Dilo!

—De hecho he decidido renunciar —continuó Paul—. Me he quedado sin salidas, sin pistas ni opciones. No tengo familia, no tengo dinero, no tengo una carrera, no tengo ni siquiera un país al que volver, porque esto que me he encontrado no es Alemania.

Ella se paró y se giró para mirarle de cerca por primera vez. Le sorprendió ver que su rostro no había cambiado gran cosa. Sus rasgos se habían endurecido, tenía profundas ojeras alrededor de los ojos y había ganado peso, pero seguía siendo Paul. Su Paul.

—¿Es cierto que me escribiste?

—Muchas veces. Envié cartas a tu dirección de la pensión, y también a casa de tu padre.

Otra cosa por la que estarle agradecida a mi padre.

—¿Y bien? ¿Qué vas a hacer? —dijo, y los labios y la voz le temblaron sin poder evitarlo. Tal vez era su cuerpo mandándole el mensaje que ella no se atrevía a enviar, y llegó a su destino, al menos en parte, pues cuando Paul respondió también lo hizo con una nota de emoción.

—Había pensado en volver a África, Alys. Pero cuando escuché lo sucedido a tu padre pensé que...

—¿Qué?

—No me interpretes mal, pero me gustaría hablar contigo más despacio, contarte por lo que he pasado todos estos años.

—No es una buena idea —se forzó a decir ella.

—Alys, sé que no tengo ningún derecho a entrar en tu vida cuando me da la gana. Yo... fue un gran error marcharme aquella vez, fue un error tremendo, y me avergüenzo de ello. Me ha costado mucho darme cuenta, y sólo te pido que quedemos para tomar un café algún día.

¿Y si te dijese que tienes un hijo, Paul? ¿Un niño precioso, de ojos azul cielo como los tuyos, rubio y testarudo como su padre? ¿Qué harías, Paul? ¿Y si te admitiese en nuestras vidas y luego saliese mal? Por mucho que te desee, por mucho que mi cuerpo y mi alma quieran estar contigo, no puedo permitir que le hagas daño.

—Necesito un poco de tiempo para pensarlo.

Él sonrió y unas pequeñas arrugas que Alys no conocía se le formaron alrededor de los ojos.

—Estaré aquí —dijo Paul, tendiéndole un papelito con su dirección—. El tiempo que necesites.

Alys tomó el papelito y sus dedos se rozaron durante un instante.

—Está bien, Paul. Pero no te prometo nada. Y ahora vete.

Paul, algo dolido por aquella brusca despedida, se marchó sin decir palabra.

Mientras el joven desaparecía paseo abajo, rogó que no se diera la vuelta para que no apreciara el temblor de sus piernas.

51

—Vaya, vaya. Parece que la rata ha mordido el cebo —dijo Jürgen apretando con fuerza los prismáticos. Desde aquella posición, en una loma a ochenta metros del lugar donde estaban enterrando las cenizas de Josef, sólo podía verle de lado, avanzando en la cola de personas que acudían a dar el pésame a los Tannenbaum, pero le reconoció al instante—. ¿Tenía razón, Adolf?

—Tenía razón, señor —dijo Eichmann, algo nervioso. Estaba visiblemente incómodo con aquella desviación del programa. En los seis meses que llevaba trabajando con Jürgen, el flamante barón había conseguido penetrar en varias logias exhibiendo su título, su encanto superficial y unas credenciales falsas suministradas por la Logia de la Espada Prusiana. Su Gran Maestre, un nacionalista recalcitrante conocido de Heydrich, apoyaba a los nazis con toda su alma. Sin ningún escrúpulo, le había otorgado a Jürgen el grado de Maestro y dado un curso intensivo sobre cómo parecer un masón experimentado. Después le había entregado una carta personal suya a los Grandes Maestres de las logias humanitarias, instándoles a la colaboración «para capear el temporal de la situación política».

Con una visita a una logia diferente cada semana, y valiéndose de trucos y argucias, Jürgen había conseguido ya más de tres mil nombres de miembros de las logias humanitarias. Heydrich estaba exultante con aquel progreso, y Eichmann también, pues veía cada vez más cerca su sueño de escapar de su gris empleo en Dachau. No le había importado mecanografiar las fichas para Heydrich en su tiempo libre, incluso hacer ocasionales viajes de fin de semana con Jürgen a ciudades cercanas como Augsburgo, Ingoldstadt o Stuttgart. Pero aquella obsesión que se había desatado en Jürgen desde hacía unos días le preocupaba mucho. Prácticamente no pensaba en otra cosa que en ese Paul Reiner. Ni siquiera le había explicado qué papel representaba en la misión que Heydrich les había encargado, sólo había dicho que quería encontrarle.

—Yo tenía razón —repitió Jürgen, más para sí que para su nervioso acompañante—. Ella era la clave.

Ajustó un poco la lente de los prismáticos. Su uso le resultaba muy incómodo al tener un solo ojo, y tenía que retirarlos de tanto en tanto. Al volver a enfocar, se desvió un poco y la imagen de Alys entró en su campo de visión. Estaba muy hermosa, más madura desde la última vez que la vio. Se fijó en cómo la blusa negra de manga corta que llevaba le marcaba los pechos, y deseó que alzase la vista un poco para verla mejor.

Ojalá mi padre no la hubiera rechazado. Hubiese sido una gran humillación para esa zorra tener que casarse conmigo y hacer lo que yo quisiera, fantaseó Jürgen. Se le había formado una erección, y tuvo que meter la mano en el bolsillo y acomodarse discretamente el miembro para que Eichmann no notase nada.

Pensándolo bien, es mucho mejor así. Casarme con una judía hubiese sido letal para mi carrera en las SS. Y sin embargo ahora puedo matar dos pájaros de un tiro. Primero atraer a Paul hasta mí y segundo poseerla a ella. Ya aprenderá. Oh, sí, ya aprenderá la muy puta.

—¿Continuamos con lo previsto, señor? —dijo Eichmann.

—Sí, Adolf. Síguele. Quiero saber dónde se aloja.

—¿Y luego? ¿Le denunciamos a la Gestapo?

Con el padre de Alys había sido muy fácil. Una llamada a un *obersturmführer* conocido, poco más de diez minutos de conversación y cuatro hombres habían sacado al judío insolente de su piso de Prinzregentenplatz sin dar ninguna explicación. El plan había salido a la perfección, y Paul había acudido al funeral, como Jürgen estaba seguro de que haría.

Sería tan sencillo repetirlo... descubrir dónde dormía, enviar una patrulla y luego acudir a los sótanos del palacio Wittelsbacher, el cuartel general de la Gestapo en Múnich. Entrar en la celda acolchada —no para que nadie se arrojase contra las paredes sino para ahogar los gritos de dolor— y sentarse frente a él para verle morir. Tal vez incluso podría llevar a la judía allí y violarla delante de Paul, disfrutar de ella mientras él intentaba desesperadamente soltarse de sus ataduras.

Pero tenía que pensar en su carrera. No estaría bien que la gente fuese hablando de su crueldad por ahí, y menos ahora que comenzaba a ser más conocido, que por su título y por sus logros estaba a un paso de lograr el ascenso y un billete a Berlín para trabajar codo con codo con Heydrich. Y luego estaba su propio deseo de medirse con Paul de hombre a hombre. Devolverle al mierdecilla todo el dolor que le había causado con sus propias manos, sin escudarse tras la maquinaria del Estado.

Tiene que haber una manera mejor.

De repente supo qué quería hacer, y los labios se le curvaron en una sonrisa cruel.

—Perdone, señor —insistió Eichmann, creyendo que no le había oído—. Le decía que si denunciaremos a Reiner.

—No, Adolf. Esto va a requerir un enfoque más personal.

52

—¡Ya estoy en casa!

De vuelta del cementerio, Alys entró al pequeño apartamento y se preparó para la habitual embestida de Julian, que corría como un loco pasillo abajo para abrazarla cada vez que ella llegaba a casa. Pero en esa ocasión no se produjo.

—¿Hola? —gritó extrañada.

—¡Estamos en el estudio, mamá!

Alys recorrió el estrecho pasillo. Tan sólo había tres habitaciones. La de ella, la más pequeña, era tan austera como un armario. La de Manfred era prácticamente lo mismo, sólo que su hermano la tenía siempre hasta arriba de manuales técnicos, libros raros en inglés y un montón de apuntes de la carrera de ingeniería que había terminado el año anterior y que siempre decía que iba a tirar. Manfred vivía con ellos desde que comenzó la universidad y se recrudecieron las peleas con su padre. Supuestamente era un arreglo temporal, pero ya llevaban juntos tanto tiempo que Alys no se imaginaba cómo podría desarrollar su carrera de fotógrafa sin él y la ayuda que le prestaba con Julian. Tampoco él podría ir demasiado lejos sin ellos, pues a pesar de haber conseguido excelentes calificaciones en la carrera, sus entrevistas de trabajo siempre terminaban con la misma frase: *Qué pena que sea usted judío*. El único dinero que entraba en casa era el que Alys ganaba vendiendo fotos, y cada vez era más difícil pagar el alquiler.

El «estudio» era lo que en los hogares normales se conocía como salón. Los instrumentos de revelado de Alys lo habían copado por completo. La ventana se había cubierto con telas negras, y la bombilla que colgaba del techo era de color rojo.

Alys llamó a la puerta con los nudillos.

—¡Pasa, mamá! ¡Estamos terminando!

La mesa estaba cubierta por las cubetas de revelado. Media docena de cuerdas cruzaban de pared a pared, abarrotadas de pinzas que sostenían las fotos en proceso de secado. Alys, divertida, corrió a darle un beso a Julian y a Manfred.

—¿Estás bien? —le dijo su hermano.

Alys le indicó con gestos que hablarían después. No le habían dicho a Julian dónde iban antes de dejarle al cuidado de una vecina. El niño no había tenido derecho en vida de su abuelo a disfrutar de él, ni tendría en la muerte derecho a su herencia —mucho más exigua en los últimos años, pues Josef había perdido ímpetu en los negocios—, que había pasado por completo a un fondo cultural.

La última voluntad del hombre que decía hacerlo todo por su familia, pensó Alys cuando escuchó al abogado de su padre. *Pues no pienso hablarle a Julian de la muerte de su abuelo. Al menos le evitaremos ese mal trago.*

—¿Qué es esto? No recuerdo haber hecho estas fotos.

—Parece que Julian ha estado utilizando tu vieja Kodak, hermanita.

—Ah, ¿sí? Lo último que recuerdo es que el obturador estaba atascado.

—El tío Manfred me la arregló —respondió Julian, con una sonrisa culpable.

—¡Chivato! —dijo Manfred, dándole un empujón en broma—. En fin, era eso o dejarle coger tu Leica.

—Te hubiera arrancado la piel a tiras, Manfred —dijo Alys, fingiendo enfado. A ningún fotógrafo le gusta que los dedos pequeños y pegajosos de un niño estén cerca de su cámara, pero tanto ella como su hermano sentían debilidad por el pequeño Julian. Desde que aprendió a hablar había hecho lo que había querido con ambos, y al mismo tiempo era el más sensato y cariñoso de los tres.

Se acercó a la hilera de fotos y comprobó que las primeras ya se podían manipular. Cogió una y la levantó con cuidado. Era un primer plano de la lámpara del escritorio de Manfred, con una pila de libros al lado. La foto estaba excepcionalmente bien conseguida, con el cono de luz iluminando a medias los títulos en un excelente contraste de luces y sombras. Había un pequeño desenfoque, producto sin duda del movimiento de las manos de Julian al apretar el disparador. Un pequeño defecto de principiante.

Y esto con sólo diez años. Cuando crezca será un gran fotógrafo, pensó Alys orgullosa.

Miró de reojo a su hijo, que la observaba con intensidad, deseando conocer su opinión. Alys fingió no darse cuenta.

—¿Qué te parece, mamá?

—¿El qué?

—¿Qué va a ser? La foto.

—Te ha salido un poco movida. Pero escogiste muy bien la apertura y la profundidad. La próxima vez que quieras hacer un bodegón con poca luz, usa el trípode.

—Sí, mamá —dijo Julian, sonriendo de oreja a oreja.

El muy canalla sabe que estoy sacándole los defectos adrede, pensó Alys, sin poder evitar sonreír a su vez. Desde que nació, su carácter se había dulcificado bastante. Le revolvió el pelo rubio, cosa que siempre le provocaba una risa.

—Julian, ¿qué te parece si hoy disfrutamos de un pícnic en el parque con el tío Manfred?

—¿Me dejarás llevar la Kodak?

—Si prometes tener cuidado... —dijo Alys, con resignación.

—¡Claro! ¡Al parque, al parque!

—Pero antes ve a cambiarte a tu habitación.

Julian salió a toda velocidad, y Manfred se quedó mirando a su hermana en silencio. Bajo aquella luz roja que difuminaba rasgos y expresiones, era incapaz de saber en qué estaba pensando. Alys, por su parte, había sacado el papel que le había entregado Paul del bolsillo y clavaba la vista en él como si aquella media docena de palabras pudieran convertirse en Paul.

—¿Te ha dado un papel con su dirección? —dijo Manfred, leyendo por encima del hombro de ella—. Y encima es de una pensión. Por favor...

—Es posible que sus intenciones sean buenas, Manfred —dijo ella, a la defensiva.

—No puedo entenderte, hermanita. Todo este tiempo has sufrido sin saber nada de él, creyendo que estaba muerto o algo peor. Y de repente aparece...

—Ya sabes lo que siento por él.

—Podías haberlo pensado antes.

Ella torció la cara al escuchar aquello.

Muchas gracias, Manfred. Como si no me hubiese arrepentido lo suficiente durante todo este tiempo.

—Perdóname —dijo Manfred al notar que la había disgustado. Le acarició el hombro con cariño—. Lo he dicho sin querer. Eres muy libre de hacer lo que quieras, por supuesto. Tan sólo pretendo evitar que te hagan daño.

—Tengo que intentarlo.

Ambos guardaron silencio unos instantes. Desde la habitación del niño llegaron ruidos de cosas cayendo al suelo.

—Seguramente esté intentando coger el balón.

—¿Has pensado ya cómo se lo vas a decir a Julian?

—No tengo ni la menor idea. Gradualmente, supongo.

—¿Qué quieres decir con gradualmente, Alys? ¿Le vas a enseñar primero una pierna y le vas a decir «ésta es la pierna de tu padre»? ¿Y al día siguiente un brazo? Cuando lo hagas tendrá que ser de golpe, tendrás que admitir que llevas toda su vida mintiéndole, y será duro.

—Ya lo sé —dijo ella pensativa.

Resonó un nuevo ruido estruendoso, más fuerte que el anterior.

—¡Ya estoy! —gritó Julian al otro lado de la puerta.

—Será mejor que os adelantéis —dijo Alys—. Iré haciendo unos bocadillos y nos encontraremos dentro de media hora junto a la fuente.

Cuando se fueron, Alys intentó poner orden a la vez en sus pensamientos y en el campo de batalla en que se había convertido el cuarto de Julian, pero tuvo que desistir cuando se dio cuenta de que estaba emparejando calcetines de diferentes colores.

Fue hasta la diminuta cocina y puso en una cesta fruta, varios bocadillos de queso y mermelada y una botella de zumo. Estaba intentando decidir si llevar una o dos cervezas, cuando escuchó el timbre.

Seguro que se han olvidado algo, pensó. *Mejor, así ya vamos todos juntos.*

Abrió de golpe la puerta de la calle.

—Menuda cabeza que ten...

La última palabra se le convirtió en un jadeo asustado. Cualquier otro ciudadano lo hubiera exhalado al ver el uniforme de las SS.

Alys lo hizo porque reconoció el rostro de quien lo vestía.

—¿Me echabas de menos, puta judía? —dijo Jürgen, con una sonrisa.

53

Cuando llamaron a la puerta, Paul tenía una manzana a medio comer en una mano y un periódico en la otra. Había dejado la comida que le había subido la patrona intacta sobre la mesa, pues la emoción de su encuentro con Alys le había revuelto el estómago. Se obligó a masticar la fruta para calmar sus nervios.

Al escuchar los golpes, Paul se puso en pie, soltó el periódico y tomó la pistola de debajo de la almohada. Con ella tras la espalda, abrió la puerta. Era de nuevo la patrona.

—Señor Reiner, aquí hay unas personas que quieren verle —dijo la mujer, con cara de preocupación.

Se hizo a un lado. En mitad del pasillo estaba Manfred Tannenbaum, llevando de la mano a un niño asustado, que se aferraba a un viejo y gastado balón de fútbol como si fuera un salvavidas. Paul se quedó observándolo fijamente y el corazón le dio un vuelco. El pelo rubio oscuro, los rasgos marcados, el ligero hoyuelo en la barbilla y los ojos azules. La manera en que le miraba, con miedo pero sin bajar la vista.

—¿Es...? —dijo buscando en Manfred una confirmación que no necesitaba, pues su corazón ya se lo había dicho todo.

El otro asintió con la cabeza, y por tercera vez en la vida de Paul, todo lo que sabía del mundo se hizo añicos en un solo instante.

—Oh, Dios santo. ¿Qué he hecho?

Diez minutos más tarde, Paul y Manfred miraban al chico atacar la salchicha con patatas hervidas que su padre no había podido comer. Ambos estaban en silencio. Manfred recuperándose de la impresión de haber vuelto a casa ante la tardanza de Alys y encontrarla vacía, y Paul del tremendo choque que había supuesto mirar a su hijo a los ojos por primera vez.

—¿Es usted mi padre? —le había dicho el niño en cuanto los hizo pasar a la habitación.

Manfred y él se quedaron boquiabiertos.

—¿Por qué dices eso, Julian?

El niño, sin responder a su tío, agarró a Paul por el brazo, obligándole a acuclillarse para que los dos pudiesen estar cara a cara. Recorrió con la punta de los pequeños dedos las facciones de su padre, explorándolas como si mirarle no fuese suficiente. Paul cerró los ojos durante la exploración, sabiendo que estaba a punto de llorar y no quería hacerlo.

—Me parezco a usted —dijo Julian, finalmente.

—Sí, hijo. Te pareces mucho.

—¿Podría darme de comer? Tengo mucha hambre —dijo el niño, señalando la bandeja.

—Claro que sí —dijo Paul, reprimiendo la imperiosa necesidad de abrazarle. No se atrevía a acercarse demasiado, pues se hacía cargo de que el niño acababa de comprender que tenía un padre.

—Ve a lavarte la cara y las manos, anda —Manfred le empujó cariñosamente hacia el aseo.

—¿Qué ha ocurrido? —preguntó Paul.

—Íbamos de pícnic. Julian y yo nos adelantamos a esperar a su madre, pero tardaba demasiado y volvimos. Cuando llegábamos a la esquina de casa, un vecino nos avisó de que alguien con uniforme de las SS se había llevado a Alys. Yo no me he atrevido a volver, por miedo a que nos estén esperando, ni tampoco tengo otro sitio a donde ir.

Paul fue hasta el armario y del fondo de una maleta sacó una botella pequeña y estrecha de color marrón, con un tapón dorado. Con un giro de muñeca rompió el sello y se la tendió a Manfred, que dio un largo trago y empezó a toser.

—Más despacio, si no quieres terminar cantando.

—Caray, cómo quema. ¿Qué diantres es?

—Se llama *krügsle*. Lo destilan los colonos alemanes en Windhoek. Esta botella era un regalo de un amigo. La guardaba para una ocasión especial.

—Gracias —dijo Manfred, devolviéndole el frasco—. Siento que hayas tenido que enterarte así, pero...

Julian volvió del baño y se puso a devorar el almuerzo, y los dos hombres guardaron silencio hasta que terminó. El niño se comió incluso el resto de la manzana de Paul.

—Necesito hablar a solas con el señor Reiner —le dijo Manfred.

El niño se cruzó de brazos.

—No pienso irme. Los nazis se han llevado a mamá, y quiero saber lo que habláis.

—Julian...

Paul le puso una mano en el hombro a Manfred y le interrogó con la mirada. El joven se encogió de hombros.

—Está bien —dijo, algo molesto por la intromisión.

Paul se dio la vuelta hacia el niño e intentó esbozar una sonrisa. Estar frente a aquella pequeña versión de su rostro era un doloroso recordatorio de la última noche que había pasado en Múnich en 1923. De la horrible y egoísta decisión que había tomado, dejando a Alys sin luchar, sin intentar al menos comprender las razones que la habían impulsado a gritarle que la abandonara. Ahora las piezas iban colocándose lentamente en su sitio, y Paul se daba cuenta del gravísimo error que había cometido.

He vivido toda la vida sin mi padre. Culpándole a él y a los que le mataron de su ausencia. Me juré miles de veces que si yo tuviese un hijo nunca, nunca jamás crecería solo.

—Julian, me llamo Paul Reiner —dijo, tendiéndole la mano.

El niño le devolvió el apretón.

—Lo sé, ya me lo dijo el tío Manfred.

—¿Te dijo también que yo no sabía que tenía un hijo?

Julian negó con la cabeza, en silencio.

—Alys y yo siempre le dijimos que su padre había muerto —dijo Manfred rehuyéndole la mirada.

Aquello fue demasiado para Paul, que sintió proyectado en Julian todo el dolor de las noches en vela de su infancia, en las que imaginaba a su padre como un héroe. Fantasías edificadas sobre una mentira. Se preguntó con qué ensoñaciones iluminaría aquel niño los instantes previos al sueño, y sin poder resistirlo más se levantó y corrió a abrazarle. Sus fuertes manos le alzaron de la silla y le estrecharon contra su pecho. Manfred se levantó para impedirlo, temiendo por Julian, pero se detuvo al ver que Julian, con los puños crispados y lágrimas en los ojos le devolvía el abrazo a su padre.

—¿Dónde has estado?

Las lágrimas de Paul se mezclaron con las de su hijo.

—Perdóname, Julian. Perdóname.

54

Cuando los sentimientos se tranquilizaron un poco, Manfred le contó a ambos que cuando Julian fue bastante mayor como para preguntar por su padre, Alys había decidido decirle que había muerto. Después de todo, nadie sabía nada de Paul desde hacía mucho tiempo.

—No sé si fue la mejor decisión. Yo era un adolescente entonces, pero tu madre tuvo que pensarlo mucho antes de hacerlo.

Julian había atendido a la explicación muy serio, y cuando terminó se volvió hacia Paul, quien intentó explicarle el porqué de su larga ausencia, aunque las palabras le resultaron tan complicadas de pronunciar como poco creíbles. Sin embargo Julian, pese a su tristeza, parecía comprender muy bien la situación y sólo interrumpía para hacer una pregunta ocasional.

Es un muchacho despierto e inteligente, y tiene un temple de hierro. Acaban de poner su mundo patas arriba, y a pesar de ello no llora ni patalea ni llama a su madre como haría cualquier otro.

—¿Así que todos estos años fuiste a buscar a quien había hecho daño a tu padre? —preguntó el niño.

Paul asintió.

—Sí, aunque fue un error. Nunca debí abandonar a Alys, porque la quiero mucho —dijo sin ninguna vergüenza.

—Te comprendo. Yo también buscaría por todas partes a alguien que hiciese daño a mi familia —respondió Julian con una voz baja y extraña, impropia de alguien de su edad.

Aquello les llevó de nuevo a Alys. Manfred le contó a Paul lo poco que sabía acerca de la desaparición de su hermana.

—Ocurre cada vez con más frecuencia —dijo el joven, mirando de reojo a su sobrino. No quería cometer un error y mencionar a Josef Tannenbaum, porque el niño ya había sufrido suficiente—. Y nadie hace nada por evitarlo.

—¿Hay alguien a quien podamos acudir?

—¿A quién? —dijo Manfred, alzando las manos con impotencia—. No han dejado denuncia, ni orden de registro, ni pliego de cargos. ¡Nada! Tan sólo un hueco vacío donde antes había una persona. Y si nos presentamos en el cuartel general de la Gestapo... te puedes imaginar. Habría que hacerlo acompañado por un ejército de abogados y periodistas, y ni siquiera eso sería suficiente, me temo. El país entero está en manos de esa gente, y lo peor es que nadie se ha dado cuenta hasta que ha sido demasiado tarde.

Siguieron hablando durante mucho rato sin llegar a conclusión alguna. Afuera, el atardecer cubría con un manto grisáceo las calles de Múnich y las farolas comenzaban a encenderse. Julian, cansado de tantas emociones, daba desganados botes a su balón de cuero. Acabó por soltarlo y se quedó dormido sobre la colcha, y la pelota rodó hasta los pies de su tío, que la cogió y se la mostró a Paul.

—¿Te suena?

—No.

—Es el balón con el que te aticé en la cabeza hace unos años.

Paul sonrió al recordar su caída por las escaleras y la cadena de acontecimientos que le habían llevado a enamorarse de Alys.

—Gracias a él existe Julian.

—Eso mismo me dijo mi hermana. Cuando fui lo bastante mayor para enfrentarme a mi padre y recobrar el contacto con Alys, ella me pidió el balón. Tuve que rescatarlo de un trastero, y se lo regalamos a Julian en su quinto cumpleaños. Creo que aquel día fue la última vez que vi a mi padre —recordó con amargura—. Paul, yo...

Unos golpes en la puerta le interrumpieron. Paul, alarmado, le hizo un gesto de que guardase silencio y se levantó a buscar la pistola, que había colocado en el armario. Abrió la puerta despacio. Era la patrona de nuevo.

—Señor Reiner, tiene una llamada.

Paul cambió una mirada extrañada con Manfred. Nadie sabía que Paul estaba alojado allí, a excepción de Alys.

—¿Ha dicho quién es?

La mujer se encogió de hombros.

—Dice ser alguien con noticias de la señorita Tannenbaum. No he preguntado más.

—Gracias, señora Frink. Un momento, por favor. Voy a por mi chaqueta —dijo Paul, entornando la puerta.

—Podría ser un truco para que salgas —le dijo Manfred, agarrándole del brazo.

—Ya lo sé.

Se acercó hasta el joven ingeniero y le puso la pistola en la mano.

—Yo no sé usar esto —dijo Manfred, asustado.

—Tienes que guardármela. Si no vuelvo, mira en la maleta. Hay un doble fondo debajo de la cremallera con algo de dinero. No es mucho, pero es todo lo que me queda. Coge a Julian y lárgate del país.

Paul siguió a la patrona escaleras abajo. La mujer estaba muerta de curiosidad por todo aquel trajín en torno al misterioso inquilino que había pasado dos semanas encerrado en su habitación y ahora recibía visitas extrañas y llamadas aún más extrañas.

—Ahí tiene, señor Reiner —le dijo indicándole el teléfono en mitad del pasillo—. Tal vez después les gustaría tomar algo en la cocina. Invita la casa.

—Gracias, señora Frink —dijo Paul, tomando el auricular—. Aquí Paul Reiner.

—Buenas noches, hermanito.

Al escuchar aquella voz Paul sintió un escalofrío. Había algo en su interior que le decía que Jürgen tenía algo que ver con la misteriosa desaparición de Alys, pero su propio miedo la había acallado. En aquel instante retrocedió quince años en el tiempo, volvió a sentirse tan solo e indefenso como cuando Jürgen y sus amigos le rodearon en la fiesta. Quiso gritar, pero las palabras le salieron planas y quedas por la tensión.

—¿Dónde está, Jürgen? —dijo, apretando el puño con ansiedad.

—La violé, Paul. Le hice daño y la golpeé muy fuerte y muchas veces. Ahora está en un lugar del que no saldrá nunca.

En mitad de la rabia y del dolor, Paul se agarró a una mínima esperanza. ¡Alys estaba viva!

—¿Sigues ahí, hermanito?

—Voy a matarte, hijo de puta.

—Es posible. En realidad es la única salida que tenemos tú y yo, ¿verdad? El destino nos colgó a ambos hace muchos años de la misma cuerda, pero es una cuerda muy fina. Uno de los dos tiene que caer.

—¿Qué es lo que quieres?

—Quiero que nos encontremos.

Aquello era una trampa. *Tenía* que ser una trampa.

—Primero quiero que dejes libre a Alys.

—Lo siento, Paul. Eso no puedo prometértelo. Quiero que quedemos tú y yo en un lugar tranquilo donde podamos terminar esta historia sin que nadie nos moleste.

—¿Por qué no mandas a tus gorilas a por mí, sin más? ¿Por qué así?

—No creas que no lo he pensado. Sería demasiado fácil.

—¿Qué gano yo, si voy?

—Nada, porque voy a matarte. Si por alguna casualidad fueses tú el que quedase en pie, Alys morirá. Si mueres tú, Alys morirá también. Ocurra lo que ocurra morirá.

—Entonces puedes pudrirte en el infierno, cabrón.

—Ah, ah, ah. No tan deprisa. Escucha esto: Querido hijo, dos puntos. No hay una forma correcta de empezar esta carta. De hecho éste es sólo uno de los intentos...

—¿Qué diablos es eso, Jürgen?

—¿Estás sordo? Una carta, cinco cuartillas en papel cebolla. Tu madre tenía una letra muy pulcra para ser una fregona, ¿sabes? El estilo es deplorable, pero el contenido es de lo más informativo. Ven a buscarme y te la daré.

Paul, desesperado, desplomó la frente contra el frontal negro del teléfono, que emitió unos quejidos metálicos. No veía otra solución que plegarse a sus deseos.

—Hermanito... no habrás colgado, ¿verdad?

—No, Jürgen. Sigo aquí.

—¿Y bien?

—Tú ganas.

Jürgen emitió una risita de triunfo.

—Aparcado frente a la pensión verás un Mercedes negro. Dile al chófer que te envío yo. Tiene instrucciones de entregarte las llaves y decirte dónde estoy. Ven solo y sin armas de fuego.

—Así lo haré. Y, Jürgen...

—¿Sí, hermanito?

—Puede que matarme no te resulte tan fácil.

La comunicación se cortó y Paul corrió hacia la salida, casi derribando a la patrona de la pensión. Afuera esperaba el lujoso coche, completamente fuera de lugar en un barrio como aquél. Un chófer con librea se puso en pie al acercarse él.

—Soy Paul Reiner. Me envía Jürgen von Schroeder.

El hombre le abrió la puerta al instante.

—Pase, señor. Las llaves están puestas.

—¿Dónde debo dirigirme?

—El señor barón no me dio una dirección concreta, señor. Tan sólo que acudiese al lugar en el que gracias a usted tuvo que empezar a usar un parche. Dijo que usted lo entendería.

Maestro

1934

En el que el héroe vence cuando acepta su propia muerte

El apretón de manos secreto del maestro masón es el más complejo de los tres grados. Conocido comúnmente como «la garra del león», los dedos pulgar y meñique sirven de agarre, mientras que los otros tres han de apretarse contra la cara interna de las muñecas del hermano masón. Históricamente se daba en una posición determinada del cuerpo, conocida como los cinco puntos de la amistad: pie con pie, rodilla con rodilla, pecho con pecho, la mano en la espalda y las mejillas juntas. En el siglo XX *se abandona esta práctica. El nombre secreto del apretón es MAHABONE, y la manera especial de deletreo es dividiéndolo en tres sílabas: MA-HA-BONE.*

55

Las ruedas se detuvieron con un suave chirrido, y Paul estudió el callejón a través del parabrisas. Una fina lluvia había empezado a caer. En aquella zona oscura, la vista apenas la percibiría si no fuera por un farol solitario, bajo cuyo cono de luz amarillenta las gotas se arremolinaban.

Al cabo de un par de minutos se atrevió a bajar del coche. Hacía catorce años que no pisaba aquel callejón a la orilla del Isar. Aún olía tan mal como siempre, a turba mojada, restos de pescado y moho. A esas horas de la noche, el único sonido que se oía era el de sus pisadas sobre la acera.

Llegó ante la puerta del almacén. Nada parecía haber cambiado. El conjunto descascarillado de manchas verde oscuro que salpicaba la madera era tal vez más grande que cuando Paul cruzaba el umbral cada mañana. Los goznes seguían emitiendo el mismo quejido agudo al abrirse, y la hoja seguía atascándose a mitad de camino y necesitaba un golpe para abrirse por completo.

Paul entró. Había una bombilla desnuda colgando del techo. Las cuadras, el suelo de tierra y el carro del carbonero.

Y sobre él, Jürgen con una pistola en la mano.

—Hola, hermanito. Cierra la puerta y pasa con las manos en alto.

Jürgen llevaba tan sólo los pantalones negros y las botas de su uniforme. De cintura para arriba estaba desnudo a excepción de su parche.

—Dijimos que nada de armas de fuego —dijo Paul, alzando los brazos con cautela.

—Levántate la camisa —dijo Jürgen, haciendo gestos con la pistola mientras Paul obedecía sus órdenes—. Despacio. Así, muy bien. Ahora gírate, poco a poco. Muy bien. Parece que has respetado las normas, Paul. Así que yo también las voy a respetar.

Sacó el cargador a la pistola y lo arrojó lejos, por encima de las maderas que protegían las caballerizas. Sin embargo, la pistola debía tener aún una bala en la recámara, y su cañón seguía apuntando a Paul. Éste miró en derredor.

Estaban solos allí.

—¿Lo encuentras todo tal y como lo recordabas? Eso espero. El negocio de tu amigo el carbonero quebró hace cinco años, y yo me hice con este almacén por una miseria. Tenía la esperanza de que regresases algún día.

—¿Dónde está Alys, Jürgen?

Su hermano se pasó la lengua por los labios antes de responder.

—Ah, la puta judía. ¿Has oído hablar de Dachau, hermanito?

Paul asintió, despacio. El campo de concentración de Dachau era un lugar del que se hablaba poco, pero todo lo que se decía acerca de él era malo.

—Seguro que allí está muy cómoda. Al menos pareció contenta cuando mi amigo Eichmann se la llevó esta tarde.

—Eres un cerdo repugnante, Jürgen.

—¿Qué puedo decir? No sabes proteger a tus mujeres, hermanito.

Paul se tambaleó ante aquellas palabras como si hubiera recibido un puñetazo. Ahora comprendía la verdad.

—Tú la mataste, ¿verdad? Mataste a mi madre.

—Joder, pues sí que te ha costado tiempo llegar a esa conclusión —se mofó Jürgen con una carcajada despectiva.

—Estuve con ella antes de morir. Ella... me dijo que no habías sido tú.

—¿Qué te parece? Con su último aliento mintió para protegerte. Sin embargo, aquí no dice mentiras, Paul —dijo Jürgen, alzando la carta de Ilse Reiner—. Aquí lo tienes todo, toda la historia, desde el principio hasta el final.

—¿Vas a dármela? —dijo Paul, mirando aquel rectángulo de papel con ansiedad.

—No. Ya te lo dije, no hay posibilidad alguna de que ganes. Voy a matarte con mis propias manos, hermanito. Pero si por casualidad baja un rayo del cielo y me fulmina... aquí la tienes.

Jürgen se inclinó y atravesó la carta sobre un clavo suelto que sobresalía de la pared.

—Quítate la chaqueta y la camisa, Paul.

El joven obedeció, arrojando al suelo ambas prendas.

Quedó al descubierto su torso, que ya no era el del adolescente esmirriado y esquelético que había sido tiempo atrás. Potentes músculos se ocultaban bajo su piel morena, que aparecía surcada de pequeñas cicatrices.

—¿Satisfecho?

—Vaya, vaya... parece que alguien ha estado tomando sus vitaminas —dijo Jürgen, pensativo—. Me pregunto si debería pegarte un tiro y ahorrarme las molestias.

—Hazlo, Jürgen. Siempre fuiste una nenaza cobarde.

—Ni se te ocurra llamarme así, hermanito.

—¿Seis contra uno? ¿Navajas contra manos desnudas? ¿Cómo llamas tú a eso, *hermanito*?

Con un gesto de furia, Jürgen arrojó lejos la pistola y cogió un cuchillo de caza que reposaba junto a él en el pescante del carruaje.

—Ahí tienes el tuyo, Paul —dijo señalando al otro extremo del carro—. Acabemos con esto.

Paul se acercó al carruaje. Catorce años atrás era él quien estaba subido a él, defendiéndose de una banda de matones.

Era mi barco. El barco de mi padre, asaltado por los piratas. Hoy los papeles han cambiado tanto que ya no sé quién es el bueno y quién es el malo.

Se acercó hasta los pies del carruaje. Allí había otro cuchillo de mango rojo, idéntico al que sostenía su hermano. Lo tomó en la mano derecha, con la punta hacia arriba, tal y como le habían enseñado los herero. Jürgen lo sostenía con la punta hacia abajo, lo cual le obligaría a evitar cualquier movimiento de sus brazos.

Puede que ahora yo sea más fuerte, pero él lo es mucho más. Tengo que cansarle como sea, impedir que me arroje al suelo o contra los lados del carro. Usar el ángulo muerto de su ojo derecho.

—¿Quién es el gallina ahora, hermanito? —dijo Jürgen, llamándole con un gesto.

Paul apoyó la mano libre en el borde del carro y se impulsó hacia arriba. Ahora ambos estaban frente a frente por primera vez desde que Jürgen quedase tuerto en una pelea que contra todo pronóstico había acabado perdiendo.

—Jürgen, no hay necesidad de hacer esto. Podríamos...

Su hermano no le escuchó. Enarbolando el cuchillo, lanzó un tajo a la altura de la cara que falló por milímetros porque Paul basculó el cuerpo hacia la derecha. A punto de caer del carro, tuvo que apoyarse con la mano en el borde del vehículo, lo que dejó el flanco de Jürgen a tiro de sus piernas. Lanzó un puntapié que impactó en el tobillo de su hermano, que trastabilló hacia atrás, lo que dio tiempo a Paul para enderezarse.

Ambos se estudiaron de frente a dos pasos de distancia, cada uno con la vista clavada en la del otro. Paul apoyó el peso del cuerpo sobre la pierna izquierda, un gesto que Jürgen interpretó como que iba a lanzar una cuchillada por el lado contrario. Intentando adelantarse a ella, Jürgen atacó por la izquierda, que era lo que Paul había estado esperando. Cuando el brazo de Jürgen se estiró hacia delante, Paul se agachó y lanzó un viaje corto y rápido hacia arriba. No muy fuerte, lo suficiente para cortarle con el filo del arma. Al notar el dolor, Jürgen soltó un chillido, pero lejos de echarse atrás como Paul esperaba, largó dos veces el puño contra el costado indefenso de Paul, que gritó a su vez.

Retrocedieron los dos. Paul con los pies rozando el borde del carro, notando cómo la cadena que servía para desplazar aquel costado chirriaba con cada movimiento. Jürgen con la espalda apoyada contra el fondo, sintiendo el borde del pescante contra su nuca. El primero apretaba el brazo contra las costillas doloridas, el segundo tenía el antebrazo derecho sangrante por el corte, largo pero poco profundo.

—La primera sangre es mía. Veremos quién vierte la última —dijo Jürgen.

Paul no respondió. Apenas le quedaba aliento después de los dos golpes de su hermano, y no quería que él se diese cuenta. Necesitaba unos segundos para recobrarse, pero no iba a poder disponer de ellos. Jürgen avanzó hacia él a toda velocidad, el cuchillo levantado en ángulo sobre el hombro, en una letal versión del ridículo saludo nazi. En el último instante, cuando parecía que iba a golpear, inclinó el torso hacia la izquierda y trazó con el filo un tajo corto y paralelo al pecho de Paul. Éste, que se había quedado sin espacio para retroceder, tuvo que dejarse caer del carro, pero no consiguió evitar un corte que le marcó desde debajo del pezón izquierdo hasta el esternón.

Cuando sus pies tocaron el suelo se obligó a no hacer caso del dolor y a lanzarse debajo del carro para evitar la acometida de Jürgen, que ya había saltado a por él. Rodó por el suelo, y la sangre, el sudor y la tierra negruzca formaron una pasta pegajosa sobre su pecho. Salió por el lado contrario e intentó subir de nuevo al carro por la parte delantera, pero Jürgen había anticipado ese movimiento y se había subido a su vez. Corría hacia él dispuesto a ensartarle en cuanto pusiese el primer pie sobre las maderas, y tuvo que retroceder.

Jürgen aprovechó para apoyarse en el pescante y saltar hacia él, de nuevo con el cuchillo por delante. Paul tropezó en su intento por esquivar la acometida. Se cayó, y aquél hubiera sido su final de no ser porque la lanza del carro quedó entre Jürgen y él, y su hermano tuvo que agacharse por debajo de la gruesa madera. Paul, que intentaba ponerse en pie, aprovechó el momento para lanzarle una patada al rostro que le golpeó en plena boca.

Paul se dio la vuelta y pugnó por arrastrarse lejos del alcance de Jürgen. Este, loco de furia y con espumarajos de sangre cayéndole de los labios, consiguió sujetarle por un tobillo, pero perdió el asidero cuando un taconazo hacia atrás de su hermano le golpeó en el brazo.

Respirando afanosamente, Paul consiguió ponerse en pie, casi al mismo tiempo que Jürgen. Éste, agachándose, agarró un cubo de madera desportillado que encontró en el suelo y se lo lanzó a Paul. El joven no consiguió apartarse de la trayectoria y el cubo le dio en el pecho.

Con un grito de triunfo, Jürgen corrió hacia él. Paul, atontado por el golpe del cubo, cayó derribado por el peso de su hermano.

Ambos quedaron en el suelo, forcejeando. Jürgen intentaba rajar la garganta de Paul con el filo del cuchillo paralelo al antebrazo, mientras que Paul interponía sus propios brazos para que no le alcanzase.

A costa de varios cortes, impidió que Jürgen le degollase, pero aquella situación no podía durar. Su hermano era casi veinte kilos más pesado que él, y además estaba situado encima. Antes o después, los brazos de Paul cederían y el acero le seccionaría la yugular.

—¡Estás listo, hermanito! —chilló Jürgen, salpicando de sangre la cara de Paul.

—Y una mierda.

Paul, reuniendo todas sus fuerzas, lanzó un rodillazo contra el costado de Jürgen, quien salió despedido hacia un lado, pero enseguida volvió a arrojarse sobre Paul. Su mano izquierda le agarró por el cuello, y la derecha intentaba zafarse de la presa con que su hermano alejaba el filo de su garganta.

Demasiado tarde, se dio cuenta de que había perdido de vista la mano con la que Paul empuñaba su propio cuchillo. Inclinó la vista y vio como la punta de la hoja de Paul rozaba su abdomen. Alzó de nuevo la cara, con el miedo dibujado en el rostro y los labios temblorosos.

—No puedes matarme. Si me matas, Alys morirá.

—Error, *hermanito*. Con tu muerte, Alys vivirá.

Al escuchar aquello, Jürgen se revolvió desesperado, y consiguió liberar la mano que sostenía su arma. La alzó y la dejó caer sobre la garganta de Paul, pero el movimiento se produjo con lentitud exasperante, y el brazo de Jürgen llegó abajo sin fuerzas.

El cuchillo de Paul estaba hundido hasta la empuñadura en su vientre.

56

Jürgen cayó de espaldas.

Paul, totalmente exhausto por la pelea y por las heridas, quedó tendido a su lado, boca arriba. Luchando por respirar, los jadeos entrecortados de ambos se mezclaron en progresión descendente. Pero al cabo de un minuto, Paul se encontraba mejor, y Jürgen estaba muerto.

Con gran dificultad, Paul consiguió levantarse. Tenía varias costillas rotas, cortes superficiales por todo el cuerpo y uno bastante más feo en el pecho, el que estaba cubierto de tierra. Debía buscar ayuda cuanto antes.

Tuvo que pasar por encima del cadáver de Jürgen para alcanzar su ropa. Hizo jirones las mangas de la camisa, y fabricó unas precarias vendas con las que cubrir las heridas de los antebrazos. Se le empaparon de sangre al momento, pero ahora no podía pensar en eso. Por suerte la chaqueta era oscura, y camuflaría un poco el efecto.

Salió al callejón. En el estado en que se encontraba, no se dio cuenta de que cuando la puerta se abrió las sombras a la derecha del callejón se agitaron, mientras una figura trataba de ocultarse.

Paul pasó a su lado sin advertir la presencia de quien le espiaba, tan cerca que hubiera podido tocarle con sólo extender el brazo.

Llegó hasta el coche. Al sentarse al volante sufrió un ramalazo intenso de dolor en su pecho, como si una mano gigantesca le estuviera oprimiendo sin compasión.

Espero que no me haya perforado un pulmón.

Arrancó, tratando de olvidar el dolor. No tuvo que ir lejos. Al llegar se había fijado en un hotel barato, un lugar de baja estofa, desde el que probablemente su hermano le había llamado. Estaba a poco más de seiscientos metros de la cochera.

El empleado palideció tras el mostrador cuando Paul entró.

Menuda pinta debo tener para que alguien se asuste de mí en un antro como éste, pensó Paul.

—¿Tiene teléfono?

—En aquella pared, señor.

El aparato era viejo, pero funcionaba. Al sexto timbrazo contestó la patrona de la pensión, con voz despierta a pesar de la hora intempestiva. Solía acostarse tarde, escuchando música y seriales en su radio de galena.

—¿Dígame?

—Señora Frink, soy el señor Reiner. Me gustaría hablar con el señor Tannenbaum.

—¡Señor Reiner! Estaba muy preocupada por usted, me preguntaba qué haría por ahí fuera a estas horas. Y con esa gente aún en su habitación...

—Estoy bien, señora Frink. Podría...

—Sí, sí, claro, el señor Tannenbaum. Enseguida.

Los cinco minutos que tuvo que esperar Paul se le hicieron larguísimos. Se dio la vuelta hacia el mostrador, y vio cómo el recepcionista le estudiaba atentamente por encima de un ejemplar del *Völkischer Beobachter*.

Lo que me faltaba. Un simpatizante de los nazis.

Bajó la vista y se dio cuenta con pavor de que la sangre le goteaba del brazo derecho, resbalando por sus manos y formando un extraño dibujo sobre el suelo de madera. Levantó el brazo para evitar el goteo, y arrastró la suela del zapato por encima de la sangre, confiando en que pareciesen simples manchas de porquería.

Se dio la vuelta. El empleado no le quitaba ojo de encima, y lo más probable es que si notaba algo sospechoso avisase a la Gestapo tan pronto Paul pusiese un pie fuera del hotelucho. Y eso sería el final. Paul no tendría modo de explicar las heridas que sufría, ni el hecho de que conducía el coche de un barón. El que hallasen el cadáver si Paul no se deshacía de él pronto era tan sólo cuestión de un par de días, en cuanto algún vagabundo notase la peste que desprendería el cuerpo.

Ponte al teléfono, Manfred. Ponte, por Dios.

Finalmente escuchó la voz del hermano de Alys, llena de ansiedad.

—¿Paul, eres tú?

—Soy yo.

—¿Dónde diablos te habías metido? Al ver que no subías, yo...

—Escúchame atentamente, Manfred. Si quieres volver a ver viva a tu hermana, escúchame. Necesito que me ayudes.

—¿Dónde estás? —dijo Manfred, muy serio. Paul le dio la dirección del almacén.

—Súbete a un taxi y que te lleve allí. Pero no vengas directamente. Antes tienes que buscar una farmacia de guardia y comprar gasas, vendas, alcohol y utensilios para coser heridas. Y muy importante, antiinflamatorios. Y mi maleta con todas mis cosas. No te preocupes por la señora Frink, le he...

Aquí tuvo que hacer una pausa. Comenzaba a marearse, fruto

del cansancio y de la pérdida de sangre. Tuvo que agarrarse al teléfono para no derrumbarse.

—¿Paul?

—... le he dejado pagados dos meses por adelantado.

—Así lo haré, Paul.

—Date prisa, Manfred.

Colgó y se encaminó hacia la puerta. Al pasar junto al empleado, le saludó haciendo una versión breve y espasmódica del brazo en alto nazi, confiando en que no se fijase en las manchas de sangre. El empleado le respondió con un entusiasta *¡Heil Hitler!*, que hizo que los cuadros de las paredes se removiesen en sus herrumbrosos clavos. Adelantándose a Paul, le abrió la puerta de la calle y se sorprendió al ver un lujoso Mercedes aparcado allí.

—Menudo coche, amigo.

—No está mal.

—Hace mucho que lo tiene.

—Un par de meses. Es de segunda mano.

Por Dios, no llames a la policía... sólo has visto a un honrado trabajador parando un momento a hacer una llamada.

De nuevo sintió sobre su nuca la mirada de sospecha del empleado mientras se subía al coche. Tuvo que apretar los dientes con fuerza para no gritar de dolor al sentarse.

Todo está normal, pensó, poniendo todos sus sentidos en arrancar el coche sin desmayarse. *Vuelve a tu periódico, amigo. Vuelve a tu noche tranquila. Tú no buscas complicaciones con la policía.*

El recepcionista no apartó la vista hasta que el Mercedes dobló la esquina, pero Paul no podía estar seguro de si simplemente estaba admirando la carrocería o tomando nota mental de la matrícula. Por suerte desde aquel punto no podía ver que se dirigía a la cochera.

Cuando llegó, se desplomó sin fuerzas hacia delante, abrazando el volante en un intento de no caer.

Le despertaron unos golpes sobre el cristal. El rostro de Manfred le contemplaba con preocupación. Al lado había otro rostro más pequeño.

Julian.

Mi hijo.

Los siguientes minutos fueron un cúmulo de escenas inconexas en su memoria. Manfred arrastrándole desde el coche al interior de la cochera. Lavándole las heridas y cosiéndolas. Escozor. Julian ofreciéndole una botella de agua. Él bebiendo durante lo que parecía una eternidad, sin conseguir saciar su sed. Y luego de nuevo el silencio.

Cuando volvió a abrir los ojos, Manfred y Julian estaban sentados en el carro, contemplándole.

—¿Qué hace él aquí? —dijo Paul con voz ronca.

—¿Qué querías que hiciera? ¡No podía dejarlo solo en la pensión!

—Lo que vamos a hacer esta noche no es labor para niños.

Julian se bajó del carro y corrió a abrazarle.

—Estábamos muy preocupados.

—Gracias por venir a salvarme —dijo Paul, revolviéndole el pelo.

—Mamá también me hace eso —dijo el niño.

—Iremos a buscarla, Julian. Te lo prometo.

Se levantó y fue a lavarse al pequeño aseo que había en la parte de atrás. Era poco más que un cubo —ahora cubierto de telarañas— colocado debajo de un grifo, y un viejo espejo mellado y lleno de desconchones.

Paul estudió su reflejo con cuidado. Tenía vendados los dos antebrazos y el torso por completo. En el lado izquierdo la sangre pugnaba por salir a través de la tela blanca.

—Tenías unas heridas muy feas. No veas cómo gritaste cuando te eché el antiséptico —dijo Manfred, que se había acercado a la puerta.

—No recuerdo nada.

—¿Quién es el muerto?

—El hombre que se llevó a Alys.

—¡Julian, deja ese cuchillo en el suelo! —gritó Manfred, que de vez en cuando echaba un vistazo por encima del hombro a ver qué hacía el niño.

—Siento que él haya tenido que ver el cadáver.

—Es un chico muy valiente. Te sostuvo la mano todo el rato, y puedo jurarte que no fue agradable. Yo soy ingeniero, no médico.

Paul sacudió la cabeza, intentando despejarse.

—Tendrás que ir a comprar sulfamidas. ¿Qué hora es?

—Las siete de la mañana.

—Descansaremos un poco. Esta noche iremos a buscar a tu hermana.

—¿Dónde está?

—En Dachau.

Manfred abrió los ojos de par en par y tragó saliva antes de continuar.

—¿Sabes lo que es Dachau, Paul?

—Uno de esos campos de concentración que los nazis se han sacado de la manga para meter a sus enemigos políticos. Básicamente una cárcel al aire libre.

—Cómo se nota que acabas de volver a Alemania —dijo Manfred meneando la cabeza—. Oficialmente, esos lugares son maravillosos campamentos de verano para niños díscolos e indisciplinados. Pero si escuchamos a los pocos periodistas honrados que quedan ahí fuera, los sitios como Dachau son infiernos en miniatura. De los que nadie escapa, por cierto.

—Alys no va a escapar.

Paul le explicó a grandes rasgos su plan. Fueron apenas una decena de frases, pero, al terminar, Manfred estaba aún más preocupado que antes.

—Hay un millón de cosas que podrían salir mal.

—También podría funcionar.

—También podría salir una luna de color verde esta noche.

—¿Vas a ayudarme a salvar a tu hermana o no?

Manfred miró a Julian, que se había vuelto a subir al carro y jugaba a rodar la pelota contra las paredes.

—Supongo que sí —dijo dando un suspiro.

—Entonces ve a descansar un rato. Cuando despiertes, me ayudarás a matar a Paul Reiner.

Minutos más tarde, al ver a Manfred y Julian tendidos en el suelo intentando descansar, Paul se dio cuenta de lo agotado que estaba. Sin embargo, aún le quedaba algo por hacer antes de poder dormir un rato.

Al otro extremo de la cochera, atravesada en un clavo, estaba la carta de su madre.

Paul debía cruzar de nuevo por encima del cuerpo de Jürgen, y esto resultó ser una prueba mucho más dura de lo que había sido la vez anterior. Se quedó mirándolo durante largos minutos, observando su ojo desencajado, la palidez creciente de su piel a medida que la sangre se iba acumulando en las zonas inferiores, la simetría de su torso alterada por el cuchillo atravesado de manera oblicua en el abdomen. A pesar de que durante toda su vida aquella persona no le había causado más que sufrimiento, no pudo evitar sentir una lástima profunda por él.

Las cosas debían haber sido de otra forma, pensó, decidiéndose por fin a traspasar el muro de aire sólido que se había formado encima del cadáver.

Arrancó la carta con sumo cuidado del clavo.

El cansancio actuaba como un bálsamo sobre sus nervios, pero aun así la emoción que sintió al abrir la carta fue enorme.

57

Querido hijo:

No hay una forma correcta de empezar esta carta. De hecho éste es uno de los intentos que realizo cada cuatro o cinco meses. Al cabo de un tiempo, que cada vez es más breve, tengo que tomar de nuevo el lápiz para reescribirla. Siempre espero a que no estés en la pensión para quemar la versión anterior y esparcir sus cenizas por la ventana. Luego me pongo a la tarea, este pobre sucedáneo de lo que necesito, que es contarte a ti la verdad.

Tu padre. Cuando eras pequeño me preguntabas una y otra vez por él. Yo te daba largas o callaba, pues tenía miedo. En aquella época nuestra vida dependía de la caridad de los von Schroeder, y yo era demasiado débil para buscar una alternativa. Si en aquel momento... pero no, no me hagas caso. Mi vida ha estado llena de frases como ésa, y hace tiempo que me cansé de arrepentirme.

También hace tiempo que tú te cansaste de preguntarme por tu padre. En cierto modo eso me afectó aún más que tu agobiante interés cuando eras pequeño, porque sé que sigues obsesionado con él. Sé lo mucho que te cuesta dormir por las noches, y sé que en tu corazón lo que más deseas es conocer lo que le sucedió.

Por eso he de callar. Mi mente no funciona muy bien, y en ocasiones pierdo la noción del tiempo y de dónde me encuentro, y sólo espero que en esos instantes de ofuscamiento no te revele la situación de esta carta. El resto del tiempo, mientras estoy lúcida, lo único que siento es miedo de que el día que descubras la verdad corras a enfrentarte con los hombres que le dieron muerte a Hans.

Sí, Paul, tu padre no murió en un naufragio como te dijimos, algo que ya intuiste poco antes de que nos expulsasen del palacete del barón. Hubiera sido una muerte apropiada para él, no obstante.

Hans Reiner nació en Hamburgo, en 1876, aunque su familia se trasladó a Múnich cuando él era un niño. Al final acabó amando ambas ciudades, pero el mar fue su única pasión.

Él era un hombre ambicioso. Quería ser capitán, y lo consiguió. Ya lo era cuando nos conocimos en un baile, poco después de iniciado este siglo. No recuerdo exactamente la fecha, creo que era finales de 1902, pero no puedo estar segura. Me pidió bailar, y yo acepté. Era un vals. Antes del final de la pieza yo estaba perdidamente enamorada de él.

Entre viaje y viaje procuraba cortejarme, y acabó estableciendo en Múnich su residencia permanente sólo para complacerme, por incómodo que le resultase por su profesión. El día que entró en casa de mis padres para pedirle mi mano a tu abuelo fue el más feliz de mi vida. Mi padre era un hombretón campechano y jovial, pero ese día se puso muy serio, e incluso se le escapó una pequeña lágrima. Es una pena que nunca le conocieses, te hubiese gustado mucho.

Mi padre dijo que había que celebrar una fiesta, una gran pedida de mano como las tradicionales. Un fin de semana completo, con decenas de invitados y un buen banquete.

Nuestra pequeña residencia no era apropiada para la celebración, así que mi padre le pidió a nuestra hermana permiso para celebrar el evento en la casa de campo del barón, en Herrsching. En aquella época la afición al juego de tu tío aún estaba bajo control, y tenían numerosas propiedades repartidas por toda Baviera. Brunhilda aceptó, más por quedar bien con mi madre que por otra cosa.

Cuando éramos pequeñas, mi hermana y yo nunca estuvimos demasiado unidas. Ella disfrutaba más de los chicos, de los bailes y de los trajes bonitos. Yo prefería estar en casa con mis padres. Aún jugaba con muñecas cuando Brunhilda fue a su primera cita galante.

Ella no es mala persona, Paul. Nunca lo fue, tan sólo egoísta y consentida, pero no mala. Cuando se casó con el barón, un par de años antes de que yo conociese a tu padre, fue la mujer más feliz del mundo. ¿Qué la hizo cambiar? No lo sé. Tal vez el aburrimiento, tal vez la infidelidad de tu tío, que era un mujeriego declarado, algo que ella no supo ver nunca antes, porque estaba cegada por el brillo de su dinero y de su título. Después, sin embargo, fue demasiado evidente como para no darse cuenta. Ella tuvo un hijo con él, algo que nunca me hubiera esperado. Eduard fue un niño dulce y solitario, que creció cuidado por criados y nodrizas. Su madre no le hizo nunca demasiado caso porque el niño no le había servido para el objetivo de atar en corto al barón y alejarlo de sus fulanas.

Volvamos al fin de semana de la fiesta. El viernes al mediodía comenzaron a llegar los invitados. Yo estaba radiante, paseando al sol con mi hermana y esperando a que llegase tu padre para presentársela. Al fin llegó, con su guerrera y su gorra de capitán, y una espada de gala, y guantes blancos. Vestía tal y como debía ir en la pedida del sábado por la noche, y dijo que lo hacía sólo para impresionarme. Yo me reí ante la ocurrencia.

Cuando le presenté a Brunhilda, sin embargo, ocurrió algo extraño. Tu padre le estrechó la mano y la sostuvo un poco más de lo decoroso y conveniente. Y ella pareció trastornada, como herida por un rayo. En aquel momento, tonta de mí, creí que sería cuestión de vergüenza, pero ésa es una cualidad que Brunhilda nunca ha poseído en modo alguno.

Tu padre acababa de volver de una misión en África. Me traía un perfume exótico de los indígenas de las colonias, hecho con sándalo y melaza, según creo. Tenía un olor fuerte y muy característico, pero a la vez delicado y hermoso. Yo aplaudí como una tonta. Me hizo mucha ilusión y le prometí que lo usaría para la pedida.

Aquella noche, mientras todos dormíamos, Brunhilda se introdujo en la habitación de tu padre. El cuarto estaba completamente a oscuras, y Brunhilda desnuda debajo de su bata, sin más vestido que el perfume que tu padre me había regalado. Se metió en la cama en silencio, y le hizo el amor. Aún me cuesta escribir estas palabras, Paul, y eso que hace casi veinte años de ello.

Tu padre, creyendo que yo había querido darle un adelanto de nuestra noche de bodas, consintió. Al menos eso fue lo que me dijo al día siguiente, mientras yo le miraba con cara de circunstancias.

Me juró y me perjuró que no se dio cuenta de nada hasta que terminaron, y Brunhilda habló por primera vez. Le dijo que le amaba y le pidió que se fugasen juntos. Tu padre la expulsó de la habitación discretamente y por la mañana me llevó aparte y me contó lo sucedido.

—Podemos anular la boda si quieres —dijo.

—No —respondí yo—. Te quiero, y me casaré contigo si me juras que creías que no sabías que era mi hermana.

Tu padre volvió a jurar, y yo le creí. Con el paso de los años no estoy tan segura de sus palabras, pero ahora hay demasiada amargura en mi corazón.

Siguió adelante la petición de mano, y la boda en Múnich tres meses después. Para entonces la tripa abultada de tu tía ya era perfectamente apreciable bajo el vestido rojo de encaje que llevaba. El barón lucía orgulloso de ser padre de nuevo, y todo el mundo era feliz menos yo, que sabía perfectamente de quién era ese niño.

Finalmente, el barón lo supo también. No por mí. Yo nunca me enfrenté a mi hermana para recriminarle lo que hizo, porque soy cobarde, y tampoco le conté a nadie lo que sabía. Pero aquello tenía que salir a la luz tarde o temprano, y Brunhilda debió echárselo en cara al barón como venganza por sus múltiples devaneos. No lo sé a ciencia cierta, pero el caso es que lo supo, y eso tuvo parte de culpa en lo que sucedió después.

Yo quedé también embarazada enseguida, y tú viniste al mundo mientras tu padre estaba en la que sería su última misión en África. Las cartas que me escribía eran progresivamente más oscuras, y aunque no sé exactamente por qué, él se sentía cada vez menos orgulloso de la tarea que estaba desempeñando.

Un día dejó de escribir. La siguiente carta que me llegó fue de la Marina Imperial, avisándome de que se había declarado a mi marido desertor, y de que yo tenía la obligación de alertar a las autoridades si volvía a tener noticias de él.

Lloré amargamente. Aún no sé lo que le motivó a desertar, ni quiero saberlo. He descubierto demasiadas cosas sobre Hans Reiner tras su muerte, rasgos que no pertenecen en absoluto al retrato que yo me había hecho de él. Por eso nunca te he hablado de tu padre, pues no fue alguien que tomar como modelo ni de quien sentirse orgulloso.

A finales de 1904 tu padre volvió a Múnich, pero yo no lo supe. Lo hizo a escondidas, con su asistente, un tal Nagel que siempre le acompañaba a todas partes. En lugar de venir a casa, fue a buscar refugio al palacete de tu tío el barón. Desde allí me mandó una breve nota, que decía textualmente.

«Querida Ilse: He cometido un grave error, y estoy tratando de subsanarlo. He pedido ayuda a tu cuñado y a otro buen amigo, quienes tal vez puedan socorrerme. A veces el mayor tesoro se oculta en el mismo lugar que la mayor destrucción, o al menos siempre he pensado eso. Te ama, Hans.»

Nunca he comprendido qué es lo que quería decirme tu padre con esas palabras. Leí una y otra vez la nota cuando la recibí, aunque la quemé al cabo de unas horas por miedo a que cayese en malas manos.

Sobre la muerte de tu padre, sólo sé que se alojaba en el palacete de los von Schroeder y que hubo una fuerte discusión una noche, una discusión tras la que murió. Su cadáver lo arrojaron al Isar desde un puente entre varias personas, amparados por la madrugada.

No sé quién mató a tu padre. Tu tía me contó esto, empleando casi las mismas palabras que yo he empleado, aunque ella no estaba presente cuando sucedió. Me lo contó con lágrimas en los ojos, y yo supe que seguía enamorada de él.

El niño que dio a luz Brunhilda, Jürgen, era la viva imagen de tu padre. No es de extrañar el amor y la devoción enfermiza que siempre le demostró. No fue lo único torcido y enfermizo que comenzó con aquella noche terrible.

Yo, indefensa y asustada, acepté la propuesta de Otto de irme a vivir con ellos. Para él era al mismo tiempo una expiación por lo que habían hecho con Hans, y una manera de castigar a Brunhilda, recordándole a quién había preferido él. Para Brunhilda era su manera de castigarme a mí por haberle robado al hombre de quien se encaprichó, aunque ese hombre no le perteneciese.

Para mí era una manera de sobrevivir, pues de tu padre no quedaron más que deudas cuando el gobierno se dignó darlo por muerto, al cabo de unos años. Su cadáver jamás apareció. Y tú y yo sufrimos el destino de vivir en aquella mansión en la que no había más que odio.

Hay una cosa más. Para mí Jürgen no ha sido nunca tu hermanastro, sino tu hermano, pues aunque concebido en el seno de

Brunhilda fue siempre como mi hijo. Nunca pude darle cariño, pero él era una parte de tu padre, del hombre a quien amé con toda mi alma. Al mirarle a diario, aunque no fuera más que unos instantes, era como tener de nuevo a Hans junto a mí.

Mi cobardía y mi egoísmo han condicionado tu vida, Paul. Nunca he querido que la muerte de tu padre también lo hiciese. Intenté mentirte y ocultarte los hechos para que cuando fueses mayor no buscases una venganza absurda. Por favor, no lo hagas.

Si es ésta la carta que por fin llega a tus manos, cosa que dudo, quiero que sepas que te quiero muchísimo, y que si algo he buscado con mis acciones ha sido protegerte. Perdóname.

Tu madre que te quiere,

Ilse Reiner

58

Paul lloró durante mucho rato cuando terminó de leer las palabras de su madre.

Vertió lágrimas por Ilse, que había tenido una vida de sufrimiento por amor, y que por amor se había equivocado. Vertió lágrimas por Jürgen, que había nacido en el lugar menos apropiado. Vertió lágrimas por él mismo, que había llorado por un padre que no lo merecía.

Cuando se quedó dormido lo hizo rodeado de una extraña paz, un sentimiento que no recordaba haber experimentado nunca. Fuera cual fuese el desenlace de la locura que iban a intentar unas horas después, él había conseguido su objetivo.

Le despertó Manfred, dándole unos golpecitos en la espalda. Julian comía un bocadillo de salchicha, a pocos metros.

—Es la hora. Son las siete de la tarde.

—¿Por qué me has dejado dormir tanto?

—Necesitabas descansar. Mientras, he ido a comprar, y he traído todo lo que me dijiste. Las toallas, una cuchara de acero, la pala, todo.

—Entonces empecemos.

El joven le hizo tomar a Paul la zulfamida para evitar que sus heridas se infectasen. Luego ambos mandaron a Julian al coche.

—¿Puedo ponerlo en marcha?

—¡Ni se te ocurra! —le gritó Manfred.

Entre los dos le sacaron al muerto los pantalones y las botas y le vistieron con las ropas de Paul. En el bolsillo de la chaqueta colocaron sus documentos. Después cavaron un agujero profundo en el suelo de tierra y le colocaron dentro.

—Eso les confundirá durante un tiempo, supongo. No creo que le encuentren hasta dentro de unas semanas, y para entonces no quedará mucho de él —dijo Paul.

Colgado de un clavo en las cuadras encontraron el uniforme de Jürgen. Más o menos tenían la misma altura, aunque su hermano era más corpulento. Con los aparatosos vendajes que Paul llevaba en torno a los brazos y el pecho, el uniforme le quedaba aceptablemente bien. Las botas le apretaban, pero el resto encajaba.

—El uniforme te queda como un guante. Lo que no va a colar de ninguna manera es esto.

Manfred le mostró la cédula de identidad de Jürgen. Estaba metida en una carterita de piel, junto al carnet del partido nazi y una tarjeta de las SS. El parecido de Jürgen y Paul se había ido acrecentando con el paso de los años. Ambos tenían una mandíbula fuerte, ojos azules y unos rasgos similares. El pelo de Jürgen era más oscuro, pero eso se solucionaría con la grasa para el pelo que Manfred había comprado.

Mirando la foto de la cédula de identidad, Paul podría pasar por Jürgen perfectamente. Salvo por un pequeño detalle, que era lo que señalaba Manfred con el dedo. Bajo el apartado «rasgos destacables» figuraba claramente escrito *tuerto del ojo derecho*.

—Un parche no va a ser suficiente, Paul. Si te lo mandan levantar...

—Ya lo sé, Manfred. Por eso necesito que me ayudes.

El joven se le quedó mirando completamente atónito.

—No estarás pensando en...

—Tengo que hacerlo.

—¡Pero es una locura!

—Igual que todo el plan. Y éste es el punto más débil.

Finalmente, Manfred aceptó. Paul se sentó en el pescante del carro, con las toallas cubriéndole el pecho como si estuviese en la barbería.

—¿Listo?

—Espera —dijo Manfred, que parecía aterrado—. Repasémoslo una vez más para que no haya errores.

—Ahora yo voy a poner la cuchara en el borde de mi párpado derecho y a arrancarme el ojo de cuajo. En cuanto lo saque, tú tienes que echarme los antisépticos y luego ponerme las gasas. ¿De acuerdo?

Manfred asintió. De tan asustado como estaba apenas podía hablar, y Paul comprendió que el pavor del muchacho le estaba ayudando a ignorar su propio miedo.

—¿Listo? —preguntó de nuevo.

—Listo.

Diez segundos después, sólo hubo gritos.

Hacia las once de la noche, Paul había consumido casi un tubo entero de aspirinas de los tres que Manfred le había comprado. La herida había dejado de sangrar, y Manfred la desinfectaba cada quince minutos, poniendo gasas nuevas en cada ocasión.

Julian, que había entrado un par de horas antes, alarmado al escuchar los gritos, se había encontrado con su padre agarrándose la cabeza y aullando a pleno pulmón, y con su tío chillándole histérico que se marchase de allí. Se había encerrado en el Mercedes de nuevo y roto a llorar.

Cuando todo se hubo calmado, Manfred salió a buscar a su sobrino y le explicó el plan. Julian entró y se acercó a Paul.

—¿Estás haciendo esto sólo por mi madre? —preguntó, y en su voz había un respeto casi reverencial.

—Y por ti, Julian. Porque quiero que estemos todos juntos.

El niño no contestó, pero se agarró fuerte al brazo de Paul, y allí continuó cuando éste decidió que había llegado la hora de partir y se subió con Julian al asiento trasero del coche.

Manfred condujo los dieciséis kilómetros que les separaban del campo de concentración con una mueca tensa en los labios. Les llevó casi una hora alcanzar el lugar, pues Manfred apenas sabía conducir, y el coche se calaba cada poco tiempo.

—Cuando lleguemos allí el coche no puede calársete bajo ningún concepto, Manfred —dijo Paul, preocupado.

—Haré lo que pueda.

Al aproximarse a la ciudad de Dachau, Paul observó un cambio radical respecto a Múnich. Incluso en la oscuridad de la noche, la pobreza de la ciudad era evidente. Las aceras estaban mal cuidadas y sucias, las señales de tráfico apedreadas, las fachadas de los edificios viejas y desconchadas.

—Qué triste sitio —dijo Paul.

—De todos los lugares a donde podían haber traído a Alys, éste es sin duda el peor.

—¿Por qué lo dices?

—Nuestro padre era el dueño de la fábrica de pólvora que había en esta ciudad.

Paul estuvo a punto de decirle a Manfred que su propia madre había trabajado en esa fábrica de municiones y que la habían despedido, pero se encontraba demasiado cansado para entablar conversación.

—Lo jodidamente irónico es que mi padre vendió los terrenos a los nazis. Y éstos construyeron en ellos el campo.

Finalmente vieron un cartel amarillo con letras negras en el que se anunciaba que el campo estaba a ochocientos metros.

—Para, Manfred. Da la vuelta despacio y retrocede un poco.

Manfred obedeció, y desanduvieron el camino hasta una pequeña edificación que habían dejado atrás hacía unos minutos. El lugar parecía una caseta de guardabosques, aunque tenía aspecto de llevar deshabitada un tiempo.

—Julian, escúchame atentamente —dijo Paul tomando al niño por los hombros y obligándole a mirarle a la cara—. Tu tío y yo vamos a entrar al campo de concentración e intentar sacar a tu madre. Pero tú no puedes venir con nosotros. Ahora quiero que te bajes del coche junto con mi maleta, y que esperes en la parte de atrás del edificio. Escóndete bien, no hables con nadie ni salgas, a no ser que nos oigas a tu tío o a mí llamándote, ¿me has entendido?

Julian asintió, con los labios temblorosos.

—Chico valiente —dijo Paul abrazándole.

—¿Y si no volvéis?

—Ni se te ocurra pensar en eso, Julian. Porque vamos a volver.

Instalado Julian en su escondite, Paul y Manfred volvieron a subir al coche.

—¿Por qué no le has dado instrucciones de qué hacer si no volvemos? —preguntó Manfred.

—Porque es un chico listo. Mirará en la maleta, cogerá el dinero y dejará lo demás. Y de todas maneras no tengo nadie con quien enviarle. ¿Cómo me ves la herida? —dijo Paul, encendiendo la luz de lectura de mapas y apartando las gasas.

—Está inflamada, pero no mucho. Los párpados no están rojizos. ¿Te duele?

—Muchísimo.

Paul se miró en el espejo retrovisor. Donde antes estaba el globo ocular había ahora un vacío plano de piel arrugada. Un pequeño hilillo de sangre descendía por la comisura del ojo, como una lágrima escarlata.

—Tiene que parecer antigua, joder.

—Puede que no te manden quitarte el parche.

—Gracias por recordármelo.

Sacó el parche del bolsillo y se lo colocó, arrojando las gasas a la cuneta por la ventanilla. Cuando volvió a mirarse al espejo sintió un escalofrío.

Era Jürgen quien le devolvía la mirada en el reflejo.

Miró el brazalete con la bandera nazi que lucía en su brazo izquierdo.

Recuerdo que una vez pensé que moriría antes que llevar este símbolo, pensó Paul. *Y hoy Paul Reiner está muerto. Ahora soy Jürgen von Schroeder.*

Abandonó el asiento del copiloto y ocupó el de atrás, intentando recordar cómo era su hermano, cómo era su aire despectivo, sus maneras altaneras. La forma en que proyectaba la voz hacia delante, como una extensión de él mismo, pretendiendo hacerte sentir un ser inferior.

Puedo hacerlo, se dijo Paul. *Veamos...*

—Arranque, Manfred. No perdamos más tiempo.

59

EL TRABAJO LIBERA

Ésa era la frase que se leía, en letras de hierro, sobre la puerta de entrada al campo. Las palabras no eran, sin embargo, más que barrotes con otra forma. Ninguna de las personas que estaba allí se ganaría su libertad trabajando.

Cuando el Mercedes se detuvo ante la entrada, un guardia soñoliento con uniforme negro salió de una garita lateral, echó un breve vistazo al interior con su linterna y les hizo señas de que pasasen. La puerta comenzó a abrirse al instante.

—Qué sencillo —susurró Manfred.

—¿Conoces alguna cárcel en la que sea difícil entrar? Los problemas suelen surgir a la salida —replicó Paul.

La puerta se abrió por completo, pero el coche no se movió.

—¿Qué diablos te pasa? ¡No te quedes ahí parado!

—No sé hacia dónde ir, Paul —respondió Manfred, las dos manos crispadas sobre el volante.

—Mierda.

Paul abrió la ventanilla y le hizo señas al guardia de la garita de que se acercase. Éste acudió corriendo.

—¿Sí, señor?

—Soldado, tengo un dolor de cabeza insoportable. Haga el favor y explíquele al necio de mi conductor cómo llegar con quien esté al mando. Traigo órdenes de Múnich.

—Ahora sólo queda gente en el retén de guardia, señor.

—Pues proceda, soldado. Este idiota y yo hablamos idiomas distintos.

El guardia le dio instrucciones a Manfred, que no tuvo que fingir la cara de enfado que tenía con su «amo».

—¿No te has pasado un poco?

—Si hubieras conocido a mi hermano con el servicio... estoy imitando uno de sus días buenos.

El coche de Manfred recorrió una zona vallada. Al otro lado se podía ver a un grupo de prisioneros corriendo en círculos alrededor de un poste, los pies derechos de cada uno de ellos atados a la extremidad del que venía detrás. Cuando uno se caía, al menos cuatro o cinco le seguían al suelo.

—¡Arriba, perros! ¡Así vais a estar hasta que deis diez vueltas seguidas sin tropezaros! —gritaba un guardia que contemplaba la escena.

—No hay nada como el hogar —dijo Manfred.

El coche se detuvo en donde había indicado el soldado de la garita, frente a un edificio bajo, pintado de blanco, cuya puerta iluminada por varios focos era custodiada por otro par de soldados. Paul puso la mano en la manija del coche cuando Manfred le detuvo.

—¿Qué haces? —susurró—. ¡Tengo que abrirte yo la puerta!

Paul se detuvo justo a tiempo. Su dolor de cabeza y su desorientación no habían hecho más que aumentar en los últimos minutos, y le costaba coordinar sus pensamientos con claridad. Sintió un ramalazo de miedo ante lo que iba a hacer. Por un instante estuvo tentado de mandar a Manfred dar la vuelta y poner kilómetros de por medio lo antes posible.

No puedo hacerle esto a Alys. Ni a Julian, ni a mí mismo. Tengo que entrar... pase lo que pase.

La puerta del coche ya se estaba abriendo. Paul puso un pie sobre el suelo de cemento, asomó la cabeza y los dos soldados se cuadraron al instante y levantaron el brazo. Paul bajó del Mercedes y devolvió el saludo.

—Descansen —dijo cruzando la puerta.

El interior del retén de guardia consistía en una sala pequeña con aspecto de oficina, tres o cuatro escritorios pulcros y despejados, cada uno con su minúscula banderita nazi junto al portalápices, y un retrato del *Führer* como única decoración en las paredes. Cerca de la puerta había una mesa alargada, parecida a un mostrador, tras la que aguardaba un único funcionario de cara avinagrada. Al ver entrar a Paul enderezó la espalda.

—*¡Heil Hitler!*

—*Heil Hitler* —respondió Paul, estudiando la habitación. Al fondo había un ventanal que daba a lo que parecía ser una sala de descanso. A través del cristal se veía a una decena de soldados jugando a las cartas entre una nube de humo.

—Buenas noches, señor *obersturmführer* —dijo el funcionario—. ¿En qué puedo servirle a estas horas?

—Puede servirme si se da prisa. Tengo que llevarme a una interna a Múnich para un... interrogatorio severo.

—Cómo no, señor. ¿Nombre?

—Alys Tannenbaum.

—Ah, la que trajeron ayer. No tenemos muchas internas, no más de medio centenar, ya sabe. Es una pena que se la lleven. Es una de las pocas... pasables —dijo con una sonrisa lasciva.

—¿Quiere decir para ser judía, funcionario?

El hombre tras el mostrador tragó saliva ante el tono de Paul.

—Por supuesto. Para ser judía, señor. Por supuesto.

—Por supuesto. En fin, ¿a qué espera? ¡Tráigala!

—Enseguida, señor. ¿Me muestra la orden de traslado, señor?

Paul, que llevaba los brazos cruzados tras la espalda, apretó muy fuerte los puños. Ya se había preparado la respuesta para esa pregunta. Ahora soltaría su pequeño discursito. Si funcionaba, sacarían a Alys, subirían al coche y saldrían de allí libres como el viento. En caso contrario habría una llamada de teléfono, tal vez más de una. Y en menos de media hora, Manfred y él serían invitados de honor del campo, sólo que con unas ropas bien distintas.

—Escúcheme atentamente, funcionario...

—Faber, señor. Funcionario Gustav Faber.

—Escuche, funcionario Faber. Hace dos horas yo estaba tumbado en mi cama junto a una preciosa chica de Frankfurt a la que llevaba días cortejando. ¡Días! De repente sonó el teléfono y ¿sabe quién era?

—No, señor.

Paul se inclinó sobre el mostrador y adoptó un tono confidencial.

—El mismísimo Reinhard Heydrich. Me dijo: «Jürgen, amigo mío, tráeme a esa judía a la que mandamos ayer a Dachau, porque parece que no la exprimimos bien del todo». Y yo le dije: «¿No puede ir otro?» Y él me dijo: «No, porque quiero que la trabajes en el viaje. Que la asustes con tu método especial». Así que me subí al coche y aquí estoy. Cualquier cosa por hacerle un favor a un amigo. Pero eso no quita que esté de un humor horrible. Así que traiga a la puta judía de una vez, a ver si consigo regresar con mi amiguita antes de que se duerma del todo.

—Señor, lo siento, pero...

—Funcionario Faber, ¿sabe con quién está usted hablando?

—No, señor.

—Soy el barón von Schroeder.

Ante aquello el rostro del hombrecillo cambió.

—Señor, ¿cómo no lo dijo usted antes? Yo soy muy amigo de Adolf Eichmann. Él me ha hablado mucho de usted —bajó la voz con tono confidencial— y sé que ustedes han estado haciendo un trabajo especial para el señor Heydrich. En fin, no se preocupe, enseguida le arreglaré todo. Traeré a la judía.

Se levantó y caminó hasta la sala de descanso. Mandó salir a uno de los soldados, quien dio claras muestras de fastidio por interrumpir la partida. Tras unos instantes desapareció por una puerta que no estaba a la vista de Paul.

Entretanto el funcionario regresó. Sacó un impreso de color morado de debajo del mostrador y comenzó a rellenarlo.

—¿Me permite su identificación? He de anotar su número de las SS.

Paul le tendió la carterita de piel.

—Tiene todo aquí. Abrevie.

El funcionario sacó la cédula de identidad y se quedó mirando la foto durante unos instantes. Paul le observaba atentamente. Aquél era el momento decisivo. Vio que una sombra de duda cruzaba por el rostro del funcionario, que levantaba la vista hacia él y la bajaba de nuevo hacia la foto. Tenía que actuar. Distraerle, darle el golpe de gracia para que dejase de dudar.

—¿Qué pasa, no lo encuentra? ¿Quiere que le eche un ojo?

Cuando el funcionario le miró extrañado, Paul se levantó el parche durante un instante y soltó una risita desagradable.

—No... no, señor. Ya... ya lo estoy apuntando.

Le devolvió la carterita de piel con los documentos a Paul.

—Señor..., no crea que intento meterme donde no me llaman pero... tenía usted unas gotas de sangre en el ojo.

—Ah, gracias, funcionario. El médico me está vaciando los tejidos que se me forman con el paso de los años. Dice que podría ponerme un ojo de cristal. Mientras tanto tengo que sufrir sus instrumentos. En fin...

—Ya está, señor. Mire, aquí la traen.

A espaldas de Paul se abrió una puerta, la misma por la que él había entrado, y se oyeron unos pasos. Paul no se volvió a mirarla en ese instante, por miedo a que su rostro delatase la más mínima emoción al verla, o peor aún, que ella le reconociese. Tan sólo cuando la pusieron a su lado se atrevió a dirigirle una breve mirada de soslayo.

Alys, vestida con una especie de sayo de basta tela gris, tenía la cabeza gacha y miraba al suelo. Sus pies estaban descalzos y sus manos esposadas.

No pienses en cómo está ella, pensó Paul. *Piensa sólo en cómo sacarla de aquí con vida.*

—Pues si eso es todo...

—Sí, señor. Fírmeme aquí y aquí, por favor.

El falso barón tomó la pluma, teniendo mucho cuidado de hacer un garabato ilegible. Luego tomó a Alys por el brazo y se dio la vuelta, arrastrándola con él.

—Tan sólo una cosa más, señor.

Paul volvió a girarse.

—¿Qué diablos pasa ahora? —gritó exasperado.

—Tendré que llamar al señor Eichmann para que autorice la salida de la prisionera, ya que fue él quien firmó el ingreso.

Paul, aterrado, buscó con desesperación algo que decir, cualquier cosa, con tal de impedir que aquel hombre siguiese adelante.

—¿Cree necesario despertar al bueno de Adolf por una nimiedad como ésa?

—Será sólo un minuto, señor —dijo el funcionario, que ya tenía el teléfono en la mano.

60

Estamos listos, pensó Paul.

Una gota de sudor se formó en su frente y descendió por su cara, esquivando las cejas y colándose en el hueco de su ojo bueno. Paul parpadeó discretamente, pero aquélla iba a ser sólo la primera de varias. En la sala del retén hacía mucho calor, y aún más en el punto en el que Paul estaba situado, justo debajo de la bombilla que iluminaba la entrada. La gorra de Jürgen, que le venía muy justa, no le estaba ayudando demasiado.

No pueden notar que estoy nervioso.

—¿Señor Eichmann?

La voz chillona del funcionario resonó por toda la sala. Era una de esas personas que levantan la voz cuando hablan por teléfono para ayudar a los cables a transmitir mejor la voz.

—Lamento molestarle a estas horas. Está aquí el barón von Schroeder, que viene a recoger a la prisionera que...

—Las pausas en la conversación eran un alivio para los oídos de Paul y una tortura para sus nervios. Hubiese dado lo que fuera por poder escuchar la otra mitad del diálogo—. Ya. Ya, en efecto. Sí, sí, comprendo.

En ese momento el funcionario levantó la cabeza y le miró, muy serio. Paul le sostuvo la mirada, con una nueva gota de sudor recorriendo el camino abierto por la anterior.

—Sí, señor. Lo he comprendido. Así lo haré.

Colgó el teléfono, despacio.

—¿Señor barón?

—¿Qué sucede?

—¿Le importaría esperar aquí un instante? Vuelvo enseguida.

—¡Está bien, pero dese prisa!

El funcionario volvió a salir por la puerta por la que había salido cuando fue a buscar a Alys. A través del cristal, Paul vio cómo se dirigía a uno de los soldados, y éste a su vez a todos los demás.

Nos han descubierto. Han encontrado el cadáver de Jürgen y ahora vendrán a detenernos. Si no se han abalanzado sobre mí es porque quieren cogernos con vida. Bien, pues eso no va a ocurrir.

Paul estaba completamente aterrado. El dolor de su cabeza había paradójicamente descendido, seguramente por los ríos de adrenalina que corrían ahora mismo por sus venas. Era consciente sobre todo del roce de su mano con la piel de Alys. Ella aún no había levantado la cabeza desde que entró. Al lado contrario, el soldado que la había traído esperaba dando impacientes golpecitos en el suelo.

Si vienen a por nosotros, lo último que haré será besarla.

El funcionario regresaba por la misma puerta, y lo hacía acompañado por otros dos soldados. El grupo dio la vuelta al mostrador y Paul se giró para quedar frente a ellos, obligando a Alys a hacer lo propio.

—¿Señor barón?

—¿Sí?

—He hablado con el señor Eichmann y me ha dado noticias sorprendentes. No he podido evitar compartirlas con el grupo de soldados. Estos hombres quieren hablar con usted.

La pareja que había salido de la sala de descanso se adelantó.

—Permiso para estrechar su mano, en nombre de toda la compañía, señor.

—Permiso concedido, soldado —acertó a decir Paul, absolutamente atónito.

—Es un honor conocer a un auténtico Viejo Luchador, señor —dijo el soldado, señalando la pequeña medalla en el pecho de Paul. Un águila en pleno vuelo, con las alas desplegadas, sosteniendo una corona de laurel. La Orden de la Sangre.

Paul, que no tenía la más remota idea de qué era aquella medalla, se limitó a asentir y a estrechar la mano de los soldados y del funcionario.

—¿Fue entonces cuando perdió el ojo, señor? —le preguntó el funcionario, con una sonrisa.

Una alarma sonó en el cerebro de Paul. Aquello podría ser una trampa. Pero no tenía ni idea de qué responder, ni de a qué se podría estar refiriendo el soldado.

¿Qué diablos le contaría Jürgen a la gente? ¿Diría que fue un accidente durante una absurda pelea en su juventud o mentiría para aparentar ser lo que no era?

Los soldados y el funcionario le miraban atentos, pendientes de sus palabras. Eligiese la respuesta que eligiese, tenía que ser ya.

—Toda mi vida ha estado dedicada al *Führer*, caballeros. Y también mi cuerpo —dijo intentando ganar tiempo.

—¿Entonces se hirió durante el golpe de estado del 23? —le apremió el funcionario.

Antes de aquello él ya estaba tuerto, y no se hubiera atrevido a contar una mentira tan evidente. ¡Luego la respuesta es que no! Pero ¿qué excusa podría haber puesto?

—Me temo que no, caballeros. Esto fue un accidente de caza.

Los soldados parecieron ligeramente decepcionados, pero el funcionario no perdió la sonrisa.

Tal vez no era una trampa, después de todo, pensó Paul con alivio.

—¿Ha acabado con sus formalidades sociales, funcionario Faber?

—En realidad no, señor. El señor Eichmann me ha dado esto para usted —dijo tendiéndole una cajita—. Son las noticias de las que le hablaba.

Paul tomó la cajita de manos del funcionario y la abrió. Dentro había una cuartilla mecanografiada y algo envuelto en papel de estraza.

> Querido amigo:
>
> Enhorabuena por su excelente desempeño. El trabajo que le encargué está más que completado, según mi opinión. Con las evidencias que usted ha reunido, empezaremos a actuar muy pronto. También tengo el honor de transmitirle la gratitud personal del Führer. Él me preguntó personalmente por usted, y cuando le dije que ya colgaban de su pecho la Orden de la Sangre y la insignia de oro del partido, me preguntó qué distinción especial podríamos concederle. Conversamos unos minutos y al Führer se le ocurrió esta brillante broma. Es un hombre con un gran sentido del humor, tanto que mandó fabricarla a su joyero de confianza.
>
> Venga cuanto antes a Berlín. Tengo grandes planes para usted.
>
> Cordialmente,
>
> REINHARD HEYDRICH

Sin comprender nada de lo que acababa de leer, extrajo el objeto que estaba envuelto en papel de estraza y lo desenvolvió. Era un emblema de oro con un diamante incrustado, un águila bicéfala sobre una cruz teutónica. Las proporciones eran incorrectas, y los materiales una intencionada e insultante parodia, pero aun así Paul reconoció el símbolo enseguida.

Era el emblema de un masón del grado 32.

Jürgen, ¿qué es lo que has hecho?

—Señores —dijo el funcionario señalándole—, un aplauso para el barón von Schroeder, un hombre que, según me ha contado el señor Eichmann, ha realizado un trabajo tan importante para el Reich que el mismo *Führer* ha creado una condecoración única para él.

Los soldados aplaudieron, mientras un confuso Paul se dirigía al exterior con la prisionera. El funcionario les acompañó, le abrió la puerta y le puso algo en la mano.

—La llave de las esposas, señor.

—Gracias, Faber.

—Ha sido un honor, señor.

El coche se encaminó hacia la salida. Manfred, volviéndose ligeramente, con la cara empapada en sudor, le preguntó:

—¿Por qué diablos has tardado tanto?

—Después, Manfred. No hasta que salgamos de aquí —susurró Paul.

Buscó con sus manos las de Alys, y ella le devolvió el apretón con fuerza y en silencio. Así se mantuvieron hasta traspasar las puertas.

—Alys —dijo él, tomándole de la barbilla—, tranquila. Somos nosotros.

Ella por fin alzó el rostro. Estaba lleno de moratones y cardenales por todas partes.

—Supe que eras tú desde que me agarraste del brazo allí dentro. Oh, Paul, qué miedo más grande he pasado —dijo ella, apoyando la cabeza en su pecho.

—¿Estás bien? —dijo Manfred.

—Sí —dijo ella con voz débil.

—¿Te hizo algo ese bastardo? —preguntó de nuevo su hermano, a quien Paul no le había contado cómo Jürgen había presumido de haber violado a Alys con gran violencia.

Ella tardó unos instantes en contestar, y cuando lo hizo rehuyó la mirada de Paul.

—No.

Nadie lo sabrá nunca, Alys, pensó Paul. *Y sobre todo, nunca dejaré que sepas que lo sé.*

—Mejor. De todas formas te alegrará saber que Paul mató a ese hijo de puta con sus propias manos. No sabes lo lejos que ha llegado este hombre para sacarte de allí.

Alys miró a Paul a la cara y comprendió entonces en qué había consistido el plan, lo lejos que había llegado su sacrificio. Levantó las manos, aún esposadas, y le quitó el parche.

—¡Paul! —gritó, conteniendo un sollozo, y él la abrazó.

—Chis..., no digas nada.

Manfred sacó el coche de la carretera y lo estacionó junto a la caseta del guardabosques, y Paul aprovechó para quitarle las esposas a Alys.

—Vayamos a buscarle todos juntos. Se llevará una gran sorpresa.

—¿A buscar a quién? —preguntó ella sorprendida.

—A nuestro hijo, Alys. Está escondido detrás de la caseta.

—¿A Julian? ¿Habéis traído a Julian aquí? ¿Es que estáis locos? —gritó ella.

—No teníamos otra opción —se defendió Paul—. Han sido unas horas terribles.

Ella no le escuchó, pues ya se estaba bajando del coche y corriendo hacia la parte de atrás.

—¡Julian! ¡Julian, tesoro, soy mamá! ¿Dónde estás?

Paul y Manfred se apresuraron a ir tras ella, temiendo que se cayera y se hiciera daño en el estado de nervios en el que se encontraba. Se tropezaron con ella en la esquina de la caseta, que se recortaba a la luz de los focos del Mercedes como el último bastión de luz antes de la oscuridad del bosque. Allí se había parado Alys, completamente consternada, con los ojos desencajados.

—¿Qué sucede, Alys? —dijo Paul.

—Sucede, amigo mío —dijo una voz desde las tinieblas—, que los tres deberíais comportaros si sabéis lo que le conviene a este hombrecito.

Paul contuvo un grito de asombro y de rabia cuando una figura dio unos pasos hacia la luz de los faros, sin entrar de lleno en el área iluminada. Apenas lo necesario para que se pudiese reconocer quién era y qué hacía.

Era Sebastian Keller. Y lo que hacía era apuntar con una pistola a la cabeza de Julian.

61

—¡Keller!

—Hola, Paul. Te sienta bien el uniforme.

—¡Mamá! —gritó Julian, totalmente aterrado. El viejo librero le sostenía con el brazo izquierdo por el cuello, encañonándole con la otra mano—. Lo siento, me ha cogido desprevenido. Luego registró la maleta, sacó la pistola...

—Julian, cariño —dijo Alys, con suavidad—. No te preocupes de eso ahora. Yo...

—¡Silencio todos! —gritó Keller—. Esto es una cuestión privada entre Paul y yo.

—Ya le habéis oído —dijo Paul.

Intentó apartar a Alys y a Manfred de la línea de tiro de Keller, pero el librero le interrumpió apretando aún más fuerte el cuello de Julian.

—Quieto, Paul. Es mejor para la salud del niño que te quedes detrás de la señorita Tannenbaum.

—Es usted una rata, Keller. Sólo una rata cobarde se escondería detrás de un niño indefenso.

El librero comenzó a caminar hacia atrás, internándose en las sombras, hasta una zona en la que ellos no podían verle, tan sólo escuchar su voz proveniente de algún punto situado cuatro o cinco metros por delante de ellos.

—Lo siento, Paul. Créeme que lo siento. Pero no quiero terminar como Clovis y como tu hermano.

—¿Cómo...?

—¿Cómo lo sé? Te he estado siguiendo desde que pusiste los pies en mi librería hace tres días. Y las últimas veinticuatro horas han sido agotadoramente instructivas. Ahora estoy cansado y quiero ir a dormir, así que entrégame lo que estoy buscando y yo soltaré a tu hijo.

—¿Quién diablos es este loco, Paul? —interrumpió Manfred.

—El hombre que mató a mi padre.

La sorpresa en el rostro de Keller fue visible incluso a través de la penumbra.

—Vaya..., así que no eres tan ingenuo como pareces. Paul se echó hacia delante, colocándose entre Alys y Manfred, que asistían mudos a aquella horrible confesión en la oscuridad.

—Cuando leí la nota de mi madre decía que estaba con su cuñado, con Nagel y con una tercera persona, «un amigo». Y entonces comprendí que usted me había estado manipulando desde el principio.

—Aquella noche tu padre me llamó para que intercediese por él ante algunas personas poderosas. Quería que el asesinato que había cometido en las colonias y su deserción desaparecieran como por arte de magia. Era complicado, aunque tal vez entre tu tío y yo lo hubiéramos logrado. Nos ofreció un diez por ciento de las piedras a cambio. ¡Un diez por ciento!

—Así que ustedes le mataron.

—Fue un accidente en el calor de la discusión. Él sacó la pistola, yo me abalancé sobre él..., ¿qué importa eso?

—Sólo que sí importaba, ¿verdad, Keller?

—Contábamos con encontrar el mapa del tesoro entre sus papeles, pero no había mapa. Sabíamos que le había enviado un sobre a tu madre y creímos que ella lo había guardado, que algún día... Pero pasaron los años y nunca apareció.

—Porque no le había enviado un mapa, Keller.

Entonces Paul lo comprendió todo. La última pieza del rompecabezas encajó en su sitio, ajustándose con perfecta simetría.

—¿Lo has descubierto ya, Paul? No me mientas, porque puedo leer en ti como en un libro abierto.

Paul miró a su alrededor antes de contestar. La situación no podía ser peor. Keller tenía a Julian, y ellos tres se hallaban desarmados. Con los faros del coche en marcha iluminándoles, eran un blanco perfecto para él, que seguía cubierto por las sombras de la caseta. Incluso aunque Paul decidiese atacar y Keller desviase el arma de la cabeza del niño, tendría un blanco perfecto en el cuerpo iluminado de Paul.

Tengo que desviar su atención. Pero ¿cómo?

Lo único que se le ocurría era usar la verdad.

—Mi padre no le dio ningún sobre para mí, ¿no es cierto?

Keller soltó una risotada despectiva.

—Tu padre, Paul, era uno de los mayores cabrones que me he echado a la cara. Era putero, mentiroso y cobarde, pero también un alegre compañero. Lo pasábamos bien juntos, pero la única persona por la que Hans se preocupó en su vida fue por Hans. Lo del sobre me lo inventé para ponerte en marcha, para que removieses el polvo después de todos estos años. Cuando recuperaste la Mauser, Paul, recuperaste el arma que mató a tu padre. Que, por si no te has fijado, es la misma que apunta a la cabeza de Julian.

—Todo este tiempo...

—Todo este tiempo he esperado para tener el premio. Tengo

cincuenta y nueve años, Paul. Con suerte me quedan diez buenos. Seguro que un baúl lleno de diamantes me alegrará la jubilación. Y ahora dime dónde está el mapa, porque sé que lo sabes.

—Está en mi maleta.

—No es cierto. La he mirado de arriba abajo.

—Le digo que está ahí.

Hubo unos segundos de silencio.

—De acuerdo —dijo Keller, por fin—. Esto es lo que vamos a hacer. La señorita Tannenbaum dará unos pasos hacia la oscuridad y seguirá mis instrucciones. Arrastrará la maleta hasta la luz de los faros y entonces tú te agacharás y me enseñarás dónde está el mapa. ¿Ha quedado claro?

Paul asintió.

—Repito: ¿ha quedado claro? —insistió Keller, elevando el tono.

—Alys —dijo Paul.

—Sí. Está claro —dijo ella con voz neutra, comenzando a caminar hacia delante.

Preocupado por el tono, Paul la sujetó por el brazo.

—Alys, no hagas ninguna tontería.

—No la hará, Paul. No te preocupes —dijo Keller, más amenazador que nunca.

Alys movió el brazo y se soltó. Había algo en su manera de andar, en su aparente pasividad, en el modo en que abandonaba la zona iluminada y se adentraba en las sombras sin que su rostro ni su voz destilasen ni la más mínima emoción, que encogió el corazón de Paul. De repente tuvo la certeza desesperada de que todo había sido inútil. De que en pocos minutos habría cuatro fogonazos en el bosque y cuatro cuerpos tendidos sobre un lecho de agujas de pino, contemplando la silueta oscura de los árboles con ojos fríos y muertos.

Pero Alys estaba demasiado aterrorizada por la suerte de Julian como para intentar nada. Siguió las breves y secas órdenes que le lanzó Keller sin oponer resistencia, y apareció enseguida en la zona iluminada caminando hacia atrás, arrastrando una maleta abierta y repleta de ropa amontonada.

Paul se agachó y comenzó a hurgar entre el revoltijo de enseres.

—Mucho cuidado con lo que haces —dijo Keller.

Paul no respondió. Había encontrado lo que estaba buscando, la pista a la que le habían conducido las palabras de su padre.

A veces el mayor tesoro se esconde en el mismo lugar que la mayor destrucción.

La caja de madera de caoba donde su padre guardaba la pistola.

Con movimientos muy lentos y manteniendo las manos a la vista, la abrió. Hincó los dedos en el esmerado relleno de fieltro rojo y pegó un fuerte tirón. El paño se desgarró con un leve chirrido, y en el hueco que ocupaba la pistola apareció un cuadradito de papel. Lo tomó con la punta de los dedos y lo abrió. Había varios dibujos y números manuscritos, con tinta china.

—¿Qué, Keller? ¿Cómo se siente al saber que usted tuvo el mapa al alcance de la mano durante todos estos años? —dijo alzando el papel, que quedó brillando bajo los faros del coche.

Hubo un nuevo silencio. Paul hubiera dado lo que fuera por poder ver la rabia y el desencanto que en estos momentos debían estar cruzando por el rostro del viejo librero.

—Está bien —dijo Keller, con voz ronca—. Ahora dale ese papel a Alys y acércate muy despacio.

Paul, tranquilamente, se guardó el papel en el bolsillo del pantalón.

—No.

—¿Es que no me has oído?

—He dicho que no.

—¡Paul, haz lo que te dice! —dijo Alys.

—Este hombre mató a mi padre.

—¡Y va a matar a nuestro hijo!

—Tienes que obedecer, Paul —dijo Manfred.

—Está bien —dijo Paul, metiéndose la mano en el bolsillo de nuevo y sacando el papel—. En ese caso...

Con gesto rápido, arrugó el papelito y se lo metió en la boca, comenzando a masticarlo.

—¡Nooooo!

El grito de furia de Keller resonó por todo el bosque. El viejo librero salió de entre las sombras, arrastrando con él a Julian, aún con la pistola apuntando a su cráneo. Pero al aproximarse a Paul la desvió y apuntó a su pecho.

—¡Maldito hijo de puta!

Acércate un poco más, pensó Paul, preparándose para saltar.

—¡No tenías derecho!

Keller se detuvo, aún lejos del alcance de Paul.

¡Más cerca!

Comenzó a apretar el gatillo. Paul tensó los músculos de las piernas, dispuesto a que, si la bala tenía que alcanzarle, al menos lo hiciese en pleno salto.

—¡Esos diamantes eran míos!

La última palabra de la frase se convirtió en un chillido agudo e informe. La bala salió de la pistola, pero el brazo se había desviado hacia arriba. Keller soltó a Julian e hizo un giro extraño sobre sus pies, como si quisiera alcanzar algo que había tras él. Al darse la vuelta, la luz incidió sobre un extraño apéndice de mango rojo que le había surgido en la espalda.

El cuchillo de caza que veinticuatro horas atrás había caído de la mano de Jürgen von Schroeder.

Julian, que había guardado el cuchillo en el cinturón todo aquel tiempo, había esperado una ocasión en la que la pistola dejase de apuntarle para clavar la hoja con todas sus fuerzas. Lo había hecho en un ángulo extraño y demasiado débil, sin embargo, y la herida no había hecho más que enfurecer a Keller. El librero, aullando de dolor, apuntó a la cabeza del niño.

En ese momento Paul completó su salto y su hombro golpeó de lleno en la cintura de Keller. El librero cayó al suelo e intentó revolverse, pero Paul ya estaba sentado encima de él, golpeándole una y otra vez con los puños en el rostro, sin darle la más mínima tregua, empujándole los brazos hacia atrás con las rodillas.

Golpeó más de dos docenas de veces, sin notar el dolor en las manos —que al día siguiente tendría completamente hinchadas—, sin notar los nudillos despellejados, sin notar cómo su conciencia desaparecía y en su lugar quedaba un animal salvaje.

Tan sólo le importaba el dolor que estaba causando, y no paró hasta que no pudo causar más.

—Paul. Ya basta —le dijo Manfred, poniéndole la mano en el hombro—. Está muerto.

Paul se dio la vuelta. Julian estaba en brazos de su madre, con la cabeza enterrada en el pecho de ella. Rogó al cielo que no hubiera visto lo que acababa de hacer. Se quitó la guerrera de Jürgen, empapada hasta los codos en la sangre de Keller, y se acercó a abrazar a Julian.

—¿Estás bien?

—Siento no haberos obedecido con lo del cuchillo —dijo el niño, echándose a llorar.

—Fuiste muy valiente, Julian. Y nos has salvado la vida a todos.

—¿De verdad?

—De verdad. Y ahora tenemos que irnos —dijo encaminándose al coche—. Alguien podría haber oído los disparos.

Alys y Julian subieron en la parte de atrás, y Paul se acomodó en el asiento del copiloto. El joven ingeniero puso el coche en marcha y volvieron a la carretera.

—Quisiera saber una cosa, Paul —dijo Manfred, rompiendo con un susurro el silencio del interior del vehículo media hora después, cuando ya Alys y Julian dormían abrazados en el asiento trasero.

—Dime.

—¿Ese papelito conducía de verdad a un baúl lleno de diamantes?

—Eso creo. Enterrado en África del Suroeste.

—Ya veo —dijo Manfred decepcionado.

—¿Te hubiera gustado ir a buscarlo?

—Tenemos que irnos de Alemania. Ir a buscar un tesoro no sería un mal destino. Una pena que te lo tragaras.

—En realidad —dijo Paul, sacando con gran dificultad el mapa del bolsillo— lo que me tragué fue una nota en la que le concedían una medalla a mi hermano. Aunque a estas alturas no creo que le importe.

Epílogo

Estrecho de Gibraltar,
12 de marzo de 1940

Paul comenzó a preocuparse cuando las olas golpearon el improvisado bote. La travesía no debía ser difícil, apenas unas pocas millas en un mar en calma, protegidos por la noche.

Luego todo se había complicado.

Nada había sido demasiado normal en los últimos años, desde luego. Habían escapado de Alemania a través de la frontera con Austria sin demasiados contratiempos, y alcanzado África del Suroeste a principios de 1935.

Aquella fue una época de comienzos. Alys comenzaba a recuperar la sonrisa, a ser la mujer fuerte y cabezota que siempre había sido. Julian tenía un miedo tremendo a la oscuridad, que poco a poco comenzaba a remitir. Y Manfred comenzaba a llevarse muy bien con su cuñado, sobre todo porque éste se dejaba ganar al ajedrez.

La búsqueda del tesoro de Hans Reiner fue más compleja de lo que podía parecer. Paul volvió a su trabajo en una mina de diamantes durante varios meses, esta vez acompañado por Manfred, que gracias a su título de ingeniero se convirtió en jefe de Paul. Alys por su parte no tardó en convertirse en la fotógrafa oficiosa de cualquier acontecimiento social del mandato.

Entre todos ahorraron suficiente dinero para comprar una pequeña granja en la cuenca del Orange, la misma en la que Hans y Nagel habían robado los diamantes treinta y dos años atrás. La propiedad había cambiado varias veces de manos en las últimas tres décadas, y muchos decían que estaba maldita. Varias voces se alzaron para avisar a Paul de que estaría derrochando su dinero si compraba aquel lugar.

—No soy supersticioso —dijo Paul—. Y tengo el presentimiento de que podría cambiar mi suerte.

Fueron discretos. Dejaron pasar varios meses antes de ir a buscar los diamantes. Lo hicieron los cuatro juntos una noche de luna llena, en el verano de 1936. Conocían perfectamente los terrenos colindantes tras haberlos recorrido domingo tras domingo armados con cestas de pícnic, fingiendo ir de excursión.

El mapa de Hans era sorprendentemente preciso, como cabría esperar de alguien que había pasado media vida inclinado sobre cartas de navegación. Dibujaba una cañada y el curso de un arroyo, y en la intersección de ambos una roca con forma de punta de flecha. A treinta pasos al norte desde la roca, cavaron. La tierra era blanda, y no tardaron mucho en encontrar el cofre. Manfred dio un ligero resoplido cuando lo abrieron y vieron las bastas piedras a la luz de las linternas. Julian se había puesto a jugar con ellas, y Alys bailó con Paul, sin más música que la de los grillos de la cañada, un animado foxtrot.

Tres meses más tarde celebraban su boda en la iglesia del pueblo. Seis meses después Paul se presentó en la oficina de tasación gemológica de la mina y dijo que había encontrado un par de piedras en el arroyo de su propiedad. Llevó algunas de las más pequeñas y se quedó mirando al tasador con el alma en vilo mientras éste las examinaba al trasluz, las rascaba sobre fieltro, se atusaba los bigotes, y todos esos sortilegios añadidos e innecesarios que los expertos en un campo realizan para darse importancia.

—Son de bastante buena calidad. Yo que tú me compraba una criba y empezaba a remover esas aguas, muchacho. Te compro todo lo que me traigas.

Estuvieron «sacando» diamantes del arroyo durante dos años. En la primavera de 1939, Alys intuyó que la situación en Europa se estaba poniendo demasiado fea.

—Los sudafricanos están del lado de los ingleses. Dentro de poco seremos personas *non gratas* en las colonias.

Paul comprendió que era hora de partir. Vendieron un lote de piedras más grande de lo normal —tanto que el tasador tuvo que llamar al administrador de la mina para que le enviase efectivo— y una noche abandonaron la granja sin despedirse de nadie, sin nada más que unos pocos efectos personales y cinco caballos.

Habían tomado una decisión importante sobre lo que hacer con el dinero de los diamantes. Se dirigieron al norte, hasta la península de Waterberg. Allí malvivían los supervivientes de los herero, aquellos a los que su padre había contribuido a exterminar, aquellos con los que Paul había convivido largas temporadas durante su primera estancia en África del Suroeste. Cuando Paul volvió a entrar en el poblado, el brujo de la tribu le recibió con un cántico de bienvenida.

—Ha vuelto Paul Mahaleba, Paul el cazador blanco —decía agitando su varita emplumada—. ¡Alegraos!

Paul fue derecho a hablar con el jefe de la tribu y le entregó una enorme cartera que contenía las tres cuartas partes de lo que habían conseguido con la venta de los diamantes.

—Esto es para los herero. Para devolver la dignidad a vuestra gente.

—Eres tú quien recupera así la dignidad, Paul Mahaleba —replicó el brujo de la tribu—. Los herero nunca la perdieron. Pero tu regalo será bienvenido entre nuestro pueblo.

Paul asintió con humildad ante la sabiduría de aquellas palabras.

Pasaron en el poblado varios meses maravillosos, ayudando en lo que podían a la reconstrucción de lo que antaño había sido. Hasta que un día Alys escuchó noticias terribles de uno de los vendedores ambulantes que pasaba cada cierto tiempo por Windhoek.

—La guerra en Europa ha empezado.

—Nosotros ya hemos hecho aquí suficiente —dijo Paul, pensativo, mirando a su hijo—. Es hora de pensar en Julian. Tiene ya quince años, y necesita una vida normal, en un lugar con futuro.

Así comenzaron la larga peregrinación hacia el otro lado del Atlántico. Primero hasta Mauritania en barco, luego hasta el Marruecos francés, del que habían tenido que escapar de aquella manera extraña con destino a Portugal cuando las fronteras se habían cerrado para todo aquel que no tuviera visado. Una formalidad que no era muy factible para una judía sin papeles y para alguien oficialmente muerto que no tenía más identificación que una vieja cédula de identidad de un desaparecido oficial de las SS.

Tras hablar con varios refugiados, Paul decidió intentar el cruce del Estrecho desde un lugar a las afueras de Tánger.

—No será difícil. Las condiciones son buenas, y son sólo trece millas.

Pero al mar le encanta contradecir las palabras necias de los hombres confiados, y aquella noche se levantó una tormenta repentina. Lucharon contra ella durante largo rato, y Paul llegó al extremo de atar a toda su familia con cuerdas a la patera, para que las olas no les arrancaran de la patética embarcación comprada a precio de oro a un mafioso tangerino.

De no haber aparecido providencialmente aquella patrulla española, los cuatro hubieran muerto sin remedio.

Irónicamente, Paul pasó aún más miedo en la bodega de la embarcación que durante el espectacular abordaje, en el que estuvo colgado del costado de la patrullera durante segundos interminables. Una vez a bordo, todos temieron que les llevasen a Cádiz, algo que podría dar de nuevo con sus huesos en Alemania. Paul se maldijo por su imprudencia de no haber intentado aprender siquiera algunas palabras en español.

Su plan había sido alcanzar una playa al este de Tarifa, donde supuestamente estaría esperándoles un contacto del mafioso que les había vendido la embarcación, quien les cruzaría hasta Portugal en una camioneta. Pero nunca tuvieron ocasión de comprobarlo.

Paul pasó muchas horas en la bodega intentando hallar una solución. Rozó con sus dedos un bolsillo oculto de la camisa, donde escondía una docena de los diamantes más grandes, los últimos de Hans Reiner. Tanto Alys, como Manfred como Julian tenían en sus ropas un alijo similar. Tal vez si sobornasen a la tripulación con un puñado de ellos...

Su sorpresa fue grande cuando el capitán español les sacó de la bodega en plena noche, les dio una barca y les indicó por señas dónde estaba la costa de Portugal.

A la luz del fanal que iluminaba la cubierta, Paul se quedó mirando el rostro de aquel hombre, que debía tener su misma edad. La misma edad que tenía su padre cuando murió, la misma profesión. Paul se preguntó cómo habrían sido las cosas en su vida si su padre no hubiese sido un asesino, si él no hubiera empleado la mayor parte de su juventud buscado a quienes le mataron.

Se metió la mano entre las ropas y sacó el único recuerdo que le quedaba de aquella época. El fruto del lado malvado de Hans, el emblema de la traición de su hermano.

Tal vez para Jürgen las cosas habrían sido diferentes si su padre hubiese sido un hombre honrado, pensó.

Se preguntó cómo podría hacérselo entender a aquel hombre. Le colocó el emblema en la mano y luego repitió dos palabras sencillas.

—Traición —dijo tocándose el pecho con el dedo índice—. Salvación —dijo tocando el pecho del español.

Tal vez algún día el capitán encontrase a alguien que le explicase lo que significaban.

Subió a la barca de un salto, y se puso a remar con los demás. A los pocos minutos escucharon el rumor del agua en las riberas del río, y el leve roce de la barca contra las piedras del fondo.

Estaban en Portugal.

Miró alrededor antes de bajar de la embarcación para asegurarse de que no había peligro, pero no pudo encontrar ninguno.

Es curioso, pensó Paul. *Desde que me arranqué el ojo tengo que girar la cabeza constantemente para ver bien lo que sucede a mi alrededor.*

Y sin embargo ahora lo veo todo mucho más claro.

Santiago de Compostela, junio de 2008

Nota del autor

La novela ha terminado, lector, pero no así la historia del emblema del traidor. Y eso merece una explicación.

Cuando hace tres años conocí a Juan Carlos González no me imaginaba hacia qué derroteros se iba a encaminar nuestra amistad. Por aquel entonces ya era director de una famosa librería de Vigo, que no nombro para preservar su intimidad. Una tarde tonta le conté, muy por encima, el argumento de la novela para la que en ese momento estaba investigando, y que sería la que ahora podrías no estar sosteniendo en la mano. Así habría sido de no haber él abierto la boca y dicho:

—¿Quieres que te cuente algo digno de una novela?

Asentí con resignada cortesía. Si me hubieran dado diez céntimos cada vez que he escuchado esa frase podría invitar a mi familia a comer a un buen restaurante.

Pero esta vez era distinto.

Esta vez era verdad.

Juan Carlos me contó la historia de cómo la patrullera en la que servía su padre salvó de morir ahogados en el Estrecho a cuatro misteriosos alemanes, y cómo uno de ellos le recompensó con un emblema de oro. Su historia iba más allá de la mía, ya que su padre *se volvió a encontrar* al hombre que le regaló el emblema, aunque fue a cinco mil kilómetros de distancia y veinte años más tarde. Eso es otro cuento y tal vez me anime a contároslo en otra ocasión.

Cuando me despedía de Juan Carlos, antes de subirme al coche con Moncho Paz, un buen amigo periodista, les comenté a ambos que pese a que el relato era muy bueno jamás sostendría una novela.

He descubierto que cuando expreso lo poco que quiero o me interesa una cosa todos los que me rodean inmediatamente saben que es lo único que me preocupa en ese instante. Así que pasé las siguientes diez semanas intentando demostrar a todo el mundo que estaban equivocados. Evidentemente fui el último en enterarme de que el único equivocado era yo.

Afortunadamente en ese momento ya tenía un centenar de libros y un millar de folios de documentación. Y de ésta, la más importante cabía en dos párrafos:

> Los masones fueron objeto de persecución durante la dictadura nazi en Alemania: murieron más de ochenta mil de ellos en los campos de concentración. Cuenta una antigua leyenda masónica que la causa de la caída de las logias fue un solo masón, uno que vendió a todas a los nazis.
>
> Como recompensa por ello, dicen que Hitler mandó a su orfebre de confianza fabricar una cruz de oro, una réplica burlesca de la medalla de latón del grado 32 del masón traidor. El orfebre en-

gastó en ella un diamante muy especial, uno que había pertenecido a un juego desparejado de diamantes de la propia sobrina —y amante— de Hitler, Geli Raubal.

¿Es el objeto de oro macizo de Juan Carlos González el famoso emblema del traidor? No lo sabemos con certeza, pero su manufactura y la tasación que han hecho de él expertos joyeros independientes indican que es posible. Y ello unido al hecho de que Juan Carlos ha recibido ofertas millonarias por parte de elevados masones a cuyo conocimiento llegó «casualmente» la existencia del objeto...

Leyenda o no, en aquel momento comprendí que aquella historia sí podía sostener una novela. Faltaba un componente esencial, no obstante, que era el por qué alguien cometería una traición como aquélla. Ahí es donde mi historia se separa por completo de la leyenda y viaja al alma de Paul, Jürgen y Alys, quienes, luchando contra los pecados de sus padres, cometieron unos cuantos de su propia cosecha. Al final, como en todos los buenos relatos, los personajes y sus problemas acabaron fagocitando a la excusa de la que partieron.

Por cierto, como bien dice Paul hacia el final de la novela, la masonería es tremendamente aburrida. Por eso las ceremonias de los masones han sido drásticamente acortadas en aras de la historia (y para no dormir al lector).

Tres han sido las fuentes de inspiración de *El naufragio*. La primera la propia historia de Juan Carlos González, su emblema y la leyenda. La segunda han sido los ensayos autobiográficos de Sebastian Haffner y Viktor Klemperer, que me ayudaron a entrar en la mentalidad complejísima de la Alemania de entreguerras. La tercera, la novela de Alejandro Dumas *El Conde de Montecristo*, a la cual la mía no se parece en nada (por desgracia para mí), pero que parte de la misma idea, una venganza dormida durante décadas.

Hay una última, y ésta es sobre todo para las lectoras. El personaje de Alys es mi intento de expandir en palabras los sentimientos contenidos en la canción *Who's gonna ride your wild horses*, una de las mejores canciones del mejor grupo de rock de todos los tiempos: U2. Un aplauso por favor para su primera estrofa:

You're dangerous 'cause you're honest
You're dangerous 'cause you don't know what you want

En la Alemania de entreguerras fue donde por primera vez surgió en Europa la figura de una mujer independiente, sexualmente liberada, con igualdad de oportunidades, o algo bastante aproximado, teniendo en cuenta las circunstancias. Llegó a esa posición por sí misma, aunque muchos intentaron poner piedras en el camino.

Fue la primera vez que brilló una luz que nunca debe apagarse.

Agradecimientos

Quiero dar las gracias:

A Antonia Kerrigan y todo su equipo: Hilde Gersen, Claudia Calva y las demás, sois las mejores.

A Carmen Romero, Juan Díaz y todo el equipo de Penguin Random House, gracias por todo.

Y a ti, que me lees. Por haber convertido mis obras en un éxito en cuarenta países, gracias de corazón. Es un orgullo y un honor compartir mis historias contigo.

Un abrazo enorme,

JUAN